文春文庫

# 剣樹抄

冲方丁



文藝春秋

# 剣樹抄　目次

イラスト　わいっしゅ

単行本　二〇一九年七月　文藝春秋刊

剣樹抄

# 剣樹抄地図

吉原
浅草寺
水戸
中屋敷
伝通院
上野
水戸
上屋敷
本妙寺
湯島
神田明神
吉祥寺跡
浅草見附
（御門）
浅草川
神田駿河台
紀伊国屋風呂
神田紺屋町
小伝馬町牢屋敷
回向院
本丸
深川
紀伊上屋敷
麹町
江戸城
西の丸
王八幡宮
渋谷村
紀伊中屋敷
石川播磨守屋敷
数寄屋橋
増上寺
行人坂
大鳥大明神
大円寺
大聖院
目黒不動
目黒川
品川
東海寺

# 深川の鬼河童

# 一

四歳のりょうすけは、父の腕の中で眠っていた。

浅草寺《せんそうじ》のお堂の縁の下である。大勢の無宿人《むしゅくにん》が並んで横たわり、みな穴だらけの衣服と筵《むしろ》だけで夜の寒さに耐えるなか、りょうすけだけが父の温もりに守られていた。

幸福だった。極貧でいつも腹を空かせていたが、他の生活を知らない子にとってそれは不幸ではなかった。父が良い仕事を得たときは、ご馳走の餅だって食えた。

母は知らない。りょうすけが生まれた日に死んだという。寂しくはなかった。父がいつでもそばにいてくれたからだ。子を捨てる親は多い。親子ともども飢えて死ぬというところまで追い詰められ、寺や大名屋敷の前に幼い子を置き去りにする。だが父は決してりょうすけを捨てなかった。

「お前はな、おとうの神様仏様なんだよ。もしお前がそうじゃないなら、この世に神様も仏様も現れたためしなんてないんだ」

父はしばしば幼い息子にそう言って聞かせた。りょうすけには理解できなかったが、父の優しさが伝わり、腹一杯食えたときのように満ち足りるのが常だった。

ふと、安らかな眠りに、何かが侵入した。

いくつもの足音。ぼそぼそとした話し声。頭上で板の軋《きし》む音が立て続けに聞こえ、りょうすけは目を覚ました。お堂の縁側に何人かが腰掛けたらしいとすぐにわかった。

明るさを感じ、朝かと思った。夜明けとともに坊さんたちがお堂の掃除を始め、無宿人を追い出そうとする者もいる。

りょうすけは真っ暗闇で身を起こそうとし、父に押さえ込まれ、手で口を覆われた。

父が緊迫した面持ちでかぶりを振ってみせた。動くな、喋《しゃべ》るな。父のいわんとすることがわかり、身を強《こわ》ばらせた。

暗闇の中、うっすら父の顔が見えていた。朝ではない。提灯《ちょうちん》の光が縁の下に入り込んでいた。

「……無宿人がいるぜ」

若い男の声がした。視界の隅で、綺麗な着物の裾が見えた。旗本奴《やっこ》だ。深夜に屋敷を抜け出し、江戸市中を徘徊する者たち。

りょうすけは声を押し殺して震えた。父も他の無宿人たちも凝然《ぎょうぜん》とし、恐怖の臭いを発散させている。

江戸の無宿人にとって飢えた三つの生き物ほど怖いものはない。野犬と鼠と旗本奴だ。

野犬や鼠に嚙まれれば多くの場合、病をうつされる。無宿人の手当てをしてくれる医師などいない。旗本奴につかまれば、遊び半分で嬲《なぶ》られる。殺されても役所は気にしない。訴えても、お咎《とが》めを受けるのは旗本奴どもではなく、ただそこにいただけの無宿人の方だ。

「……斬ろうぜ」

やがて、その言葉がはっきり聞こえた。

恐怖でりょうすけは涙を浮かべた。

父がりょうすけを抱えたまま這《は》おうとした。逃げねばならないと悟ったのだ。他の無宿人たちも音を立てぬよう、そろそろと身を起こした。

まさにそのとき、きらきらしたものが飛び込んできた。無宿人には縁のない、綺麗な着物と艶《つや》やかな肌が提灯の光で輝いていた。

無宿人たちが悲鳴を上げて這った。父も這ったが、横倒れになった。りょうすけを抱いたまま、後方へ引きずられた。父の足を、飛び込んできた旗本奴がつかんでいた。父がりょうすけを引き剝《は》がし、押しやった。りょうすけは慌てて父につかまろうとした。父が息子を追いやろうとしたのはそれが初めてだった。

「三吉《さんきち》さん、りょうすけを、どうか……！」

別の太い腕が、りょうすけを後ろから抱いた。父に手が届かなくなった。暗闇の中で父が安心したように微笑《ほほえ》んだ気がした。

父が、一瞬で消えた。縁の下から引きずり出されたのだ。

「おとう――！」

叫ぼうとしたが、またも口を押さえられた。太い腕に抱えられ、埃《ほこり》と蜘蛛《くも》の巣まみれになりながら、縁の下の角へ運ばれた。

「お前の親父どのは奴どもに捕まった。俺たちゃ逃げなきゃなんねえんだ」

三吉が震える声で言った。縁の下の角を曲がり、さらに這った。提灯の光が見えなくなった。代わりに父の叫び声が聞こえた。

「なぜでございますか！」

かつて、りょうすけが聞いたことのない声だ。悲嘆に満ちると同時に、聞く者を狼狽《うろた》えさせるような気迫がみなぎっていた。

「わたくしは、このような身に落ちぶれたとしても、命を惜しく思うことは万人と同じでございます！　なのに、なぜこのようなことをするのですか！」

沈黙があった。父の叫びが功を奏したと信じたかった。野犬や鼠も、大声を出せば逃げるときがある。旗本奴もそうだと思った。

だが、三吉が縁の下から出て、茂みに向かって走ったとき、悲鳴が響き渡った。激しい痛みと恐怖に襲われて上げる、父の声だった。

「おとう……！　おとう……！」

りょうすけは三吉の手で口元を押さえられながら懸命に父を呼んだ。三吉が寺の境内《けいだい》から出て、でこぼこした道を走った。父の声が遠ざかり、聞こえなくなった。

やがて三吉が息を荒げながら立ち止まった。りょうすけを抱え、その口を押さえたままだ。

浅草川《あさくさがわ》のそばだった。三吉が、へなへなと座り込み、かと思うと全身を震わせて泣き出した。怖かったんだ。りょうすけは納得した。三吉の手が口から離れたが、りょうすけは叫ばなかった。三吉の体に手を回してしがみついた。父がどうなったか今すぐ確かめたかったが怖くて出来なかった。三吉もそうだと理解した。二人とも、朝が来るまで震えながら泣き続けた。

黎明《れいめい》が訪れてのち、りょうすけと三吉は、どちらからともなく立ち上がり、浅草寺へおずおず歩んだ。

父がいたはずの場所は、一面の血の海だった。

りょうすけは真っ赤な血溜まりを見つめた。誰もいなかった。父は逃げたと思いたかった。だが無宿人の子として、そんな甘い期待が叶うことはないと悟ってもいた。

赤く染まった小石を拾った。血は乾き、石に染みていた。

それは父の一部だった。供養《くよう》してやれたのは、その小石一つだった。

以来、りょうすけは三吉に養われた。

三吉はもとは何かの職人で、木、葦草《あしくさ》、竹の加工を教えてくれ、それでりょうすけも不出来ながら一緒に働いたりもした。

りょうすけが六つになった頃から、町の口利きなどに頼んで、長屋住まいができることが多くなった。

「運が巡ってきたんだな。おめえの親父どののおかげだぞ。おめえさんをどうか養ってくれって、親父どのが言ってるんだ」

父の神仏が、いつの間にか三吉にとってのそれになっていた。江戸の子どもは七つになる前に、三人に二人は死ぬ。りょうすけは頑健なたちだった。養われたことをりょうすけが感謝する以上に、三吉の方が、その成長を喜んでくれた。これは長屋の人々も同様で、子どもが大きく育ったというだけで顔をほころばせる者たちばかりだ。

無宿人が多い長屋だった。単に住み処がないのではなく、人別帳《にんべつちょう》に載っていないということだ。江戸は無宿人には厳しい。咎められれば大人は市中追放、子どもは寺か勧進小屋に放り込まれて大人になるまで出られない。

だがひとまずの住まいがあれば、滅多《めった》に咎められることはない。代わりに少しばかり家賃を多く取られても、文句を言える立場ではなかった。

自分がいなければ、その分、楽ができるのに、なぜ一緒にいてくれるのか。りょうすけは、あるときそう三吉に尋ねた。それまでは、いつ捨てられるかわからず怖くて尋ねられなかった。

「いいかい、りょうすけ。おめえの親父どのは立派だった。旗本奴どもに道理を説いて死んだんだ。ただ嬲り殺されたんじゃねえぞ。これから斬られるってときに、言えるだけ言った。ああいうのが本当の男伊達《おとこだて》なんだ。おめえも、親父どのみたいに立派な男になんなくちゃいけねえぞ」

これが三吉の返答だった。質問への答えにはなっていない。だがなんとなく納得できた。三吉にとって、りょうすけとその父は、信じるに値する神仏のようなものなのだ。

「だからな、こいつだけは、どんなに苦しくても売ったりしちまっちゃいけねえ」

そう言って、古びた懐刀《ふところがたな》を指さした。狭い住まいに竹で作った神棚めいたものを置き、懐刀と父の血が染みた小石を並べていた。

懐刀は父がくれたものだ。由来はわからない。飯を食うたび、りょうすけは刀を布切れで磨いて父に感謝した。三吉がそうしろと言ったからだ。確かに父に話しかけている気になることもあった。刃文《はもん》も曇って見えなくなった、かろうじて錆《さ》びていない古刀だが、りょうすけと三吉にとっての宝だった。小石の方は磨かず、たまに埃を払った。

十歳を越えると、りょうすけもしっかり働けるようになり、月に一度は餅が食えるくらい生活が楽になった。父に守られている。そう信じた。

だが、ある年の正月の朝方、りょうすけが長屋の井戸で鍋を洗っていると、仕事に出かけたはずの三吉がすっ飛んで戻り、猛然と叫んだ。

「逃げろ！　火事だ！」

りょうすけだけでなく、井戸端にいた者たちが一斉に、それぞれの住まいに駆け込んだ。なけなしの家財を抱えて逃げるためである。

「おめえは、親父どのを忘れるな！」

三吉が僅《わず》かな家財を筵にくるんで背負いながらわめいた。おとうの形見である懐刀と小石のことだ。りょうすけはその二つを懐に入れ、自分で編んだ草鞋《わらじ》を履いた。

江戸に火事はつきものだ。年に何度となく火に襲われることもある。その年の正月も、元日には四谷竹町《よつやたけちょう》、二日には麴町《こうじまち》が焼け、四日には赤坂《あかさか》、五日には駿河台《するがだい》の吉祥寺《きちじょうじ》の辺り、九日にはまた麴町で火が起こっている。

だが十八日のそれは、まさに大火災だった。風が強く、からからに空気が乾いていた。あらゆる消火の努力も功を奏さず、竜巻のようなつむじ風が火を膨れさせ、巨大な炎の波が西から東へ、あるいは南へと猛烈な速度で移動していった。

濛々《もうもう》たる煙が漂う道を、りょうすけは三吉と手を握り合って走った。大混雑だった。はぐれたら一生逢えないかもしれない。そうなれば相手が死んだかどうかもわからないままになる。

家財をつんだ手押し車があちこちで道を塞ぎ、混雑がいっそうひどくなった。そこへ火の粉が雨のように降り注ぎ、そうした荷物の山が真っ先に燃え出した。運んでいた男女が必死に叩いて火を消そうとするが、かえって一緒に燃え上がる始末だった。

あちこちで人が火だるまになった。かつて父が上げたような悲鳴が、周囲で何百と響き合っていた。りょうすけと三吉は必死に混雑を縫って走った。僅かな荷物しかないことが助けになった。どこをどう走ったかもわからない。そしてある地点で、立錐《りっすい》の余地もないほどの人の山にぶつかってしまった。

「御門が……！　御門が閉じやがったぁ！」

恨みに満ちた声が上がった。御城の門が閉ざされたのだ。りょうすけも三吉も呆然となった。なぜ門を閉じたかわからない。それで火が防げるわけがないのに。考えても無駄だった。このままでは焼け死ぬのは確実だった。

「こっちだ、りょうすけ！」

三吉が手を引っ張った。りょうすけは必死についていった。

急に抱え上げられ、宙に躍り出る感覚があった。

りょうすけを抱いて三吉が川へ飛び込んだのだ。水飛沫《みずしぶき》が顔を打った。正月である。恐ろしく冷たかった。だが逃げ場はそこしかない。大勢が雪崩《なだ》れるように水へ入った。

もはや、どこの川かもわからない。場所の目印などなかった。どこもかしこも火と煙の分厚い壁に覆われ、豪雨のように火の粉が降り注いでいる。

かろうじて川底に足がつく場所で、りょうすけは三吉とひたすら抱き合った。人々が群れ、氷のように冷たい水の中でなんとか互いの体温を保とうとした。だが時が経てば経つほど、老若男女が寒さで力尽き、顔を水面《みなも》に沈めて動かなくなっていった。

ごうごう轟《とどろ》く炎の音のせいで会話も満足にできなかった。三吉の体に回した腕が寒さと冷たさで痺《しび》れ、体に感覚がなくなった。二人とも何度となく意識が薄れては覚醒するということを繰り返した。だんだんと意識を失っている時間のほうが長くなり、やがてりょうすけは、もはや温かくも冷たくもない無感覚の暗闇に落ち込んだ。

いったいどれだけ経ったのか。ふっと意識が戻ったとき、三吉の肩越しに、青と灰色のまだらの空が見えた。首から下が痺れきり、息をするだけで胸に痛みを覚えた。

周囲を見ると真っ白い人たちがいた。凍死した人々だ。逆に地上は、人か何かわからない真っ黒い塊に覆い尽くされている。

人を焼く火は、川の水を温めてはくれなかった。いや、それでも川縁《かわべり》はやや温かかったのだろう。りょうすけは、三吉が自分を川縁の方に向けてくれていたことを知った。おかげで、ぎりぎり生き延びることができたようだった。

三吉を見ると、目を閉じてうなだれている。かぶった筵ごと、頭から耳にかけて焼けただれていた。火の粉と水の冷たさの両方から、りょうすけを守ってくれたのだ。

りょうすけは何とか身動《みじろ》ぎした。凍死者が次々に川に流されていくおかげで、どうにか密集状態から抜け出せた。おのれの手足がどこにあるかもわからないほど凍えている。それでも動かぬ三吉とともに、近くの荷揚場《にあげば》に辿《たど》り着いていた。

歯を食いしばり、石段に両肘《りょうひじ》で這い上った。腹ばいになって三吉を振り返ると顔が水面に沈んでいる。慌てて痺れた両腕で顔を上げてやった。そこで初めて、三吉の顔も透き通るように真っ白くなっていることに気づいた。

「三吉のおやじさん……」

か細い声で呼んだが返答はない。幾つも死体が流れていった。凍え死んで白くなった者もいれば、全身黒焦げの者もいた。

三吉を引き上げようとしたが手を添えているだけで限界だった。火災で温まった石段に横たわり、手足の力が戻るのを待った。だが吹きつけてくる冷風が体温を奪い、なけなしの力を振り絞ることすら許してくれなかった。

ふいに流れてきた黒焦げの死体がぶつかり、三吉が、りょうすけの腕から離れた。

「おやじさん……！」

りょうすけが叫んだ。お願いだから目を覚まして。こっちに手を伸ばして。心の中で叫び続けた。だが、そうしてくれたとしても、その手を握る力があったかどうか。

声もなく泣いた。父が死んだときのように、ただ震えながら泣くしかなかった。三吉が遠ざかり、途方もない数の遺体とともに消えた。

りょうすけは自分もここで死ぬのだと思いながら石の上に腹ばいになって目を閉じた。三吉を追って川に入る気力すらなかった。そのまま死が訪れるはずだと思った。

だが突然、手足の指に猛烈なかゆみを伴う痺れを感じた。たまらなかった。とてもじっとしていられず、身をよじり、悶《もだ》えた。どんどん手足の感覚が戻ってきた。腹や背にもかゆみを感じた。心臓は必死に鼓動を保っていた。

死が遠ざかっていった。

生きねばならなかった。

りょうすけは、ひどく虚しい思いで石段を這い上り、道の上に膝をついた。

焼けた町の残骸がどこまでも広がっている。だが全てが焼けたわけではなかった。くすぶる煙としつこく舞い飛ぶ火の粉の向こうに、延焼を免《まぬが》れた建物が並んでいる様子をかすかに見ることができた。

震える膝でなんとか立ち上がり、懐を探った。懐刀と小石が一つ。父の形見だけはなくさなかった。三吉の形見が何もないのが寂しかった。

一度だけ振り返って三吉が流された川を見つめた。それから、生き残った者たちがいる場所を目指し、とぼとぼと焼け野原を歩いていった。

## 二

復興の音がさんざめいている。

材木を運び、加工し、組み立てる音だ。それに、運び手や、職人、行き交う物売りのかけ声が混じり、賑やかなことこの上ない。

明暦三年の夏、前代未聞の大火に襲われた江戸は、驚異的な速度で復活しようとしていた。

ただの再建ではない。幕閣の入念な計画に従い、都市の拡張と、将来の防災の両方が考慮された、江戸の新生というべき全域での建て替えが行われているのだ。

御城の北側にある小石川《こいしかわ》で、その新生復興の音を、一人の男が、心地よく聞いていた。ただ聞くだけでなく、自ら立てていた。

大名世子《せいし》としての着衣を小姓に預け、職人に混じり、尻をまくった姿で、材木を運び、釘を打ち、かんなをかける。墨付けなどの大工の技を熱心に見学し、見様見真似でやってみる。小姓たちも側近も、止めても聞かないとわかっているので黙ったままだ。それどころか、お前たちも一緒にやれ、と男に言われかねなかった。

男の名は、水戸《みと》徳川光國《とくがわみつくに》。三十歳。

筋骨逞しく、肌は夏の日差しの下でも白く、美男であった。

若い頃は遊蕩狼藉《ゆうとうろうぜき》で知られたが、今では妻帯し、少なくとも夜中に屋敷を抜け出さない程度には落ち着いている。

生来、好奇心の塊だった。父の頼房《よりふさ》から上屋敷建設の様子を見るよう言われたのを良いことに、職人の真似事を楽しんでいた。

再建は、このときの光國にとっては滾《たぎ》り立つ情熱のぶつけ先だった。

建物だけではない。火災で焼失した学問の書籍は数万巻にのぼった。せっかく火災を生き延びたのに、失意で病み衰えて死んだ学者もいる。光國はすでに、学書の収集と学問の再起再興のための学問所を、中屋敷に設置する許しを、父から得ていた。

また、かつて自分が通った色町の復興も助けた。焼け出された遊女たちがいまだ行き場所がないという話を聞いたので、そう父に話したところ、

「老中たちが吉原《よしわら》の移転先に悩んでいてな」

と返された。

「では水戸家が拝領した千束《せんぞく》一帯の土地を提供しては？　遊女たちは親兄弟を助けるために売られたのです。大変な孝行者ではないですか。それを焼け出されたままにするというのは、御政道にも、どんな教えにも反します」

大まじめに進言したところ、そのように復興されることになったのだった。

その光國が、職人の巧みな技を真似つつ、

（屋敷普請《ぶしん》で、上野《うえの》に出る口実を得たな）

つい昔のように遊びのことを考えたところへ、側近が駆け寄ってきた。

「御屋形《おやかた》様がお呼びです」

これは水戸藩主・頼房、すなわち父のことだ。父は水戸徳川家の家祖として屋形号を頂戴していた。

「水を浴びる。少し待て」

光國は井戸へゆき、衆人環視も気に留めず水を浴び、汗を流した。

素晴らしく気分が良かった。一時、火災のせいで空気と水が悪くなり、光國も妻も病に伏した時期があった。母や奥の者たちなど今でも咳が出るし、父も持病の腫れ物がひどくなりがちで頻繁に湯治に出るようになった。

だが今、少なくとも光國は壮健そのものだ。すっきりした気分で見上げた青空が妙に広く感じられる。御城の天守閣がぽっかり消えたからだろう。大火災で焼失したのだが、再建の予定はなかった。今このとき江戸で戦《いくさ》が起こることはないのだから、天守閣再建よりも市中の道路、上水、建物の復興に力を注ぐべきだ、という進言があったのだという。

（幕閣にも優れた判断をする者がいる）

光國はふてぶてしくも、そう考えていた。

泰平の世には、戦国の世とは異なる発想が求められる。幕閣では長らく文治派と武断派が対立していたが、このところ戦備よりも庶民の生活を優先する方策が、ぐっと目立ってきている。

（江戸が変わるな）

漠然とした予感を抱きつつ支度を調《ととの》え、馬に乗ると、一家の仮の住まいである駒込《こまごめ》の中屋敷へ文字通り馳せ参じた。

「一つ、お務めを任せたい」

父の頼房が言った。この父は何かと茶室に光國を呼ぶ。かつて父からだしぬけに縁談のことを聞かされ、婚儀に反発する光國と父とで大喧嘩をしたのも茶室でのことだ。しかも人払いしているとあって、紛糾すれば父は茶室の外にある刀を引っつかんで抜きかねない。そういう父である。光國はすっかり達観した境地で父の態度を受け入れ、ゆるゆる茶を喫し、尋ねた。

「いかなるお務めでしょう？」

「今年の正月から、狼藉する者どもについて流言が飛び交うこととしきりだ」

光國はうなずいた。

明暦三年正月は、火事につぐ火事の月となった。元日、二日、四日、五日、九日、十八日、十九日には二回。立て続けに八度《やたび》も火が起こり、江戸の大半を焼き尽くした。特に十八日は、四百町が焼け、焼死者は五万とも十万ともいわれた。後年、振袖火事と呼ばれることになる、未曾有の大火災だった。

おかげで謀叛《むほん》の噂もしきりに飛び交った。由井正雪《ゆいしょうせつ》が江戸焼き討ちを計画したのが六年前。別木庄左衛門《べつきしょうざえもん》が、崇源院《すうげんいん》様の二十七回忌に増上寺《ぞうじょうじ》に放火し、幕府老中を討ち取らんと企てたのが五年前である。こたびの火災は放火だったのではと疑う者も多く、反幕浪人が江戸を焼こうとしているという噂が、夏を迎えた今も絶えず広がり続け、町奉行を苛立《いらだ》たせること甚《はなは》だしかった。

「その流言が、どうしましたか？」

「詳細は、これから来る客人に会って聞け」

端的もいいところである。光國は呆れた。

「せめて誰が来るか教えて下さい」

「徒頭《かちがしら》の中山勘解由《なかやまかげゆ》。三千石の旗本だ。父親は先手組弓頭《さきてぐみゆみがしら》だった」

先手組は、戦で先陣を切るお役目を担う。武断派の親を持つ、若手の旗本だろうと光國は想像した。浪人の流説《りゅうせつ》と徒頭とくれば、どんなお務めか、これで推測できた。

「委細お任せ頂ける、と？」

指示がないなら好きにやるぞと言ってやった。

父が、淡々とした様子でうなずいた。嫡子がどこまでできるか試そうというのだ。光國はこれから自分が何をすべきなのかもわからぬまま、ぐっと肚《はら》に気を込めて客人を待った。

ほどなくして到着を知らされ、玄関先に出ると、柔和な様子の若者が立っていた。

「御曹司様がお出迎えとは、恐縮です。手前は、中山勘解由と申します」

微笑むと細い目がますます細くなって猫が目を閉じたような顔になる。見ている方が幸せな気分にさせられる平和そのものの面相《めんそう》だ。今年、二十五歳。十三歳で父が没して家督を継ぎ、徒頭のお役目を得ている。れっきとした当主であり妻子持ちだ。連れ歩く家臣の数も、世子に過ぎない光國より圧倒的に多いが、物腰はいたって控えめだった。

「子龍《しりょう》様とお呼びしてもよろしいですか？」

これは光國の字《あざな》だ。屈託のない訊き方に、思わずうなずいていた。

「では、こちらは勘解由どのと呼ばせて頂く」

「光栄です。では、参りましょう」

「ここで仔細《しさい》を聞くのではないのか？」

「お会い頂きたい方々がおります」

「わかった。馬で行くか？」

「はい。手前どもも馬で参りました」

「行く先は？」

「品川《しながわ》の東海寺《とうかいじ》」

光國はいきなり苦い思いに襲われた。忘れかけていた古傷をつつかれた気分だった。

十年以上も前、あることがきっかけで東海寺の住職と縁を持ったのである。そのことは兄にしか話さなかった。兄は長男でありながら水戸家を継がせられず、代わりに前将軍家光《いえみつ》様の意向で、讃岐《さぬき》高松《たかまつ》十二万石に封じられている。三男でありながら世子となった光國との間に確執はなく、むしろ深い信頼関係にある。

「何か差し障りが？」

中山が細い目でじっと見つめてきた。意外に鋭い。光國はかぶりを振った。

「いささか遠いと思うてな。むろん支障ない。ではさっそく参ろう」

光國は再び馬に乗った。単騎である。家人《かじん》には父の使いで出ると告げた。若い頃は、お目付役として父がつけた者たちが、ひそかに追ってきて護衛を担っていたものだが、光國の放蕩《ほうとう》がやむに伴い、おのずと一人歩きが黙認されるようになっている。

品川まで馬を駆った。庶民が往来するところでは馬の足を緩めたが、もともと市中では馬や乗り物の事故は滅多にない。幕府が厳格に統制し、数を抑えているからだ。

街道に出ると光國は馬を疾駆させたが、中山は涼しい顔でついてきた。二人の巧みな馬術に、他の者たちがみるみる引き離されてゆく。

東海寺が見えると、どちらからともなく速度を緩め、門前で二人とも馬を下りた。

「馬練をよほど積んだとみえるな」

光國が言った。軽く試してやるつもりだったのだ。正直、ぴったり併走されるとは思っていなかった。

「父より高麗《こうらい》八条流の手ほどきを受けました」

中山がにっこりと返した。先手組を務めるなら当然だといわんばかりだ。柔和な様子だが、芯は武人らしい。

光國が率先して馬を引き、寺の僧に馬を預けた。迷わず馬小屋まで進んだ光國の顔を、中山がやや覗き込むようにした。

「この場所にお詳しいのですね」

「昔、沢庵宗彭《たくあんそうほう》という坊主と縁があった」

中山の細かった目が急に丸くなった。そういうところも猫っぽかった。

「ここの開祖ではありませんか」

「坊主は坊主だ」

「はあ」

「それより、どこぞの大名が来ているようだ。日を改めるべきか？」

光國が、馬小屋につながれた馬たちと、お堂の方を見やった。砂利道に茣蓙《ござ》を敷いて足軽たちがきちんと座り、主君を待っている。

「いえ。まさにお会い頂きたい方が、ご到着されているようです」

今度は中山が率先してお堂へ向かった。光國と中山が階段に足を乗せたところへ、真っ白い僧衣の男が、後ろからぬっと現れて二人の間に入り込んだ。

裸足《はだし》である。僧衣の男が懐から雑巾を取り出し、さっさっと左右の足の裏を拭くや、ひょいと雑巾を庭の方へ投げた。すると若い坊主がどこからともなく飛び出してきて、雑巾を宙でつかみ、ものも言わず走り去った。

光國は、いったい何の修行か訊きたかったが、相手のあまりに自然な所作《しょさ》のせいでその間がなかった。

白衣の男が振り返って一礼し、京訛《なま》りの江戸弁で告げた。

「ようこそおいで下さいました、御曹司様、中山様。拙僧は、今のところ、この寺を任されております、罔両子《もうりょうし》と申します」

罔両とは、魑魅魍魎《ちみもうりょう》の魍魎のことである。名の通り、人の常識の埒外《らちがい》にいそうな雰囲気をたたえた僧だ。六十近いと思われるが皺がほとんどなく、肌は白く艶やかで、外見からは年齢不詳。若い頃はさぞ、御城の奥女中たちが、ありがたいお経を聞きに行くと称して坊主買いに来たがったであろう、好い男だった。

「沢庵様のこのお寺は、大徳寺《だいとくじ》派の僧が輪番で管理しております。今は拙僧が、お手合いの養育ともども任されておりましてね。本日はご覧頂くため、特にこの『寺』が使う者たちを三人、ご用意いたしました」

光國は完全に話を見失った。

「養育？　三人とは？」

「百聞は一見に如かずです、子龍様。さ、罔両子様の後について参りましょう」

中山が言い、光國は訝《いぶか》しみながらも従った。

本堂の前を通り、奥の別棟の部屋に通された。しんとした空気の中、静かに座していた男が、向きを変えて光國たちを出迎えた。

光國と中山がすぐに膝をつき、作法通り慇懃《いんぎん》に礼をした。

そこにいたのは、なんと老中だった。阿部《あべ》〝豊後守《ぶんごのかみ》〟忠秋《ただあき》。今年、五十六歳。英才揃いの老中たちのうち、文治派と武断派の調整役とされる男だ。

「水戸の権中納言《ごんちゅうなごん》（頼房）様より、拾人衆《じゅうにんしゅう》の目付を御曹司様にお任せする旨、聞いております」

忠秋が言った。拾人衆とは何か、さっぱりわからないまま、光國はひとまずうなずき返した。

「確かに、お務めを任せると言われました。仔細はここで伺うよう言われています」

「さすれば拾人衆の者どもをご覧に入れましょう」

忠秋が手を叩いた。襖《ふすま》が開き、三人の男女が現れた。いや、子どもたちだ。二人の少年の間に、一人の少女が座っている。

罔両子も中山も面識があるらしく、何の反応もない。光國だけが呆気《あっけ》にとられていた。その光國から見て左端の少年が、膝を進めて部屋に入った。十三、四の男子で、丁稚《でっち》奉公のような出で立ちをしている。

「手合いは、拾人衆が一人、みざるの巳助《みすけ》にございます」

少年が告げた。手合いという符帳らしき言葉がまた出た。しかも猿なのに巳（蛇）とは何か。

光國が問いに困っていると、巳助が懐から懐紙《かいし》と筆箱を出し、てきぱき並べた。筆を執り、紙にさらさらと走らせた。迷いのない巧みな筆さばきで、あっという間に人の顔を描き、それを持ち上げ、光國に向けた。

父・頼房の人相描きである。市井《しせい》で売られているような誇張された絵ではない。正確に人相の特徴をつかんでおり、まるで今にも口を開いて喋り出しそうな出来映えだ。

忠秋が、巳助を褒めるようにうなずき、光國に微笑みを向けた。

「巳助は、夜目、遠目に長《た》けるだけでなく、ひとたび見たものを、こうして絵にしてみせます。景色、人の顔、絵図など、何でも描き出し、伝えることが出来るのです」

「なんとも、達者ですな……」

だが何のための技か、と光國が問う前に、真ん中にいた娘が前へ出た。こちらは巳助に比べてやや大人びているが、せいぜい十四、五だろう。きりっと整った顔立ちで、商家の子女のような出で立ちをしている。

娘が、両手の指でおのれの咽《のど》を妙な形に押さえた。それから、こう告げた。

「手合いは、いわざるの鳩《はと》と申します」

今度は猿なのに鳩か。そう思うより前に、娘が放った声音《こわね》にぎょっとなった。父・頼房にそっくりの声だった。傍らで巳助が掲げた絵が喋ったのかとすら思った。

中山が言った。

「あのお鳩は、ひとたび聞いた声を真似ることができます。狼藉者《ろうぜきもの》を捕らえたとしましょう。その者が口を割らぬとき、物陰から、お鳩がその仲間の声色《こわいろ》で話しかけるのです。たいてい、仲間と信じて喋り出します」

みざる、いわざると言いつつ、見たものを描き、他者の声で喋るのか。そう光國が口にする前に、残った少年が前へ出た。盲人だった。白濁した瞳が、光國の前の宙に向けられている。手には杖、出で立ちは坊主のよう、つまりは按摩《あんま》の姿をしていた。

「手合いは、きかざるの亀一《かめいち》と申します」

蛇に鳩に亀か。縁起の良いものを並べたな、と光國は思ったが何も言わなかった。最後の少年が何を始めるか興味があった。

亀一がまるで講談でもするように言った。

「この場所にお詳しいのですね。昔、沢庵宗彭という坊主と縁があった。ここの開祖ではありませんか。坊主は坊主だ。はあ。それより、どこぞの大名が来ているようだ。日を改めるべきか？　いえ。まさに……」

光國と中山の会話の再現である。盗み聞きしていたのか、と光國は感心した。そんな気配などなかったのである。

「亀一は、ずっとあちらの部屋にいました」

罔両子が、光國の内心を読んだように言った。光國はあんぐり大口を開けた。

「彼の耳は恐ろしく遠くの声を聞き取ります。どれだけ騒がしくてもですよ。按摩として出入りしてですね、その場所で交わされた会話を全て聞き覚えるんです。すごいでしょう」

罔両子が、にっこりと口角を上げた。光國は絶句している。

「もうよい。三人とも怠らず技に磨きをかけているな。よきことだ」

忠秋が嬉しげに言うと、巳助が似顔絵を下げ、お鳩が咽から手を離し、亀一が白濁した目を閉じた。

そうして忠秋が、光國へ告げた。

「彼らはみな捨て子であり、幕府に拾われた者たちです」

それで光國は合点した。先ほどから聞かされている符帳の意味である。

「ははあ。拾う、という字にちなんで手合いというのですな」

阿部豊後守がうなずいた。

「拾人衆とは、幕府に拾われた子らの中でも、特段の技能達者のこと。拾人衆が養われる場所を『寺』と呼びます。本当の寺とは限りません。ここは、その一つ」

「数も拾（十）人とは限らぬのでしょうな」

「ええ。この三人ほど優れた者はそうそうおりませんが、実際は百人余りもおります」

光國は目をみはった。大所帯である。ふと阿部豊後守についての噂を思い出した。〝子拾い豊後守〟とあだ名されるほど孤児の保護に熱心なのだ。育児院の設置を幕閣に進言する一方、捨て子を育て、大名・旗本・御家人の養子とすること多数であるという。

「もとは大猷院《たいゆういん》（家光）様が、武家に出入りする、いわば密偵を育てるようお命じになったのが始まり。当初より水戸の権中納言様が、その目付でありました」

それは、光國も初めて知ることであったが、すぐに納得していた。

頼房は、家光が将軍になるやなかなか水戸に戻れなくなり、ついには江戸常住の定府《じょうふ》ということになった。それだけ家光から信頼されたのだ。

家光実弟の徳川忠長《ただなが》は改易《かいえき》後に幽閉、異母弟の保科正之《ほしなまさゆき》は高遠《たかとお》藩三万石を継いでまだ日が浅かった。御三家の当主のうち、尾張義直《おわりよしなお》と紀伊頼宣《きいよりのぶ》には、どちらも謀叛《むほん》の疑いがかけられた過去がある。

つまり当時、家光は、頼房しか頼れる身内がいなかったのである。

「では、この者たちのお務めとは、武家の内情を探ることですか？」

「かつてはそうでした。ですが喫緊《きっきん》の問題は、武家に出入りする者たち。とりわけ、名だたる武将の子孫を自称し、あえて仕官をせず、市中を自由に往来する、いわゆる名の売れた浪人たちなのです」

「奉行所や大目付のお務めでは？」

「町奉行は町衆、寺社奉行は寺社と、厳密に定められており、武家は管轄外なのです。二奉行と評定所の裁定を担う勘定奉行は、おびただしい訴訟と大火による財政の処置で手一杯。また、大目付が動けば……大名改易となりかねません」

最後の言葉に光國もうなずいた。大目付は、将軍側近たるお側取次ぎの者が諸国を監視し、評定所にも出座して監察に当たる。御政道を滞りなく行うためとされるが、実態は文治派による武断派の排除が主眼である。

公平ではないし、大目付が動けば幕閣内で騒ぎが起こる。

由井正雪という浪人が幕府転覆をはかったときも、徳川御三家の紀伊藩に共謀の疑いをかけたのが、大目付と一部老中である。紀伊藩主・徳川頼宣は、武断派の幕臣を代弁することが多いため、その排除のための讒言《ざんげん》だったとも言われている。

「拾人衆の務めは、普通では手が届かぬ証拠を手に入れ、正しく扱うこと。そののち管轄のお役所に報《しら》せ、評定所の裁定を仰ぎます」

つまり、政治的に潰されたり、改竄《かいざん》されぬよう、証拠を保持するというのだ。

由井正雪と紀伊藩の一件も、頼宣直筆とされた文書が偽書と断定され、嫌疑が晴れた。大目付には痛恨の結果だ。なんとなく、ここにいる者たちの陰働きがあったと考えると、しっくりくる。

「承知しました。だが浪人の数は膨大。速やかに探らねばならぬ者の目星はついているのですか?」

この光國の問いに、中山が、忠秋に代わって答えた。

「ある浪人がおります。秋山官兵衛《あきやまかんべえ》と名乗り、火遁《かとん》の術の達者という触れ込みで武家屋敷を渡り歩き、火除け法を伝授すると称して報酬を受け取っています」

「咎めを受けるいわれはなさそうだが……」

すると忠秋が、袂《たもと》から紙の束を出して広げた。光國は息をのんだ。

大きな絵地図の写しであった。御城を中心とし、武家屋敷や町人の住まい、寺や橋など、詳細に描かれている。色はついていないが、もとの絵地図は色分けされていたはずである。邸を拝領した大名の名などは大半が省かれていたが、位置や形からだいたい判別がついた。

しかも驚いたことに、最新の町割りだった。大火後に幕閣が定めた、町や寺の移転、大名屋敷の配置換えが反映されているのだ。

「いつの間にこのようなものを作ったのですか？」

江戸の絵地図は、今年の大火後、庶民の避難を容易にするため幕府が普及させることになるが、このときはまだ一般的ではない。何より大半の建物が普請中で、これからの江戸の設計図に等しかった。幕閣かそれに近しい者が製作させたとしか思えない。

忠秋が言った。

「誰がどのような意図で作らせたか、不明なのです。これは、みざるの巳助が描いたものでしてな。ある武家屋敷に出入りする秋山が絵地図を広げるのを一見し、記憶をもとに描き出しました」

一見でこれほどのものを描き写せるのか。巳助をまじまじと見つめた。巳助がにっこり笑みを返した。その笑みが、これくらいは大したことがないといっていた。

面食らうばかりである。何だか悔しくなりながら光國は話題を戻した。

「その秋山なにがしは、このようなものをどこで手に入れたのです？」

忠秋が目配せし、中山がうなずいて光國の問いに応じた。

「これを秋山に渡した者がいます。壮玄烽士《そうげんほうし》と称する僧形《そうぎょう》の軍学者で、湯島《ゆしま》近辺に私塾を開き、主に神田《かんだ》駿河台の大名や旗本の家臣らが弟子入りしています。秋山は最近、その壮玄に腕を買われ、この絵地図を渡されたとか」

「腕とは……、火遁の術とやらの？」

罔両子が、ぬっと光國に身を寄せた。

「そうですよ。火つけは、近頃の悪い浪人たちの大好物ですからね。これに印がありますでしょう？」

光國は、絵地図の写しに目を戻した。言われて初めて、おかしな点に気づいた。あちこちに「十」という印がつけられている。本郷《ほんごう》の本妙寺《ほんみようじ》、小石川伝通院《でんずういん》下の新鷹匠町《しんたかじようまち》、麹町五丁目。

光國の脳裏でにわかにその印が意味をなした。

「火元か……！」

途端に忠秋がおもてを厳しく引き締め、鋭い目つきになった。子どもたちに対しては好々爺《こうこうや》という感じだが、硬骨然とした顔はさすが老中と思わせるものだ。

「さよう。全て、正月に起こった火の出所なのです。拾人衆の調べによれば、この印を入れたのは、秋山でも壮玄でもありませぬ。壮玄が絵地図を手に入れたとき、すでに印があったとか。また壮玄は湯島の自宅で、秋山が絵地図を人前で見せたことを叱責し、このように述べたそうです」

阿部豊後守が、きかざるの亀一の腕に軽く触れた。亀一が白濁した目を開き、こう口にしてみせた。

「みなが火遁の修練を終え、ようやくというときに、一計が漏れては苦労が水の泡ではないか。この正雪絵図を何と考える。火をもって財を築く前におのれ自身が火あぶりになるぞ」

光國は、諜者《ちようじや》による城の守りとはこれかと思わせられるような諜報の数々に驚いたが、亀一が口にしたことに、これまでで最も衝撃を受けた。

「〝正雪絵図〟だと……?」

中山がうなずいた。細めた瞼《まぶた》の奥で、肉食獣めいた眼光がまたたいている。

「十中八九、由井正雪の名を冠した絵地図でしょう。かの浪人の自決後、江戸焼き討ちの法のみが生きながらえたとすれば……」

光國の背を戦慄が走った。

六年前、由井正雪とその仲間たちが企てたのは、江戸城の焼き討ちだが、その目的は、まだ幼かった将軍家綱《いえつな》を拉致することだったという。同様に京でも天皇を擁し、徳川幕府を倒す勅命を得る。そうして全国の浪人を糾合し、徳川方大名を一掃する。

机上の空論による、荒唐無稽といっていい企てだが、実現しうる点が一つだけあった。江戸城を焼くという点だ。そしてそれはまさに今年正月、現実となった。市中全域が、そのための薪と化した。

今の今まで真面目に考えてこなかったことだ。正月に連続した火事は、多くの者にとって、いわば甚大な天災だった。そう思わねば巨大な喪失を受け入れることができない。

だがもし、人の手による放火だったとしたら。

光國の脳裏に大火の光景が次々によみがえった。光國もまた妻や家人を連れ、燃えゆく自邸から必死に避難したのである。逃げられず黒焦げの死体となった者たちが路傍に倒れていた。庶民が生活を営む町も、豪華さを競った大名屋敷も、万巻に記された学問の神髄も、何もかも焼き払われた。

光國の十指が傍らの畳をつかみ、めりめりと音を立ててむしった。水戸家の男たちに共通する非常な怪力である。さながら虎が怒りに震えて爪を立てるようで、思わず忠秋らが驚いて光國から身を引くほどの迫力があった。

畳の破片を揉み潰しながら、光國は奮起の念を込めて言った。

「お務め、承知つかまつりました。で、この私は何をすればよいか、ご教示願います」

## 三

何もするな、というのが、忠秋の言であった。光國はあくまで代行である。報告を受け、父に伝える。それが役目だった。

「おれは飛脚か」

光國は怒った。重大な諜報を聞き、まさに不逞浪人どもが蠢動《しゅんどう》しているというとき、小間使いのごとく報告するだけとは何だ。

「おれの働きはおれが決めてくれる。父には、委細お任せとの言質《げんち》をとっておるのだ」

文句を呟きながら盃を口に運んだ。神田界隈《かいわい》の飯屋の二階座敷である。窓を開け放し、目を通りに向けていた。間もなく夕刻だった。

「子龍様ご自身が動かれるなどと、誰も思っておりませんでしたから」

中山が付き合って盃を干しつつ、面白そうに光國を眺めた。お忍びで出るときの格好である。お忍びといっても目立たないわけではない。逆だった。南蛮模様の藍の上下に、派手派手しい拵《こしら》えの刀、髪もわざわざ神田で結い直した。いかにもお役目がないことに鬱屈した傾奇者《かぶきもの》の風情である。

「それにしても見事な変装ですな」

「ふふん、年甲斐もないか？」

「驚くほど、さまになっておりますよ。誰も大名世子とは思わないでしょう」

「であろう。貴様こそ、浪人に見えるぞ」

「我ながらそう思います。ここで着替えるという子龍様のお知恵のたまものですな」

壮玄烽士の塾に出入りするには眼下の通りを行かねばならない。そういう絶好の場所にある店を、光國が家人に手配させたのである。一室を押さえた方が、変装するにしろ従者を放つにしろ、何かと便利だ。若い頃に遊び歩き、旗本奴や町奴どもとの喧嘩三昧の日々を送って得た知恵である。さすがに過去の自由狼藉の自慢などしなかったが、

「私は十三で家を継ぎましたので……。一度でよいので、子龍様のように、単身で市中を闊歩《かっぽ》してみたかったものです」

しきりに羨《うらや》まれ、まんざらでもなかった。

「その殊勝さゆえ徒頭となれたのだぞ。おれは所詮、ただの世子だ。こうしてお務めを頂戴せねば何者でもないという鬱憤を味わうことがなかったのは幸いだったな」

「鬱憤ですか。東海寺と、関わりが？」

思わず振り返った。中山は、例によって猫のように目を細めて微笑んでいる。いかにも柔和な顔の裏に、おそろしいほどの勘の鋭さを持ち合わせた男だった。

光國はぷいと顔を背けた。

「あそこの坊主に言われて、無縁仏の墓石を片っ端から磨かされたことがあってな」

「何かの罰のようですね」

「修行だとぬかしていた。確かに心気《しんき》の鍛錬になった。それと腕が猛烈に疲れた――」

言いさし、盃を置いた。中山もそうした。

通りに男が現れていた。光國は、みざるの巳助による人相書きと見比べた。間違いない。火遁の術の達者と称する、秋山官兵衛である。

「尾《つ》けさせます」

中山が立って階下に行き、従者を放った。その後ろから光國が来て、そのまま出て行こうとし、中山に止められた。

「何をなさる気ですか？」

「大火をもたらしたかもしれぬ地図の持ち主だ。人品を見極めてくれる」

「どのように？」

「酒でも奢《おご》るか、さもなくば喧嘩を売る」

「そんな、むちゃな……」

光國は四の五の言わせず、さっさと通りに出た。中山は相手に顔を知られることを恐れて追ってこない。

秋山の目的は川沿いの立ち食いそば屋だ。こやつが通う、お気に入りの流しのそば屋がいるという。その背後へ近づく光國が、さてどうしてくれようと思案していると、異変が起こった。

秋山が果たして目的のそば屋へ声をかけようとして、できなかった。毬栗頭《いがぐりあたま》の少年が仁王立ちでそばを食っている。年は十三、四か。真っ黒い羽織に、分厚い草鞋、でかい棒きれを紐で吊してしょっている。神田に多い職人の徒弟ではない。船を漕ぐ櫂《かい》のようだが、子どもが漕ぐ船など滅多にないし、そもそも船漕ぎにも見えない。

「小僧、邪魔だ。どきなさい」

秋山が言った。少年がくるりと振り返り、手にした椀を秋山の顔面に叩きつけた。

「っ……熱《つ》ぅ！」

頭を湯気に覆われながら、秋山がぱっと飛び退き、目元を拭った。火遁の術はともかく、剣の腕もそれなりらしい。距離を取って視界を取り戻した直後には、刀に手をかけ身構えている。

「この、童《わっぱ》ぁ！　何の真似か！」

少年は無言。妙に迫力があった。光國がちょっと驚いたほど、好い顔立ちをしていた。けったいな黒い羽織と相まって、浮世絵の若衆じみている。

そば屋たちが慌てて散り、遠巻きに見物人が集まった。少年はぎらぎらした目で秋山を睨《にら》みながら、背の棒を両手で握り、右肩に担いだ。

秋山が眉を寄せた。少年が自分を待ち伏せていたことを悟ったのである。

「わしが誰か知っているのか？」

少年が唇を捲《めく》り、小鬼のような形相で言った。

「お前は火つけの人殺しだ」

光國は息を呑んだ。少年の言葉に気を取られ、反応が遅れた。

秋山が表情を消し、刀をすっぱ抜いた。上段に構え、するすると無造作に少年へ迫ってゆく。一刀のもとに斬り伏せる気であろう。

「――待て！」

光國が両者に向かって叫びながら、おのれも刀に手をかけ、走った。

少年が、担いでいた棒きれを真横に構え、秋山の懐へ飛び込み、猛然と振るった。

ごっ！　と重い音を立てて、棒が秋山のがらあきの脇にめり込んだ。次の瞬間には、秋山の体が、刀を振り上げたままの姿勢で、真横に吹っ飛んでいる。

光國は、見物人たち同様その信じがたい一撃に瞠目《どうもく》し、ぴたっと足を止めていた。

白刃《はくじん》の下へ自ら飛び込む命知らずな動きもそうだが、少年の棒の振り方そのものが異様だった。そのせいで秋山も意表を衝かれたに違いない。払斬《はらいぎ》りのようだが、根本的に違う。両手を上下にぴったりつけて棒を握り、片足を前へ出し、上体を回す。足・腰・肩・腕が一連となって横へ棒を振るうことに特化した動きをなす。

どんな体術にもない動きだった。あるとしたら数百年後である。万人はそれを野球の打法に酷似した動きとみなすだろう。

秋山が、脇腹を押さえながら立ち上がった。肋《あばら》が砕けたらしく、ふらついている。

そのときには少年が、遅滞なく秋山との間合いを詰めている。右から左へ振るった棒が、今度は左肩に担がれていた。両手の位置が入れ替わり、秋山を棒の間合いに捉えたときには、先ほどとは逆に棒を振るう体勢にあった。これは野球の打法とも似て非なる動きだ。右打ちの構えが次の瞬間には左打ちの構えになっていた。

「よせ！」

光國が、今度は少年の方を制止した。

だが少年は止まらなかった。先ほどにも増して猛烈な勢いで回転させた棒が、ふらついて前屈みになった秋山の側頭部に命中した。

一瞬、秋山の頭が千切れて吹っ飛んだように見えた。

秋山の首がねじれておかしな角度を向き、前のめりに倒れた。ぴくりともしない。

少年が迷いなく、きびすを返した。徹頭徹尾、秋山のみを狙ってのことなのだ。目的を達してのち即座に、逃走を開始していた。

光國はすぐさま追った。人混みを避けて中山の従者も走っているのが見えた。そのとき、光國の耳元に、おかしな声がわいた。

《お待ち下さい。拾人衆が追っております》

川の反対側に、別の少年がいた。按摩の杖を持った盲目の少年、きかざるの亀一だ。

杖を持たない方の手を筒状にして口に当てており、その声が光國の耳を打った。

《あの浪人の介抱も手合いどもがいたします。中山様のもとへお戻り下さい》

光國は思わず耳元で手を振った。どんな手妻《てづま》か知らないが、聞こえるはずのない声が耳元で聞こえるというのは薄気味悪かった。

そうしながらも疾走をやめない。喧嘩を売り損なった上に、獲物を横取りされたのだ。黙って店に戻れるものではなかった。

少年が、追われていることを悟って方向を変え、ためらいなく川へ飛び込んだ。

中山の従者が足を止めたが、光國は構わず同様に跳んだ。両刀を差し、衣服を身につけたままである。それで溺れる光國ではなかった。幼い頃、父のしごきで氾濫する浅草川で泳がされたこともあるのだ。

少年も少年で見事に川を泳いだ。水面に対しほとんど水平になり、両手足を大きく蛙のように動かす。いわゆる平泳ぎだった。その見事な水練だけでも、体術において素晴らしい天稟《てんぴん》の才の持ち主であることがわかる。

(まるで河童《かっぱ》だ)

光國の方はせっせと水をかきながら、優雅ですらある少年の泳ぎに惚れ惚れした。独学だとしたら、百年に一人の逸材といっていい。光國は別の意味で少年を追いかけたくなっていた。

少年が対岸に着き、這い上がった。さっと光國を振り返り、またもや小鬼のような形相で棒を右肩に担いだ。水から上がる光國を、あの横殴りの打撃で狙う気なのだ。

「待て！　お前が打ちのめした男は悪いやつだ！　おれが捕らえるはずだったのだ！」

川の中から光國が吠えた。少年が目を丸くした。光國が岸に手をかけ、棒でぶっ叩かれないよう、喋りながら這い上がり、片膝をついた。

「捕らえて悪事を吐かせるつもりであった。なぜあやつを打った？　何かひどいことをされたのか？」

少年が、ぽかんと口を開いた。光國の言葉以上に、刀とびしょ濡れの衣服という重たい荷をものともせず、あっさり岸に上がったその膂力《りょりょく》と、いささかも息切れしていない体力に、びっくりしているのだ。

「あの男には他にも仲間がいて、悪事を企んでいるのだ。お前が知っていることを教えてくれれば、その企みを防げるかもしれん。頼む」

少年が、担いでいた棒をだらりと下げた。濡れ鼠のみっともない男が、片膝をついたまま、真剣な様子で話すさまに、毒気を抜かれた様子である。

「あいつは、火つけの人殺しだ」

ぽつっと少年が言った。すでに聞いたことだが、光國は深くうなずいてやった。棒を食らわぬよう慎重に間合いを取りつつ尋ねた。

「お前、名は何という？」

少年の方も光國の動きをしっかり警戒しながら、ぼそりと名乗った。

四

びしょびしょに濡れた光國と少年を、中山が呆れ顔で出迎えた。

光國は元の衣服に着替え、少年に自分の羽織を気前よく貸してやった。

少年に食事を与えたところ、むさぼり食った。それから、光國と中山が代わる代わる質問し、ようやく顚末《てんまつ》が明らかとなった。

了助と名乗る少年には二人の父がいた。本当の父は旗本奴に殺された。二人目の父代わりになってくれた男は先の大火で死んだ。

生き残った了助は、芥《ごみ》運びで稼いだ。

火災で焼けた家屋の残骸、焼け土、おびただしい焼死体を、深川《ふかがわ》へ運ぶ仕事である。焼けた人の脂を吸った土は異臭を放ち、掘り返されて芥となった。

深川には、焼け死んだ人々の焦げた皮膚や髪がへばりついた芥が大量に運ばれ、築地《つきじ》(埋め立て地)となった。のち、運ばれた死者の供養のため、近所に回向院《えこういん》が建てられている。

了助は多くの運び手たちとともに、沢山《たくさん》の芥を深川一帯に捨てた。中にはまだ使える釜や、掘っ立て小屋の材料になるものもあった。勝手に持っていっても誰も文句は言わない。いつしか、自分が運んだ芥を利用し、小屋を建てる者が出始めた。了助もそれに倣《なら》った。生活の品は全て拾った物で間に合わせた。

やがて芥運びの仕事がなくなり、材木を市中に運ぶ仕事が増えた。いっとき深川に住み着いた無宿人たちが、本所や浅草川の対岸へ移り住んだ。死体の破片だらけの場所が嫌だったからだ。夜な夜な焼け死んだ人々の苦しみの声が聞こえるとか、燃える頭髪を振り乱す女の幽霊を見たなどと言い出す者もいた。

だが了助は深川に居続けた。もし本当に死者の声がするなら供養してやりたかったからだ。怖いとは思わなかった。

他にも居残る者たちはけっこういた。深川界隈は義理人情に厚い職人たちが多く、駄賃もごまかさずに払ってくれるからだろう。芥に囲まれて暮らす了助たちのことを、町の人々は放っておいてくれた。

そこで、源左《げんざ》という老いた元職人と隣近所になった。何かの事情で帰る家を失った源左に、釜を貸したのがきっかけで付き合いができた。必要なものを分け合い、一緒に回向院を建てるために来た僧たちに倣って南無阿弥陀仏を唱え、死者の成仏を祈った。了助は、二人の父が死んでのち、もっと年の離れた父が現れたような気持ちだった。

そんなあるとき、了助は深川の芥溜《ごみだめ》で、火をつけて遊ぶ七人の男たちを見た。一人は坊さんみたいな格好だが、他はみな侍だった。木や石を並べ、こう火をつけるといい、こうすると燃える、などと熱心に話していた。

築地とはいえ火をつけるなど危険きわまりない連中である。だが役所に報せることは出来なかった。そんなことをすれば無宿を咎められるのは自分の方だからだ。

了助はそいつらのあとをつけ、神田に住んでいると知った。いざとなれば一人ずつ打ちのめして悪さをやめさせようと考えた。

だがある晩、了助が寝ていると、源左の悲鳴が聞こえた。

飛び起きて小屋から出ると、源左の小屋が燃えていた。了助や他の無宿人たちが急いで火を消した。了助が、遠くからこちらを見ている者たちがいることに気づいた。火をつけて遊んでいた男たちだった。

「火つけども！」

了助が叫ぶと、そいつらは逃げた。

源左は、頭や背に大やけどを負った。そして激痛に耐えられず、二日後、首をくくって死んだ。

了助は、無宿人たちとともに源左を芥溜に埋めてのち、供養のために深川を出た。

火をつけた男たちを、一人残らず打ち殺す。

それがそのときの供養だった。

「鬼河童、だそうです」

中山が言った。東海寺の一室である。光國の他に、忠秋と罔両子がいた。

「なんです、それ？」

罔両子が興味津々《しんしん》で訊いた。

「深川の者たちが了助につけたあだ名です。芥運びや材木運びの仕事のあと、毎晩、一心不乱に棒で木を叩くとか。我流の修練でしょう。とにかく鬼気迫る様子だそうで」

「それで鬼か？」

今度は光國が訊いた。

「あだ名のきっかけは、町奴との喧嘩です。了助の黒い羽織は、喧嘩相手を打ちのめして奪ったものです。訴えはありません。評判の悪い町奴で、了助を誉《ほ》める声が多いそうです。以来、町奴どもは鬼河童と呼んで了助には近づかなくなったとか」

男伊達ぶった乱暴者を、浮世絵の若衆のような少年が懲らしめたのである。当然、評判になるし、訴えれば町奴の恥となる。

「なんで河童なんです？」

罔両子がさらに目を輝かせて訊いた。

「泳ぎが上手いそうです」

「ああ、なんだ」

興味を失う罔両子の隣で、忠秋が嘆息を漏らした。

「子ども一人、あのような場所で……。養い親になろうという者はいなかったのか？」

「町の者が引き取ろうとしましたが、了助が拒んだそうです。二度も父親を失ったので、またいなくなるのが嫌だ、一人でいい、と」

忠秋の目が潤み、瞼を閉じた。子を失った経験でもあるのかと光國は想像したが、今ここで訊くことではなかった。代わりに別のことを中山に訊いた。

「六維と名乗った。親族がいるのでは？」

「それもあだ名だそうです。どんな乱暴者も無為にするとかで。なお、亡父のものだという懐刀を持ち、見たところ、隅立て四つ目結紋《ゆいもん》らしきものが彫られていまして」

「六角《ろっかく》氏か」

光國が呟いた。四つ目結紋とは、四角形を四つ並べた、古くからある紋様である。もっぱら近江の源氏が家紋とし、様々な変化形が存在する。うち四角形に並べた隅立て四つ目は、源氏系の佐々木氏族たる六角氏が家紋としていた。

「六角氏は豊臣《とよとみ》方について大坂の陣に加わったと聞くが……」

中山がうなずいた。

「亡父か祖父が刀を授かったか、あるいは盗んだのかもしれません。職人たちの間では、了助は大坂の陣で戦った武士の末裔《まつえい》となっていますが真偽は不明。六維の名も六角にちなんで無為にかけたに過ぎません。深川界隈での聞き込みの成果は、以上です」

忠秋が瞼を開いた。その目が鋭い光を溜めていた。

「火つけをしていたのは、秋山官兵衛と壮玄烽士、そしてその仲間に相違ないな？」

「はい。火遁の術の修練とやらのためでしょう。秋山は死にました。町奉行が骸《むくろ》を処分し、我々が了助を預かることで話がついております。壮玄は、秋山を殺したのが深川の芥溜の子と知り、報復を企んでいますので、良い機会かと」

光國がじろりと中山を見据えた。

「良い機会だと？」

「壮玄はこのところ加賀《かが》藩上屋敷などに招かれ、手を出しづらかったところ、わざわざ悪さをしに出て来てくれる、ということです」

「了助を囮《おとり》に使うのか」

中山がむしろ意気込みをたたえて微笑んだ。その目が気づけば忠秋とは異なる鋭さを帯びている。必要ならば幾らでも冷酷になれる目が、光國に薄ら寒さを感じさせた。

「秋山が持っていた絵地図は、了助が奪ったと噂を流しました。壮玄は必死に取り返そうとするでしょう」

忠秋がまた嘆息を漏らした。光國の口から怒気のこもった声がこぼれた。

「あの子は物盗りではない——」

「了助さんを拾人衆に迎えては？」

罔両子が唐突に提案した。

光國が口をつぐみ、忠秋が思案げに眉間《みけん》に皺を寄せた。中山が小さくかぶりを振って言葉を返した。

「あの歳で、養い手を拒む者は、お務めに向きません。すぐに逃げ出すでしょう」

「迎え入れないと、いずれ裁かねばならない悪党に育ちそうですけど。この寺で引き受けても良いですが。本人に訊いてみますか。寺の者に見張らせていますので、今すぐ逃げられる心配はありませんでしょう」

罔両子が立って縁側へ行き、裸足のまま降りて行ってしまった。いちいち言動の全てに予告がなく、誰も反応できなかった。

かと思えば、すぐに戻って懐から雑巾を出して足を拭い、縁側に乗った。肩越しに後ろへ放った雑巾を、飛び出してきた僧がぱっと受けた。このときも光國は何の修行か訊きそびれた。

罔両子がぺたんと正座して言った。

「逃げられました」

# 五

了助は大急ぎでねぐらに戻った。いきなり品川の寺に連れて行かれ、風呂に入れられ、小綺麗な白衣を与えられたのである。寺に閉じ込められて僧にされると思い、黒羽織と草鞋を白衣の袂に突っ込み、見張りの隙を突いて逃げた。

戻ったときには夕刻で、稗《ひえ》と野菜でも炊こうと考えたが、腹は空いていなかった。たっぷり食事を振る舞われたおかげで、二、三日は食わずにいられそうだ。

代わりに二人の父に話しかけた。竹細工で神棚めいたものを作り、小石と懐刀を置いていた。作り方を習った細工がいわば三吉の形見だった。

「おとう、三吉のおやじさん。おれ、初めてお侍を懲らしめたよ。殺したかも。刀を抜いたから手加減してられなかったんだ」

適当に板を地面に並べた床の上に、きちんと正座している。おとうも三吉も行儀の良い人だったから自分もそうしていた。

「いつか、おとうを殺した侍も、おんなじ目に遭《あ》わせてやれたらいいのに」

だしぬけに小屋の外で声がした。

「やい、了助」

男の声である。了助は棒をひっつかみ、小屋から飛び出した。狭い小屋の中にいては不利だし、大事な神棚がある。まず小屋から離れ、振り返りながら右肩に棒を担いだ。芥に混じっていた船の櫂を懐刀で削った木剣である。不格好でとても剣には見えない棍棒めいたしろものだが、重さと堅さ、振り回したときの威力は実証されている。

当初は野犬を追い払うための物だったが、振るうこと自体に夢中になった。振り方によって威力も速度も変化するのが面白かった。

棒を手の延長のように感じ、対象に届くか届かないかすぐにわかった。間合いを見切る才能を備えているのだ。その能力を磨き、棒を振るう工夫をするときだけ、父たちが死んだ悲痛を忘れられた。乱暴な連中を打ち払うとき、父たちを殺された悲憤が和らぐ気がした。これには三吉もふくまれる。大火のとき御門が閉じたせいで大勢が死んだと思っていた。三吉もお侍に殺されたようなものだ。

悲痛と悲憤が生んだ、その棒きれ剣術を発揮すべく身構えたが、肩すかしを食った。きりっとした綺麗な町娘が、小さな紙の包みを持って立っていた。男はいない。さっき聞いた声は何だったのか。

「あんたの父親って、あんな感じの声？」

娘が言った。拾人衆の一人、いわざるのお鳩である。

了助がぽかんとしていると、お鳩が包みを脇に挟み、咽や顎を両手の指で押さえた。

その口から別の男の声が飛び出した。

「これでどうだ、了助？」

了助の顎が、かくんと落ちた。

「おとうの声か？　やい。そっくりかい」

混乱した。娘のふりをした男だろうか。そう思った。まさか。そんなわけがない。

「全然違う、おとうじゃない」

やっとそれだけ言った。

お鳩が咽から手を離し、普通の女の子の声で言った。

「あんたが大人になった顔を思い浮かべたんだけど。聞いたことない声は難しいね」

「なんなんだ、お前。どっかのやつの手先か」

「罔両子様が心配してんの」

「もうりょうし？」

「東海寺の一番偉い人。罔両だから河童のあんたと似たようなもんよ」

魍魎は川や水に棲《す》まう精のことだが、了助には意味がわからない。ただ、敵ではないと理解して棒を肩から下ろした。

「ねえ、お寺に来な。このままじゃ、あんた、仕返しされるよ。浪人たちに」

その言葉に、了助はがっかりした。

「浪人だったんだ。大名や旗本のところの連中をぶっ倒してやったと思ったのに」

あまりの不敬に、お鳩が目を丸くした。

「そんなこと言ったら、殺されるよ」

「余計なお世話だ」

お鳩がまた咽に手を当てた。

「こら、了助。命は大切にするもんだぞ」

「おれのおとうの声はもっと優しい」

お鳩の指の位置が変わった。

「了助。この乱暴者め」

「違う」

了助は娘を無視して小屋に戻ろうとした。最初は気味悪くて怖かったが、男の声を出すだけだとわかった。危険はなさそうだし興味も失せた。

「了助。おとうだよ」

了助の足が止まった。愕然と振り返った。お鳩がにんまりした。同じ声で言った。

「へえ、この声かい。本当、優しい声だね」

たちまち了助の双眸《そうぼう》にふっくらと涙が浮かんだ。そのまま両頰を流れ落ちていった。

お鳩が咽から手を離し、地声になった。

「なに？　急にどうしたの。お腹でも痛いの？」

かぶりを振った。涙を拭いもしない。恥ずかしいとは思わなかった。三吉のおやじさんが死んで以来、一度も流れたことのない涙だった。

「もいっぺん聞かせてくれよ」

「あ……」

「頼むよ」

お鳩が咽に手を当てた。

「了助……あんまり無茶なことしたら、おとうは悲しいよ」

了助が激しく嗚咽《おえつ》した。お鳩が困りきって立ち尽くした。ようやく了助が落ち着くと、
脇に挟んでいた包みを遠慮がちに差し出した。

「お団子あるけど……食べる？」

そんなご馳走を拒めるはずがない。こくんと幼児のように大きくうなずいた。

六

小屋で、お鳩と並んで座り、団子を食った。素晴らしく美味かった。大きな石を並べただけの竈《かまど》に鍋を置いて湯を沸かし、一つしかない茶碗で回し飲みした。お鳩は芥溜の

小屋を嫌がらなかった。

「あたし、鳩っていうんだ。拾われ子さ」

まだ小さいうちに捨てられた。親の顔と声を覚えてるなんて幸せだ。そう言われ、了助は黙ってうなずき返していた。自分が不幸だなんて思ったことはなかった。

「親はいないけど、弟がいたんだ。二人で籠に入れられて捨てられてたんだって。弟は、体が弱くて七つになる前に死んじゃった。生きてたら、あんたくらいの年かな」

娘が問われもせず話した。了助は黙って聞いた。追い払う気も失せていた。

ふいに足音がした。人間ではない。馬だ。

「了助、おるか」

声がした。了助が反射的に棒に手を当てたが握りはしなかった。お忍びの出で立ちをした光國が、ぬっと現れ、了助とお鳩が並んで座っているのを見て真顔になった。

「おなごと一緒か。野暮なことをした」

了助とお鳩がきょとんとなった。光國は笑った。二人ともなぜこの男が笑うのかわからずにいる。

「甘酒だ。酒はまずかろう。肴《さかな》もある」

光國が勝手に座り込み、竹筒と、梅干しを包んだものを置いた。狭い小屋の中でぎゅう詰めになった。なんでご馳走を与えられるのか了助にはさっぱりわからないが、もらえるものはもらった。甘酒も梅干しも信じられないくらい美味かった。

「近くの木に馬をつながせたが、木の幹が妙に凹《へこ》んでいた。お前がやったのか」

「うん」

「木が相手ゆえ、真横に振るうわけか」

「犬だよ」

「犬？」

「犬たちを追い払うから」

「野犬の群と戦うか。凄まじいな。どこで学んだ？」

「どこって……ここで。棒を振って覚えただけ」

「やはり我流か。大した修練だ。すごいぞ」

光國が大いに感心した。誰にも学ばず、体術そのものを創意工夫したのだ。やはり、とんでもない才能だった。

了助がむずがゆいような顔になってうつむいた。照れたらしい。

「御曹司」

外で従者が呼んだ。光國がすっと立った。

「来たな。例の浪人どもだ」

光國が外へ出た。了助が、さっと棒を握って追った。遅れてお鳩が出て、帯の中の匕《あい》首《くち》を握った。

薄暗くなった外では光國の馬が木につながれており、そばにずんぐりした年配の従者がいて、筵で覆われた何かを三つ並べている。

その向こうに六人の男たちがいた。右端に僧形の男。他はいかにも浪人風の出で立ちである。浪人の一人が火のついた松明《たいまつ》を持ち、五人が弓矢を携《たずさ》えている。光國が出てきたことで互いに目配せした。狼狽えたのではない。皆殺しにすると男たちの目が言っていた。

光國がすさまじい一喝を放った。

「壮玄烽士、神妙にせよ！　貴様はおびき出されたのだ！　逃げられんぞ！」

男たちがぎょっとなった。だが壮玄は動じず、鋭く仲間に命じた。

「怯《ひる》むなかれ。火遁の術あらば万敵恐るるに足らず。やつらを葬り、死地を脱せよ」

壮玄と男たちが弓に矢をつがえた。一人が松明で、矢先に火をつけた。火矢だ。

光國が従者に手を伸ばした。従者が筵を開いて中身を渡した。こちらは長筒《ながづつ》の銃だ。

浪人の一人が火矢を放つと同時に、光國が銃を構えて撃った。たまらない轟音が響き渡り、宙で盛大に火の粉が舞った。

壮玄たちが驚愕した。了助もお鳩も目をまん丸にしている。放たれた火矢を銃弾で吹っ飛ばしたのだ。光國には造作もなかった。若い頃から父に銃を与えられて修練し、今では馬上から、雁の群を端から残らず撃ち落とすという妙技を我がものとしていた。

光國が銃を従者に返し、別の、同型の銃を受け取った。銃は三挺。撃った銃を従者が迅速に掃除し、弾を込めた。父の家臣のうち、早込めの達人を借りてきたのだ。

光國がまた撃った。弓を引き絞った浪人の一人が、左手を撃たれた。火と指と弓の握りが一緒くたに砕け散り、赤い霧を生んだ。

三挺目の銃を取って撃った。放たれた直後の火矢がまた消し飛んだ。銃が一巡した。熱を帯びた銃で撃った。すっかり腰が引けた浪人が、弓と火矢を放り出した。宙でそれらがまとめて銃弾に粉砕された。

火矢を構えるのは壮玄一人となった。そちらへ、了助が走った。

「キィイイヤァアアア!!」

その口から、銃声もかくやという絶叫がわいた。

まさに鬼河童の咆哮《ほうこう》だった。野犬を退けるための叫喚《きようかん》だが、経験的に人にも効くことを知っていた。

果たして壮玄たちがぎくりとなった。お鳩も身を強ばらせた。光國ですら面くらい、すぐには制止の声を放てなかった。

迫り来る了助に向かって、壮玄が慌てて火矢を放った。さして威力のない矢だった。

右肩に担いだ棒が一閃《いっせん》し、燃える鏃《やじり》を難なくとらえた。目の前でぱっと火の粉が散った。そのまま勢いを失わず驀進《ばくしん》した。棒が左肩に担がれ、両手の位置が変わった。

壮玄が弓を捨て、刀を抜いた。だが了助の前に立ちはだかったのは別の浪人二人だ。火矢を撃たれた者たちである。左手を撃たれた者、弓矢を投げた者、松明を持つ者は、いずれも狼狽《ろうばい》し、戦う意欲を失っている。

了助が、抜刀した二人へ、見事な間合いで棒を振るった。どん！　一人が右腿《みぎもも》を打たれ、その身が綺麗に四分の一回転して横に倒れた。右腿の骨が砕けていた。ごん！　もう一人が、袈裟《けさ》斬りに振るった刀を了助にかわされ、右打ちに構えた棒で左腰を打たれた。真横へ吹っ飛び、腰骨が割れて動けなくなった。

あっという間に二人を打ち除けて迫る了助を、壮玄が刀の切っ先を中段に構えて迎え撃った。斬るのではなく突いた。横へ大振りする了助の動きに対し、最も有効とみたのだろう。

その刀にとてつもない衝撃が走り、横へ弾かれた。了助が左打ちの棒で払ったのだ。かろうじて刀を離さずにいられたが、次の瞬間には、右打ちに切り替わった了助の棒が、壮玄の左腕を粉砕していた。

壮玄が呻《うめ》きながら慌てて下がった。了助の棒が左打ちでその右腕を叩き折った。壮玄の手から刀が飛んだ。

「よさんか、了助！」

光國が叫んだが、このときも了助は止まらなかった。源左の爺さんの供養と信じ、右打ちで壮玄の左脇腹を打った。横にくの字になってよろめく壮玄の右肩を左打ちで打ち砕き、右打ちで逆の肩を打ち砕いて、また逆側から脚を打ち折った。倒れることも許さない。滅多打ちとはこのことだった。

ふいに了助の動きが止まった。光國に、背後から両肩をつかまれていた。とんでもない握力である。動けなかった。

ぐしゃっという感じで壮玄が倒れた。

「まるで、くじり風だ」

光國が、感嘆の呟きを漏らした。江戸でときおり生じる、竜巻のごとき旋風のことだ。土を巻き上げることから土くじりともいう。

残り三人が逃げ出し、ほうぼうで声が起こった。配置されていた中山の配下、ならびに町奉行の与力・同心たちが、三人を取り囲み、次々に捕まえていった。

光國の手がゆるみ、了助がぱっと逃れて小屋へ走り込んだ。こんな騒ぎになれば自分も捕まるに決まっている。おとうと逃げねばならない。懐刀と小石を懐に入れ、小屋を出た。

真っ正面に、お鳩が立っていた。なぜか怒った顔をしていた。そして涙ぐんでいた。

「ちょっととっ！　命知らずにもほどがあるよ！　なんだってあんなことするの！」

了助は面食らって足を止めてしまった。

そこへ光國が来て仲裁するように言った。

「仇《かたき》を討たんとするのは天晴《あっぱ》れだが、一人ではたやすく矢で射られ、この小屋ごと火だるまにされて死んでいたぞ。わかっているな?」

了助はむっとなりながらも反論できなかった。光國が屈み込んで笑った。

「逃げずともよい。お前は手柄を立てたのだ。胸を張れ。立派な働きであったぞ」

了助は驚いて相手を見た。光國の目が、嘘ではないと言っていた。

急に脱力した。それまで経験したことのない、やけに嬉しいのと妙に恥ずかしいのとが一緒になる気分を味わいながら、口の端に小さな笑みを浮かべて下を向いた。

七

「壮玄烽士は半死半生ですが、中山勘解由が企みを吐かせました」

光國が言った。駒込の中屋敷に設けられた、茶室にいた。

父の頼房が、湯を沸かしながら黙って報告を聞いている。

企みとは、強盗であった。大名屋敷や寺社に押し入り、金銀を奪い、逃走と攪乱《かくらん》のため、火をつける。のち、江戸市中で強盗の常套《じょうとう》手段となる手法だった。このため火つけは、やがて盗賊と同種とみなされることになる。

「正雪絵図と呼ばれる絵地図を、壮玄烽士もまた別の者から買ったそうです。絵地図を売りさばく者がおり、壮玄烽士はその者にそそのかされて徒党を組んだとか」

頼房が絵地図を見つめた。巳助が写したものではない。秋山と壮玄烽士らが所持していたもので、三点もあった。

巳助の写しと違うのは、色分けされていることと、土地を拝領した大名や寺の名が記されていることとである。巳助は絵の写しには長けているが、字には疎《うと》いらしい。

「絵地図を作った職人がわかれば、作らせた者もわかるはず」

光國が言った。頼房が、それには応じず、ぽつっと呟いた。

「長坂十郎兵衛《ながさかじゆうろべえ》。池田相模守《いけださがみのかみ》」

光國は眉をひそめ、ついで凝然となった。父が告げたそれぞれの屋敷に、「長坂十郎兵衛様」「松平《まつだいら》相模様」と「様」がつけられているのだ。絵地図では、将軍家に属する人々の屋敷に敬称が付されることが多い。制作の依頼主が幕府であるからだ。

しかし長坂と相模守は違った。将軍家ではない。紀州徳川家の息女の婿なのである。もしやと思い、紀伊藩の屋敷を見た。「御上屋敷」と記されている。まるで幕府が依頼した絵地図で、江戸城を単に「御城」と記すがごとくである。

「よもや紀州徳川家が作らせたもの……」

それでは、大火の火元を示す「十」の印は何か。大火の後につけられたものか、それとも、前か。

もし前なら？　またこれを紀伊家が作成させたとしたら？　由井正雪と紀伊藩主が通じ、江戸焼き討ちを企んでいた、という嫌疑を裏づけるものとなるのではないか。

光國の全身の肌に粟《あわ》が生じた。冷水の中に首までつかった気分だった。

「あるいは、何者かの計略か」

頼房が言った。だとすれば、由井正雪と紀伊藩がともに江戸焼き討ちを計画したという嫌疑を、この絵地図によって再び浮上させるために相違ない。

となれば、浪人どもの騒ぎの背後に幕閣がいることになるのでは？

老中たち、将軍取次ぎの者たちの名を、つい口にしようとする光國を、頼房が厳かな調子で遮《さえぎ》った。

「一件はこれで落着と、豊後守、中山、罔両子に申し伝えろ。絵地図については、沙汰《さた》することもあるかもしれんと」

今は他に証拠がない。核心につながる何かが見つかるのを待つしかなかった。

光國は承知した。ひどく冷たいものを無理やり飲み込んだ気分だった。

「河童さんが、陸《おか》に上がったわけですからね。気持ちはわかりますよ。私も罔両子ですから」

了助はぶすっとした顔でいる。白衣姿で東海寺の一室で、罔両子と光國とともに座っていた。

光國が言った。

「ここで学べ。必ず生きる役に立つ」

東海寺の僧は特に何でもこなすことを光國は知っていた。道具を作り、服を繕《つくろ》い、庭を造り、お堂を建て、田畑を耕し、料理もする。職人顔負けの者たちばかりだった。

了助の素質は、放置しておくには惜しく、また危険でもある。無宿人の生活に戻り、成長して賊となれば市井の脅威となるだろう。だがもし拾人衆として働き、成長してどこぞの養子になれば、仕官も夢ではない。光國は、そういう罔両子の考えに賛同していた。市井と了助自身の両方にとって、どちらが良いか言うまでもない。

だが了助に納得した様子はなかった。見るからに逃げる気まんまんだった。

「了助さんは仇を討つことをお望みとか？」

罔両子がやんわり尋ねた。了助がちらりと目を上げ、黙ってうなずいた。

「お務めを通して、仇のことがわかるかもしれませんよ。憎い相手を討てるかも」

僧のくせに平然と殺生《せっしょう》を肯定する罔両子に、了助も光國も呆れた。だが方便としては最も効果があるのも確かだった。

「なら、それまでここにいてもいい」

了助がふてぶてしく言った。罔両子がにっこりした。この僧、本気かどうかいまいちわからぬぞと思い、光國が親身になって訊いた。

「お前の父を殺したのは、旗本奴で間違いないのだな？」

「うん」

「おとうの遺体は見つからなかったのか？」

「血がいっぱい残ってた。きっとどこかに埋めたんだ。悪さが見つからないように」

光國は腕組みした。無宿人を殺してわざわざ埋めて弔うというのは、了助には悪いがぴんとこない。飢人《きにん》や病人がごろごろのたれ死にしているのである。筵でもかぶせておけば誰も気にしないだろう。

「お前のおとうを狙ったのかもしれん。いつどこでおとうは捕まった？」

「おれが四つのとき。夜だったよ。浅草の寺の縁の下で寝てたら、奴どもが来て、何か喋ってた。そしたら、斬ろう、とか言い出して、おとうを捕まえたんだ。昔のことだけど、おれ、忘れないよ」

了助が両手を震わせて言った。その肩にそっと罔両子が手を当て、宥《なだ》めてやった。光國に、了助を宥める余裕はなかった。表情を変えぬだけで精一杯だった。血の気が引き、目がくらむほどの戦慄を覚えた。だが決して表に出してはならなかった。了助に向かって、励ますようにうなずきかけてやった。

それからすぐに光國は寺を出た。だがそのまま帰れなかった。引き返して寺の一角へ向かった。かつてそこで過ごした時間が、自分を狼藉から引き離し、真の自由へ目を向けさせてくれた。そこに今、恐怖とともに引き戻されていた。

苔むした無縁仏の墓石が並んでいる。若い頃に見たのと同じ、渺々《びょうびょう》とした光景だった。墓石の一つに歩み寄り、その前で両膝をついた。

（なぜでございますか！）

いきなり記憶がよみがえった。一言一句、思い出せた。

（わたくしは、このような身に落ちぶれたとしても、命を惜しく思うことは万人と同じでございます！　なのに、なぜこのようなことをするのですか！）

あれは無思慮のことであった。当時つるんでいた旗本奴どもにまんまとはめられたのだ。したくてしたことではない。あれほどおのれの行いを後悔したことはなかった。

思わずお堂の方を見た。

――お前の父はここに眠っている。

歯を食いしばってその言葉を飲み込んだ。

膝をついたまま微動だに出来ぬ光國の頭上で、夏の熱い風が一陣、ざわざわと葉を鳴らして通り過ぎていった。

# らかんさん

# 一

十四歳の少年の、むごたらしい骸《むくろ》が発見されたのは、目黒《めぐろ》村の行人坂《ぎょうにんざか》を下りた辺りの川べりであった。

その急勾配の坂には、大海《たいかい》法印という行者が開いた道場を起源とする大円寺《だいえんじ》がある。付近に行者が多く住むため行人坂と呼ばれるのだが、半ば犬に食われた少年の遺骸を見つけたのも、そうした行者の一人である。

行者が骸を大円寺に運び、そこの僧が南町奉行所に届け出たところ、品川東海寺《とうかいじ》の僧が縁故のあるむねを告げ、骸を引き取った。

少年の名は亥太郎《いたろう》。拾人衆《じゅうにんしゅう》の一人だった。

赤ん坊のとき、ある武家屋敷の前の路上に捨てられていたのを辻番が見つけ、拾われた子だ。

辻番は、屋敷周辺の不寝番《ねずのばん》である。そこに捨て子や迷子があれば介抱する。

赤ん坊は屋敷内で検分され、ヤブ蚊にさんざん食われたほかは傷も病もない健全な男子と判断された。産着に誕生年が書かれていて一歳とわかったが、名や血縁を示すものはなかった。しばらくその屋敷で育てられ、〝子拾い豊後守《ぶんごのかみ》〟とあだ名される老中・阿《あ》部《べ》豊後守忠秋《ただあき》の耳に入り、東海寺に斡旋された。幕命に従う拾人衆の一員となることを期待し、養育費は、幕府からひそかに出された。

育てたのである。

亥太郎の名は、忠秋がつけた。

小柄ながら膂力《りょりょく》に優れ、六歳から相撲を好み、十歳で大人を投げ倒すほどの力と技を身につけた。その膂力と才気を買われ、正式に拾人衆となったのだが、いずれ力士の道を歩んでいたかもしれない少年である。

拾人衆はみな、大人になると養子縁組みの斡旋を受けるなど、それまでの働きへの報奨として、各々が望む生活を与えられる。

「力士になって神事でお相撲をとりたい」

という亥太郎の夢にも、拾人衆を管理する「寺」は後援を惜しまなかっただろう。

その亥太郎が、死の前日、行人坂で荷担ぎとして働いていたのは、見張りのためだ。急な坂とあって、荷担ぎが大勢おり、亥太郎より幼い者もいた。賃金を求めて人々に声をかけ、旅人の荷を坂の上まで運んだり、坂を下る荷車が転がらぬよう何人もの荷担ぎが力を合わせ、体を張って支えになったりする。

亥太郎の体軀は、いかにも荷担ぎにふさわしかった。

「足腰を鍛えるのにちょうど良いです」

と本人もいうので「寺」もことあるごとに亥太郎を坂に配置した。荷担ぎで稼いだ銭は自分のものにしてよい、と東海寺の罔両子《もうりようし》が決めてくれたのも、亥太郎が坂を好んだ理由だ。

そんなわけで行人坂のみならず山手と平野を結ぶあらゆる坂で、亥太郎は荷担ぎに扮し、密偵として働いていたわけである。

特にその日は、ある集団の頭《かしら》と目される男の追跡が、拾人衆の喫緊《きつきん》の務めであった。増上寺《ぞうじようじ》付近の商家を盗賊一味が襲い、死者を出して金品を奪った。しかも逃走の際、追っ手を攪乱《かくらん》するため、周囲に火を放ったという。

逃走のための放火は、最新の犯罪手法である。

火は、建物が密集する江戸の最大の弱点だ。正月に振袖火事が猛威を振るって半年余、荒々しい強盗に火つけが加わったとあって、世情は上も下もずっと緊迫気味だ。

火つけが悪党どもの常套手段として広まる前に、何としてもこの賊を捕らえねばならないという使命感が、各奉行所にみなぎっていた。またそれは、東海寺を拠点の一つとする、捨て子たちで構成された拾人衆と、その管理者たちも同様だ。

亥太郎も、その使命感を漠然と抱いていた。自分を育ててくれた恩義に報いたいし、

「寺」の大人たちに働きを認めてもらいたいという気持ちも人一倍強い。

だから、その男を見たとき、亥太郎は、迷わず坂を離れて尾行することに決めた。

拾人衆の一人、みざるの巳《み》助《すけ》が描く多数の人相書きを見て、頭にとどめておくのも、亥太郎のような者の務めだ。

その人相書きにそっくりの男が、他の派手派手しい出で立ちをした五人の浪人風の男たちとともに坂に現れて下りてゆく。亥太郎は手拭いで汗を拭うふりをしながら、その顔をしっかり見てとり、間違いないと確信した。

拾人衆の諜報により、くだんの盗賊一味の頭と目された人物である。

艶めく総髪に、驚くほど白い肌、切長の目。眼光は鋭く、口元には世を嘲笑《あざわら》うかのような妖しい笑みが浮かんでいる。

腰に小太刀のみを差し、高価そうな柄の着物の上に、なんと女物の羽織をわざわざかけて風になびかせていた。今風の傾《かぶ》いた衣裳というやつだ。

左袖に手は見えず、懐《ふところ》に手を入れている様子もない。隻腕《せきわん》である。どうやら、左の手首と肘の真ん中辺りで、腕を失ったらしい。

見逃しようがないほど特徴が豊富な、これでもかと悪目立ちする姿と美貌であった。

亥太郎は「寺」で教わったとおり、相手に怪しまれないよう距離を取って尾行した。

茶屋に男たちが入ると、自分は足を止めずそのまま通り過ぎ、ちょっと行ったところで路傍の石に座り、雑木林を背にして、一休みするふりをしながら様子をうかがった。

一帯には、田畑が広がっている。この先にあるのは農家のほか、小さな町家、大聖院《だいしょういん》、目黒不動、ほかの大小の寺院、さもなくば未開の野原である。

一人が、茶屋の娘に道を聞いたらしく、娘が大鳥大明神《おおとりだいみょうじん》のあるほうを指さしたので、そこが目的地だろうと見当がついた。

が、そこで、異変に気づいた。

茶屋に五人の男たちしかいない。目立つことこの上ない、女着物の男がいなかった。唐突に、良い香りがした。お香や白粉《おしろい》の香りだとわかった。その香りとともに、背後で声がわいた。

「つかまえた」

凍りつく亥太郎の左肩に、何かが食いついた。一瞬、蛇に噛まれたのかと思った。鋭い痛みと恐怖で息を詰まらせながら亥太郎が見たのは、着物の袖から伸びる、白蛇のような滑らかな肌をした左腕と、鉄細工である。

隻腕だが、残った腕の部分に、細い鉄の板に鉄環をつけた義手の留め具があった。鉄環に腕を通し、鉄の板をきらきらした錦の布で縛り、腕に固定しているのだ。留め具の先には、奇妙に湾曲した鉤型《かぎがた》の鎌がある。その内側の刃が、亥太郎の肩に食い込んでいるのだった。

円い鉤型の鎌にしたのは、刃が袖に引っかからず素早く出せるからだ。亥太郎は呆然とそう理解した。義手の代わりにそんな禍々《まがまが》しいものを装着する異常さに総毛立った。とはいえそのまま凍りついていたわけでは決してなく、戦慄しながらも全身で抵抗した。力を込めて立ち、肩を裂かれるのも構わず身をよじって鎌から逃れると、大人顔負けの膂力を振るうべく、男につかみかかった。

美貌の男は、蛇のように目を剝《む》き、口を開けて笑みを浮かべていた。その右手がいつの間にか小太刀を抜き、袖を取ろうとした亥太郎の両手を素早く斬り払った。

燃えるような熱が、亥太郎の両手に生じた。若い、力と才に満ちた十指が、小枝のようにあらかた斬り飛ばされていた。

鎌が、亥太郎の首を捕らえた。

「誰が追わせたか、ゆっくり聞かせてもらいましょう」

男が優しく言った。

異様な男の胸に抱かれるようにして、亥太郎の姿は、雑木林の中へ消えた。

二

――なぜこうなってしまったのか。

徳川光國《とくがわみつくに》は、中山《なかやま》とその家臣とともに、馬で東海寺へ赴きながら、そんな思いを、し

いて抑え込もうとしていた。

父の頼房《よりふさ》に命じられ、拾人衆なる捨て子を用いた幕府の隠密組織の目付となった。

もっぱらの目的は、度重なる改易で激増する浪人たちが、町家や諸藩の邸に出入りするのを監視し、悪事を防ぐことにある。

それはいい。今では妻帯して落ち着いたとはいえ、若い頃は傾奇者《かぶきもの》としてさんざん市《し》井《せい》で暴れた経験が生かされる務めである。父もそう見込んで命じたのはわかっていた。

だが問題は、そこで出会った少年だ。

六維了助《むいりょうすけ》。特異な棒で、太刀を握る浪人どもを、ばたばたとなぎ倒した、一種異常なまでの剣才を持った、無宿人の子である。

いや、その子自体も、問題とはいえない。

問題は、おのれだった。

おのれが、市井で暴れたときに遭遇した、ある過去にあった。

了助は四歳のとき、父を殺されており、その亡骸《なきがら》がどうなったかも知らない。

自分だけが、亡骸のありかを知っている。光國にはその確信がある。了助から聞いた話と、自分が知ることとが、あまりに合致しているからだ。

そしてそのことを、断じて了助に教えるわけにはいかなかった。

――これが前世の因縁というやつか。

きわめて珍しいことに、そんな考えすらわいた。水戸家は寺嫌いで有名である。藩主の頼房が、前世というものをうさんくさく思っているからだ。藩士たちも子の光國も感化され、前世という証明不能なものを信じない気風が水戸家にはあった。

だが、このように巡り巡っておのれの過去と直面させられると、つい、人智を越えた何かが働いているのでは、というぞっとしない考えに襲われるのだ。

逃げてしまえばいい、とは思えなかった。父から命じられたお役目を放り出すわけにもいかないし、それ以上に、何かが光國に逃げることを許さずにいた。それが何なのか、はっきりさせねばならないという思いのほうが強かった。

光國は、そんな内心を気取られないよう、

「わざわざ品川などに出向くのだ。新しく出来たという遊里を見物するのもいいな」

などと言って、中山をからかった。

中山が、いつもの柔和な猫のような面相で目を細めて笑った。

「天姿婉順《てんしえんじゆん》、と評判の奥方がおられるのに、自由狼藉のご性分は変わりませんか？」

ずけずけとした訊き方である。身分の差からして僭越もいいところだが、光國が無遠慮を好むことを、中山はとっくに見抜いている。

そして、そんな風に親しくしながらも、柔らかな目つきの奥では、冷徹な観察の視線を光國に向けていた。この男の勘の鋭さはどこか尋常でないところがあり、光國は内心の動揺を悟られまいとして笑い返してやった。

「遊ぶためではない。世情をつぶさに知るためだ。遊里を巡り歩いたことは？」

「残念ながら、そのような怖い場所に行ったことはありません」

「怖い？」

「お家の大禍となる傾城《けいせい》の女もいるとか」

「勘解由《かげゆ》どのよ。それは色に狂う男が悪いのだ。親兄弟を食わせるため、身を売られた女たちが、健気《けなげ》に生きておる。彼女たちのような孝行者は、滅多におらぬ」

「羨望に耐えませんね。私は孝行すべき親を早くに失いましたので」

しれっと中山が言い返した。潔癖な性分ゆえか、言動に遊女への忌避感がにじんでいる。光國はにやりとなった。中山の弱点とみたのである。

中山の追及癖に困ったときは、遊里の話題を出してやろう。そう決めたところで、東海寺に到着していた。

拾人衆を育成する「寺」の一つである。「寺」は寺院とは限らず、武家や町家などいたるところにあると聞いているが、今のところ光國が知るのは東海寺だけである。

馬を預け、案内する僧に従った。いつもの部屋ではなく、墓地に連れて行かれた。

東海寺の主である罔両子が、まん丸に磨いた墓石を積んだ、真新しい墓に向かって、弔いのお経を唱えている。

その両脇に、目を閉じ、合掌をしている二人の男たちがいた。一人は僧形の、端整な顔立ちの若い男だ。もう一人は、ぼうぼうの髪と髭《ひげ》の、無宿人じみた男だった。

老中の豊後守こと阿部忠秋の姿もあった。罔両子のすぐ後ろで茣蓙《ござ》の上に座り、目尻に涙を溜めて合掌している。

阿部の左右には、拾人衆と思われる二十人近い子どもらが並んで地べたに正座し、手を合わせていた。その中に、光國が知る、三ざるの少年少女がいた。みざるの巳助、いわざるのお鳩《はと》、きかざるの亀一《かめいち》である。三人とも、一心に祈る様子であった。

彼らのさらに後ろに、愛用の長い棒をそばに置いた、了助の姿があった。

合掌はしているが、瞑目《めいもく》してはいない。経をあげる罔両子の背を、じっと見つめている。浮世絵の若衆のような好い顔立ちが、怒ったように強ばっていた。

光國は、その了助の近くで膝をつき、端然と座した。平気で地べたに座る光國に、中山がちょっと気後れしつつも倣った。

「誰が死んだ？」

光國が小声で訊くと、了助が目を動かさず、

「亥太郎っていう、おれより小さい子」

と答えた。

「拾人衆か」

了助が小さくうなずいた。

「体中、めちゃくちゃに斬られたけど、それで死んだんじゃないって。自分で舌を噛み切ったんだって、罔両子が言ってた」

三

「拾人衆が殺されるなど、まず考えられないことでした」

阿部が暗い顔で言った。

過去の拾人衆の働きを知らない光國は、曖昧にうなずき返しつつ、畳の上に置かれた、巳助による人相書きを見つめた。総髪の美男。隻腕。女ものの着物を羽織る傾奇者。名も記されている。

「錦氷ノ介《にしきひのすけ》」

いかにも傾《かぶ》いた偽名だ、という感想を光國は抱いた。偽名のどこかに、本名か係累の名につながる字があるに違いない。光國自身も若い頃、町へひそかに繰り出すとき、そうして偽名を作ったものである。完全に自分と無関係な名を使うと、誰かに呼ばれたとき自分のことだと思えず、瞬時に反応できないかもしれないからだ。

部屋には、光國、罔両子、阿部、中山に加えて、先ほどの若い僧がいた。

鉄眼道光《てつげんどうこう》という二十八歳の僧で、肥後《ひご》国にある守山《もりやま》八幡宮の別当・佐伯浄信《さえきじょうしん》の子だという。若くして浄土真宗を学んだが、寺の格がものをいい、僧自身の才徳は二の次にされることを厭《いと》い、禅宗に帰依した男だった。

全国を巡り、これぞと見極めた地で寺を開くことを願っており、その許可を得るために江戸に逗留しているとのことである。

なぜ鉄眼が話に参加するのか、光國にはわからない。説明すべき阿部が、悲憤に息を詰まらせる様子だったからだ。

「この泰平の世で、罪なき子を切り刻むなど……近頃の浪人の猛兇《もうきょう》たるや、私の理解を超えます。開府以来の平和が浪人どもによって乱されようとしておるのです」

光國は、阿部の嘆言にうなずいてやったが、内心では、あながち浪人だけでなく、諸大名にも猛兇の気を抱えた者がおり、下の者へ伝染させることもある、と考えていた。阿部も老中として、そうした現実を知っているはずだが、よほど拾い子を殺された悲痛が激しいのだろう。

「この錦氷ノ介という男の所在は……？」

光國が訊くと、中山が淡々と答えた。

「悪目立ちするくせに神出鬼没でして。どこにねぐらがあるか探っている最中です」

「むしろ目立つ姿が目眩《めくら》ましになっているのだ。こういう男がごく普通のなりをすると、その特徴が消え失せ、見つけにくくなる」

「大した美貌のようですが」

「頬に煤《すす》か泥でも塗って頬被りをすればその特徴も簡単に消すことができる」

実際に自分もそうしたことがある者の言い方だった。中山と阿部が、光國の悪知恵に眉をひそめて目を見交わした。二人とも悪行などとは無縁なのだろう。

「拷問を施したのは、拾人衆であることを喋《しゃべ》らせようとしたからであろう……」

光國のその呟きには、罔両子が嘆息して反論した。

「危ないときは喋りなさい、と教えていますよ。戦国の世の諜者《ちょうじゃ》ではないのですから。悪党も、公儀の者と知って殺せば、一族全てに咎《とが》が及びます。自首するか、逃げた方がいい、と考えるのが普通です」

「ではなぜ亥太郎は無惨な目に……」

光國が呟くと、阿部がぐっとまた咽を詰まらせつつ言った。

「忠義心の強い子でした。それゆえ沈黙を通そうとしたものの、耐えきれぬと思い、舌を噛み切ったのでしょう」

だがそこへ中山が淡々と意見を述べた。

「下手人は、愉しんでいたとも考えられます。亥太郎に抵抗されてむしろ悦び、思わず度を超すほど斬りつけたのでしょう」

阿部が目を剝き絶句したが、これには光國は同感だった。子どもの身をさんざん斬るなど、明らかに弱者をいたぶることに快楽を感ずる者の所業なのである。

「そういう男ゆえ、強盗や殺生ばかりか、火つけまでしでかすのです。ただ逃げるためという以上に、人々が火に驚き、逃げ惑うさまを愉しんでいたと私は考えます」

中山が持論を述べつつ話を本題に向けた。

阿部の表情が引き締まり、ようやく老中らしい硬骨然とした顔を、光國に向けた。

「許しがたき下手人には必ず報いを受けさせるとして……先の件で問題となった〝正雪絵図〟と同様のものが見つかりました」

俄然《がぜん》、光國の気が昂《たか》ぶった。

「早くも、かの壮玄烽士《そうげんほうし》に倣《なら》う者が現れたということですな。どのようにして見つけたのですか？」

中山が、阿部に代わって答えた。

「錦氷ノ介の手下の一人が懐に持っていました。一味は七人。襲われたのは増上寺近辺の呉服屋『芝田屋《しばたや》』で、亭主と店の者二人が殺されたものの、妻や他の者たちは、とある客の奮戦で命を拾いました」

「客？」

「先ほど墓地にいた人物です。芝田屋に縁のある仏師とかで、吽慶《うんけい》と名乗っています」

「仏師が奮戦だと？」

そこで鉄眼という若い僧が話に加わった。

「吽慶様は、元丹波《たんば》福知《ふくち》山《やま》藩で、剣術指南を務められた方なのです。藩主が亡くなってのち仏師になられ、大変素晴らしい仏像を手がけられています」

光國は改めて、いかにも芯の強そうな、鉄眼というその僧を見つめた。

「元は剣術家か。では、強盗の一人の所持品を検《あらた》めることができたのは……」

「吽慶どのが常に携えておられる木剣で、賊を何人か打ち倒したところ、一人が庭石に頭をぶつけて死んだのだそうです」

「ふむ……。それで……、失礼だが、貴兄は拾人衆といかなるつながりが？」

阿部が我に返ったように答えた。

「これは失礼。罔両子どののように、いずれ『寺』を任せたいと考えている人物です」

「この者に『寺』を？」

罔両子がうなずいてこう言い添えた。

「私と宗派は違いますけれどね。鉄眼さんには、捨て子や迷い子がいたら報せて下さいとお願いしているんです。私、あちこちの僧に同じことを頼んでいまして」

鉄眼が恐縮して頭を下げた。

「私はまだ罔両子様のように幕命をたまわる身分ではありませんが……国々を巡り、良からぬ噂を聞けば、罔両子様にお伝えします」

「なるほど……」

と呟きつつ光國は感心した。密偵はとにかく経費がかさむが、僧に協力させれば安価で全国に情報網を築くことができる。何より僧は国境を越えやすい。鉄眼も、密偵として奉仕する一方、幕府の許可を得て寺を開きたいのだから、その点、宗派のことはさておき、罔両子が斡旋してやることで利害が一致するのだろう。

「……で、強盗どもは、死んだ仲間を絵地図ごと置き去りにした、と？」

光國が話を戻すと、中山の目が光った。

「たまさか絵地図を持った者だったか、全員が持っていたかわかりませんが、大切なものであれば奪い返しに来るでしょう。それと、叶慶どのは何やら賊と因縁がある様子」

「因縁？」

「生き残った女中たちの証言では、叶慶どのは、この錦氷ノ介を、『九郎《くろう》』と呼んだそうです。錦の方はただ大笑いしながら逃げ去ったと」

「九郎……」

光國は人相書きを見た。錦氷ノ介。九郎。字に共通点は見当たらなかった。

「その仏師に詳しく話を聞かねばならんな」

罔両子が肩をすくめた。

「そうなんですが、口の堅い人でして」

「何かよほどのことがあるのだろう。互いに胸を開き、語り合うほかあるまい」

光國はそう言って、さっそく立ち上がった。

四

——出て行こう。

始まったばかりの東海寺での生活で、了助は数えきれぬほどそう考えたものの、なかなかその通りにすることが出来なかった。

生活が辛いわけではない。むしろ無宿の子どもとして芥運《ごみ》びをしながら生きていた頃に比べ、衣食住の全ての点で格段に向上した。

むろん扱いは見習い小僧同然だ。贅沢は一切許されない。寝るのは狭い坊で区切られた部屋で、同室の者が大勢いる。それでも了助にとって、僅《わず》かな賃金を頼りに食うや食わずの暮らしをしていたのが嘘のような快適さだった。

髪を剃られたら反発しただろうが、罔両子は何も言わず、了助は毬栗頭《いがぐりあたま》のままだ。

棒を樹に打ち込むこともやめろと言われない。父の形見である懐刀や小石も取り上げられないし、喧嘩で奪った黒い羽織も、箱を与えられてその中にしまっている。仕事が終われば、好きな格好をしていても咎められることはなかった。

掃除や薪割りや、寺のあれこれの仕事も、芥運びに比べれば楽なものだし、休憩していい時間がけっこうあった。

何より、お鳩がわざわざ二日か三日にいっぺんは了助の様子を見に現れ、

「ね、ここに来て良かったでしょ。芥運びなんかより、ここで育ててもらったほうが、よっぽどいいんだからね」

などと、しつこく諭す上、

「逃げたら、あたし達、すぐ見つけるから」

綺麗な顔に自信たっぷりの笑みを浮かべ、そう言うのである。

「逃げないよ」

了助はそのつど、むすっと返すのだが、心のどこかで常にこの場を去りたい衝動があるのを感じていた。お鳩も、了助の内心を察しているからくどくど言うのだろう。

——なんで出て行きたいんだろう。

自問するが、よくわからない。無宿人の生活が染みついているという以上に、何かが失われるような、妙な焦燥感があった。

それはいわば自由であり、自由でいるための精神であったろう。寒さに耐えて軒下で

眠り、飢えを日常として暮らす。それを平気だと思えるからこそ得られる自由さだ。

だが了助にはまだそれが何かわからない。三吉《さんきち》と暮らしていた頃のような安心感はなく、あるのはだんだん自分が弱い生き物になっていくような不安だった。たとえば誰も自分の物を盗もうとしない。そのせいで警戒心が鈍っていた。夜などぐっすり寝てしまうのである。目が覚めて慌てて箱の中身を確かめても、誰かが触れた形跡は一度も見られなかった。

安心するせいで不安になる。そんな心が、

——餌をもらうだけの飼い犬はやだな。

といった考えを生んだりもする。それまで、おとうや三吉とともに必死に生きていたことを、否定されるような気分もあった。

中山が、了助はすぐに逃げ出すと考えたのも、そういう無宿人として長く過ごした者ほど、はっきりした理由もなく「寺」から逃げてしまうことを知っているからだ。

その了助が出て行くことをすっかり忘れたのは、叶慶のおかげだった。

しばらく前、罔両子が連れてきた仏師である。

了助は罔両子から叶慶の世話を命じられたのだが、食事を運ぶことが主な仕事で、洗濯は叶慶自身がするし、いたって楽なものだった。

叶慶が所望するものがあれば了助がそれを罔両子に伝えることになっているものの、

この仏師が欲したのは彫りかけの像を東海寺に運ばせて完成させることだけである。その願い一つきりで、伝言の務めはほかになかった。

無口で何を考えているかわからない仏師に、了助はすっかり退屈した。だがやがて彫りかけの像が運ばれてくると、衝撃とともに気持ちが一変していた。

運ばれたのは「らかんさん」こと羅漢像である。お釈迦様の五百人の弟子達のことで、正しくは「阿羅漢《あらかん》」なのだが、いつしか通称として羅漢ないし、らかんさんと呼ばれるようになったという。

お釈迦様が世を去ったときもそばにいた彼らが、お釈迦様の教えを広め、仏道を今の世に継承させたのだから、お釈迦様の次に、尊い人々ということになる。

そうした知識を、まだそのときの了助は持ち合わせていなかった。

ただ、叶慶が彫っていた羅漢像が、あまりにも自分の記憶の中の人物に似ていたことに驚き、呆然と立ちすくんでしまった。

気づけば、はらはらと涙をこぼしていた了助を、叶慶も不審に思ったらしい。

「なぜ泣く？」

ぼそりと、低い声で尋ねた。

「お、とうがいるから」

「なに？」

「おれのおとうに、そっくりだから」

叶慶が、おのれの手による羅漢像の顔を見た。

「これが、お前のおとうに……?」

了助が、こくっとうなずいた。

叶慶の、もじゃもじゃの髪と髭に囲まれた顔に、さして変化はなかった。了助の言葉に何かを感じた様子もなく、再び鑿《のみ》と槌《つち》を手に、お経を唱えながら像を彫った。

了助は、いつまでもそれを見ていた。

翌朝、了助は率先して、食事を叶慶のところへ運んだ。いつもよりだいぶ早かったが、叶慶は起きて身支度を済ませていた。

そこでさらに了助を魅了するものを叶慶は握っていた。咄嗟《とっさ》に鉄の塊かと思ったほどの、艶やかな黒塗りの木剣である。

了助が使う棒よりやや短い程度の、太刀を模したものを、叶慶が、気合いの声はなくとも、鬼気迫る様子で振るった。

境内の一隅に、朝顔の鉢が置かれていたが、その花が一輪、木剣の一閃《いっせん》で千切れ飛んだ。花を相手に、まぎれもない殺気をみなぎらせ、一輪また一輪と木剣で弾き飛ばし、ついに全ての花を打ち払ってしまった。

鑿と槌を握っているときは、ひどく無害な、ぼさぼさの髪の地蔵様みたいな感じなのに、漆黒の木剣を振るう吽慶は、鬼そのもののような迫力に満ちている。

了助は、吽慶のどちらの顔も気に入った。

吽慶は了助に気づくと、木剣を下ろし、

「おのれを鎮めるには、こうするほかなくてな」

ぼそぼそと言い訳めいたことを口にした。

「おれもやるよ」

了助は食事を手に持ったまま言った。

「……やる？」

「木を打つけど。花は打ったことない」

「剣を学んでいるのか？」

「ううん。自分で工夫した」

いつの間にか地蔵に戻った吽慶の顔に、このときも変化はなかった。了助は吽慶が握る木剣にすっかり魅せられていた。

「それ、振っていい？」

吽慶がちらりとおのれの手の中にあるものを見た。てっきり断られるのかと思ったが、了助にそれを差し出した。代わりに食事を受け取ると、石に腰掛けて食べ始めた。

木剣を受け取った了助は、ずしりと腕にかかる重みに目をみはり、慌てて両手で握り直していている。木とは思えない、本当に鉄の塊みたいな重さだ。

すべすべした黒塗りの表面や、美しく削り出された刀身の形状を、きらきら目を輝かせて眺めた。腰に差したらどんな感じだろうと思い、逆さに持って左腰に当ててみた。すると、柄頭《つかがしら》の平らな部分に、そこだけ朱を施された、「不」という文字が一つ、刻まれているのがわかった。

いろはにほへとくらいなら、死んだおとうからちょっと教わったし、三吉も教えてくれたが、漢字はまともに読めない。罔両子は了助に教育を与える気でいるが、了助自身が面倒くさがって嫌がっていた。

だがその字には見覚えがあった。平仮名に近いので了助にも判別できた。

「これ、お不動様の字でしょ？」

柄頭を指さして訊くと、吽慶が握り飯を少しずつ囓りながら答えてくれた。

「『不』……その木剣の名だ」

その足下に落ちた、先ほど吹っ飛ばした朝顔の花を一つ拾い、花弁を支える緑の部分を親指で示した。

「花の萼《うてな》だ。あの朝顔の蔓に、もはや花はないように、その剣にも、刃はない」

了助には、よくわからなかった。寺に住むようになったくせに、禅問答は不可解すぎて嫌いなのだ。

ただ、刃を花に喩えていることは理解できた。かっこいい。純粋にそう思った。

「振っていい？」

念のため、もう一度訊いた。

叶慶がうなずくのを待って、いつもの自己流の構えを取った。両手を上下にくっつけて柄頭に近い位置で握り、左足を前に出し、体の右側へ木剣を引き寄せる。棒を真横に振るうことに特化した構えである。

それを見た叶慶が、食べるのをやめた。

ぶん。空気を唸《うな》らせる猛烈な音がした。振った勢いを利用して右足を前へ出し、持ち手を一瞬で変え、逆打ちで振った。

棒と違うのは、木剣の刃の向きがあることだった。それを、きちんと返して振ろうとして、ふらついた。手にしたものの重みで、逆に体のほうが振り回される感じがあった。厄介だが、上手く振れないことを、かえって面白いと感じた。

右打ちと左打ちを交互に行いながら、円を描くようにして足を運び、十回ほど振ったところで、元の位置に戻った。たったそれだけで腕や腰に疲労を感じた。この木剣を自由に振り回せるようになるには、かなりの練習が必要だということが直感された。

その様子を、叶慶はじっと見つめ続けていた。

「すごく重いね、これ」

了助が満面の笑みで言った。とても楽しい遊びを初めて経験した気分だった。

「その若さで振りきれるとは思わなかった」

叶慶は、感情がないというより、努めて無心になろうとするように、淡々と言った。

「振りきれる？」

「ちゃんと振るということだ」

「工夫すればもっと上手くなるよ」

叶慶がうなずいた。了助は自分が認めてもらえたような気がして嬉しかった。滅多に人にお願いしないのに、こう口にしていた。

「ねえ、叶慶さんが、おとう……じゃなくて、らかんさんを彫るとき、これ、貸してくれない？」

「気に入ったのか？」

「うん。こんな感じのを、いつか自分で作りたくて。よく見て、覚えたい」

叶慶は、なんだか眩しそうに、細めた目を了助に向けて黙っていた。ややあって、小さくうなずいた。

了助は思わず、あはっ、と喜びの声とともに、その黒い木剣を高々と掲げた。

以来、了助は東海寺での仕事の合間に、像を彫る叶慶のそばで、黒い木剣を振り回し、木を打ったりするのを楽しむようになった。

叶慶は、その特異な剣術修行とも遊びともつかぬ行いにほとんど口出ししなかった。だがときおり、了助に背を向けたまま、木剣が空を切る音を聞くだけで、

「今のは上手く振れたな」

とか、

「左足が滑ったな」

などと感想を口にし、それがまた的確で、了助を驚かせた。

そのことを、お鳩に話すと、

「あの人は、丹波福知山藩という国のお殿様に、剣術指南を命じられた人よ」

拾人衆が得た情報を教えてくれた。

「剣の先生か。だから音だけでわかるんだ」

了助は感心し、ますます楽しい気分になった。だからといって剣を教えてもらおうとは考えていなかったし、叶慶にもそうしてやろうという様子はない。了助の棒振りは、もともと野犬の群を追い払うための手段に過ぎず、剣術とは根本的に異なる。叶慶が持つ高尚な技芸は、了助には意味がわからないだろう。また叶慶にとって、了助が自己流で身につけた体術は、どう修正し、伸ばすべきものか、わからないに違いない。

そのことを二人とも承知していた。互いに無縁であり、だから気楽でいられた。叶慶が誉めてくれるのが素直に嬉しかった。

叶慶が彫る像も、日々、完成に向かっており、まるで父が仏像となってこの世に戻り、了助を見守ってくれるようだった。

いつの間にか、東海寺から逃げねばならないという衝動が消えていた。木剣をかっぱらおうとも考えなかった。いつも、ひとしきり遊ばせてもらったあとは、

「叶慶さん、ありがとう」

丁寧に頭を下げて叶慶に木剣を返すのが常だった。叶慶も最初は無言でいたが、

「昨日より上達した」

などと、呟き返すようになった。

それが了助には無性に嬉しかった。芥溜で源左《げんざ》が死んで以来、誰かと親しくなるのはよそうと思う気持ちがあった。その心のこわばりが、いつの間にかやわらいでいた。

その日も、死んだ亥太郎の弔いを終えたあと、罔両子に許されて、叶慶の世話をするという名目で、叶慶の彫像場である大きな蔵へゆき、そこで木剣を振っていた。

蔵の扉は開け放しており、陽光が土間にも入ってきている。暑い夏の日差しも苦と思わず、了助は、蔵に入ったり出たりしながら木剣を振った。

寺から与えられた衣服の上に、黒い羽織を着ている。町奴のものだったが、路上で喧嘩を売られたとき、逆に棒で叩きのめして奪ったものだ。了助の身の丈よりだいぶ大き

いが、袖をまくり、木剣を振りつつ裾をはためかせるのが気持ち良く、わざわざ着るようになっていた。

飽きもせず工夫を重ねながら木剣を振るう了助の様子を、庭石に腰掛けたお鳩が、これまた飽きもせずぼんやり眺めており、

「それってそんなに楽しいの？」

ぐすっと洟《はな》をすすって訊いた。弔いのあと拾人衆の娘達と長いこと泣いたせいで、目元が腫れぼったかった。

「楽しい」

了助が悪びれずに言った。子どもが殺されたのは哀れだし恐ろしいことだが、もともと無宿人の子にとって死は身近なことだ。悲嘆のあまり、自分のゆいいつの楽しみも手につかなくなる、などということはない。

お鳩は、ふうん、と不機嫌な声で呟き、叶慶を眺めた。髭もじゃの男が諸肌《もろはだ》を脱ぎ、お経を唱えながら、汗まみれになって鑿と槌を振るっている。

あんたのせいで亥太郎は惨《むご》い目に遭ったんだよ。こちらを見もしない叶慶に、お鳩はそう言ってやりたかった。だがそうすれば恩人の罔両子を責めることになる。叶慶も被害者だし、「寺」が保護を決めたのだから、その過程で仲間が死んだのは、自分たちの責任なのだ。最も重い責任は、罔両子にある。叶慶ではなく、この私を詰《なじ》れと罔両子な

ら言うだろう。

お鳩は小石を拾うと、了助の死角からそれを投げつけてやった。八つ当たりである。

憎らしいことに、了助はお鳩の予想を超えて鋭敏だった。さっと振り返って木剣で石を弾いたのである。しかも、本気で弾き返すのではなく、お鳩の目の前の地面に転がる程度に手加減して小石を防いでいた。

了助が本気でやっていたら、小石は強烈な勢いで、お鳩へ打ち返されただろう。それがまた、お鳩には腹立たしい。

「急に何するんだよ」

了助はきょとんとしている。

「あんたの修行を手伝ってあげたの」

お鳩が怒った顔で小石を蹴った。拾ってまた投げようとはしなかった。

「しなくていいよ。危ないだろ」

「何よその言い方」

「なんだよ。怒ってんのか？」

「怒ってない」

お鳩がふんと鼻を鳴らし、了助が途方に暮れたとき、

「見事な像だ」

だしぬけに光國が現れた。背後に距離を置いて中山と罔両子と鉄眼がいた。阿部は、光國に目付役を任せて退席している。もともと公務があって来るはずではなかったが、亥太郎の弔いのために時間を捻出してきたのだ。

叶慶が手を止め、道具を置いて着衣を正し、膝をついて光國に頭《こうべ》を垂れた。仏師というよりいかにも武士然とした所作である。

「畏《かしこ》まるな」

光國が言って、そこらに置いてあった桶を逆さにし、その上に座った。

「わしは水戸徳川家の子龍《しりよう》という者だ。錦氷ノ介なる曲者を尾行して殺された拾人衆の目付役にある。お主《ぬし》と錦の因縁を聞かせよ」

畏まるなと言いつつ命令口調でずけずけ訊いた。高位の者へ、即座に膝をついて作法通りに頭を垂れることが身に染みついた男なら、むしろその方が話しやすかろうと判断してのことだ。

が、返ってきたのは沈黙であった。

「叶慶よ。元の名はなんという？」

光國はすぐに質問を変えた。答えやすいものから始めて、だんだんと相手の懐に入り込む気だった。

「霜山重蔵《しもやまじゆうぞう》」

ぼそりと重たい声が返ってきた。

「丹波福知山藩にいたそうだな」

「はい」

「芝田屋は、藩邸のお抱えであったため、お主とも縁があったと聞いた。芝田屋の娘婿の仲人にもなってやったとか」

「はい」

「錦は、芝田屋に因縁があったのか？」

また黙った。錦の名を出すと石のように口を閉ざすことがそれでわかった。

光國は、中山と鉄眼が蔵の中へ入り、叶慶へ何か言おうとするのを手振りで止めた。どうにかしてこの男の心を開けぬものかと思案したとき、蔵の壁際に木剣を抱えて突っ立っていた了助が、

「きっと、誰か死んだんでしょ」

やけに確信に満ちた様子で口にした。

隣にいるお鳩が目を丸くしたのは、叶慶が了助の言葉にはっと息を呑み、頭を垂れたままちらりと了助を振り返ったからだ。

「……そうだ」

叶慶が言った。

中山と鉄眼が顔を見合わせ、光國がにやりとなった。叶慶の心の内に、すでに足を踏み入れている者が、ここにいるのだ。

光國は歩み寄って、その大きな手で了助の肩を抱き、他方の手を叶慶の方へ振った。

「下手人はおそらく叶慶どのやその縁ある者を狙っている。わしは叶慶どのを守り、下手人を捕らえねばならん。そのためには叶慶どのがいかなる因縁を抱えておるか知らねばならんのだ。わかるか？　さもなくば叶慶どのが危険な目に遭うことになる」

すぐさま態度を変え、了助を文字通り抱き込んでの尋問に方針転換した。叶慶がそうと悟って顔を背けた。光國が了助の背を軽く押し、目配せした。

了助は叶慶のそばで木剣を抱え、ぺたりと両膝をつき、切々と言った。

「教えてよ、叶慶さん。きっとひどい目に遭ったんでしょ。おれもそうだよ。でも、この人たちに助けてもらった。叶慶さんも助けてもらってよ。お願いだよ」

叶慶はじっと宙を見つめていたが、その口元が震え、固く閉ざされた心が開くのが光國にはわかった。他の面々にもそれは明らかだった。みな光國の機転に感心し、

「人情に訴えるやり口に長けておられる」

中山がこそっと呟き、罔両子がうなずいた。

「大した人たらしですよ、あのお人」

# 五

了助と光國が土間に座り、叶慶と目線を同じくして話すのに合わせ、残りの者たちがめいめい樽や桶に腰掛け、耳を傾けた。

「故郷《くに》には、かつて、錦組《にしきぐみ》と呼ばれる者たちがおりました」

藩主であった稲葉《いなば》紀通《のりみち》が、若く才ある剣士に錦の布を与え、手や首に巻かせて側に置いたことから、そう呼ばれたという。

錦組に入れば、その一族ごと重用された。

選ばれた若者達は最大で十五名にもなった。当然、徒党を組み、傲慢になり、目を覆うほどの横暴を繰り返した。だが錦組を咎めれば藩主を咎めることになる。若者達の一族は、彼らのおかげで重用されたため、苦言を呈する者はほぼいなかった。

藩主の紀通に、錦組の狼藉を訴えても無駄だった。紀通自身が、きわめつきに猛兇だったからだ。人を人と思わず、無礼討ちは日常茶飯事で、狩りに出て獲物が得られなかった腹いせに、近隣の村人数十名を殺して回ったという、とても尋常とはいえぬ狂気に満ちた藩主なのである。

必然、その異常な行いは、幕閣の知るところとなった。そしてある事件がきっかけで、紀通に、参府して弁明するよう幕命が下った。

事件はまず、隣国である丹後《たんご》宮津《みやづ》藩との間で起こった。福知山藩には海がないことから、紀通が宮津藩に、贈り品として寒鰤《かんぶり》百尾を指定したことが始まりとなった。

宮津藩の藩主・京極高広《きょうごくたかひろ》は、紀通がおのれの所業の言い訳ついでに、幕閣へ賄賂として寒鰤を贈る気だと察した。そこで、百尾全て、頭を切り落とした状態で福知山藩に届けさせたのである。

武士にとって首を斬られた獲物ほど不吉なものはなく、賄賂になど使えない。またこれは、領内を自ら荒れさせる紀通に対しての痛罵でもあった。

怒り狂った紀通は、まことに狂的な態度で応じた。藩内を通行する宮津藩の者は、誰彼構わず首を刎《は》ねよ、と命じたのである。

その命令を、錦組が実行した。たちまち、罪なき宮津藩の領民の首が街道に並んだ。さらに紀通自身、銃を取って通行人を狙い撃ちにし、京極家の飛脚と思しき者まで平然と撃ち殺した。

だが、この飛脚が実は京極家ではなく、他家が遣わした者であったことから、騒ぎが一気に拡大した。

飛脚を殺し、通信を封じることは、戦《いくさ》の準備に等しいのである。

もはや二藩間の確執の問題ではなくなった。幕府は、紀通に謀叛《むほん》の嫌疑をかけた。そして福知山藩の周辺国で兵を動員させ、いざとなれば四方から攻める態勢を整えた上で、紀通に弁明のための参府を命じたのであった。

またこのとき、紀通が殺した家臣の遺族が幕府に訴えるなど、紀通の悪行の数々は、あらかた幕閣に伝わっている。

こうして追い詰められた紀通の反応は、まさに狂気の沙汰であった。錦組とともに城に立てこもり、参府を命じる幕府の使者とその兵へ、滅茶苦茶に銃を撃ちかけ、抵抗したのである。

紀通が乱射した銃弾の一つが、必死に主君を止めようとする家老の頭を吹っ飛ばしたとき、やっと他の家臣達が目を覚ました。

この狂人を止めねば道連れにされる。四方から兵が押し寄せ、一族全て誅伐される。冗談ではなかった。家臣達は急いで銃を運ばせた。そして城内で、家臣が主君を取り囲み、死に物狂いで撃ち合いを繰り広げるという、異常きわまる事態となった。

叶慶こと霜山重蔵も、その戦いに加わった。

紀通は、銃弾数発を身に受けてもなお抵抗した末に、獣のようにわけのわからない咆《ほう》哮《こう》を上げながら死んだ。

錦組の大半が銃撃戦で死んだが、うち三名が、夕暮れを待って火をかけ、黒煙と猛り狂う紀通を目眩ましにしながら、夜闇に隠れて逃げた。

鎮火作業のせいで、逃走者がいるとわかるまで一夜を要した。明け方、三名の遺体がないとわかり、霜山重蔵達はみな厭な予感に襲われ、急いでそれぞれの自宅に戻った。果たして、重臣達の家族、錦組の親族達、三十名余の死体が発見された。多くは自宅だが、城の近くでも数名が、路上で殺されていた。

霜山重蔵の自宅では、その妻、息子夫婦、老僕が刺し殺され、さらには、まだ二歳の孫娘が、庭石に叩きつけられて死んでいた。

霜山重蔵は、家族の無惨な遺体を庭に並べ、憤死《ふんし》せんばかりの怒りにのたうち回った。その激情の果てに、逃げた錦組を草の根分けても探し出し、抹殺することを誓ったのである。

そうして、同じ誓いを抱く十名とともに、表向きは出家し、錦組の生き残りを追う旅に出たのが、慶安元年八月――九年前のことであるという。

なお、紀通は徳川家の記録上、切腹で死んだことにされた。

福知山藩の稲葉家は改易。紀通の長子竹松は病死しており、次男の大助が同族の小田《おだ》原《わら》藩主・稲葉正則《まさのり》に預けられたが、疱瘡に罹り四歳で死去。紀通の家系は断絶した。

「逃げた三人を討つのに、四年かかりました」

叶慶は、いまだ消えぬらしい痛憤の念に声を震わせ、詳細を語ってくれた。

追跡では、福知山藩と取引をしていた商人達を頼った。二年目に、一名が病気で動けず、旅籠《はたご》に閉じ籠もっていると聞き、霜山重蔵と十名の復讐者が駆けつけた。

そやつを旅籠から引きずり出し、真冬の河原で尋問したところ、確かに、逃げるついでに、藩主と自分達に刃向かった者達の家族を殺して回ったと認めた。霜山重蔵たちは、そやつが病人であったゆえ斬り合いを求めず、代わりに縛って浅瀬に転がし、川の水ごと凍てついて死ぬまで、みなで見守ったという。

「極寒地獄とは、凄まじいな」

光國が呟いた。十一名が並んで、一人の男が凍え死ぬのをじっと見ていたのである。ぞっとする光景だった。

「二人目も川でした」

叶慶が言った。

その二人目の男は、錦組にいた頃から懇意にしていた女衒《ぜげん》を頼り、人買いの手伝いをしていた。だが逃亡の身にもかかわらず、横柄な態度を変えぬことに腹を立てた女衒が、追っ手に密告したのだ。

この男に家族を殺された二名が、果たし合いを望んだので、そのようにした。とはいえ霜山重蔵らが取り囲んでのことだ。元錦組の男は、腕を斬られ、目を斬られ、抵抗できぬ状態で、最後に全員から一太刀ずつ浴び、生きながらにして五体を切り刻まれた上で、川へ投げ込まれた。

陰惨無比の報復である。さすがに虚しくなる者もいた。霜山重蔵も、復讐を誓いながら、どこかで平穏を求めるようになっていた。

やがて三人目の行方を、江戸の芝田屋が報せてくれた。派手派手しい姿で浪人どもを従え、かつて福知山藩の御用達であった芝田屋に、堂々と着物を買いに来たのである。

これが、錦氷ノ介であった。

その頃は、前年に自決した由井正雪《ゆいしょうせつ》にちなみ、錦正雪と名乗っていたという。

ただちに霜山重蔵達は芝田屋に集まった。

やがて、錦組最後の生き残りが、七、八人の浪人どもを引き連れ、注文した着物を受け取りに現れた。霜山重蔵達がその跡をつけ、錦もそれに気づいた。いや、錦の方こそ、いつかこの日が来ると考え、徒党を組んで待ち構えていたのだ。

本所《ほんじょ》に近い、浅草川の堤のそばで、二つの集団がぶつかった。霜山重蔵は、家族の骸を並べたときの憤激の心で、錦に斬りかかった。過去二名の尋問から、錦が自分の家族を殺戮したことは確かであったし、何より錦自身が、斬り合いのさなかにおのれの行いを笑って認めたのだった。

錦と霜山重蔵の勝負は伯仲し、幾合《いくごう》も斬り結んだ。互いの仲間がみな血みどろとなり、死傷者が増える中、ついに霜山重蔵の剣が、錦の左腕を手首の上で斬り飛ばした。

その拍子に錦が堤から滑り、怨嗟《えんさ》の声を上げながら川に落下した。錦の手下はみな死に、霜山重蔵の仲間四名も死んだ。

全てが終わった。霜山重蔵も仲間たちもそう信じた。報復行に参加した者は散り散りになり、誰もどこにいるかわからなくなった。

重蔵は刀を捨て、仏師の道を選び、死者の供養に生涯を費やすことを決めた。

「それが、五年前のことです」

叶慶が言い、しばらくみな無言だった。

「腕を失い、川に落ち、なお生きるとは、わしがお主でも思わんだろう。ましてや五年後、芝田屋やお主に報復しに来るとは、な」

光國が呟いたが、叶慶は反応せず、再び沈黙の殻に閉じこもろうとしていた。

中山が立ち上がって言った。

「錦にとって叶慶どのはいつ自分を殺しに来るかわからぬ相手。錦は寺々を巡って叶慶どのを探し、再び襲うでしょう」

叶慶がかぶりを振った。中山の言葉を否定したのではなく、自分などに構わないでくれ、という仕草だった。

「おれ達が守る。な、お鳩。そうだろ?」

了助がきっぱり告げた。急に呼ばれたお鳩が、驚いた顔で、しげしげと了助を見つめた。

「あんた、拾人衆に入る気になったんだ」

「みんなで叶慶さんを守るんならそうする」

その言葉に叶慶が振り返り、最初に木剣を了助へ手渡したときのように、眩しげに目を細めた。

六

賊が、東海寺の境内に侵入したのは、朔日《ついたち》の暗い夜であった。

侵入したのは、六人の男達だ。

幕府は前年の明暦二年に、犯罪防止のため覆面厳禁令を発し、男女が頬被りをすることも禁じている。だが六人とも覆面をし、目だけを布の隙間から覗かせていた。

一人は錦氷ノ介だ。みな同じ暗い鼠色の衣装を着ているため、咄嗟に区別がつきにくいが、左袖から覗く湾曲した鎌の刃が、そこにその男がいることを明白に告げていた。

賊の一人が、叶慶の作業場である蔵に向かい、火縄と火薬の入った大きな包みを取り出した。銃を使うのではなく、建物に火を放つためだった。

残りは叶慶が寝泊まりするお堂に向かい、うち一人がやはり火縄と火薬を取り出し、錦の合図でいつでも放火できるようにした。

そこで、蔵の扉と、お堂の戸が、一斉に開いた。

最初に起こったのは、真っ先にお堂から飛び出した了助の叫喚である。

「キイイヤアアアア！」

野犬や危険な相手を脅かすための気合いの声とともに、真横に棒を振り抜いた。先頭の覆面男が腰を強打され、くの字になった。持っていた短刀も手放して吹っ飛んでいき、庭に転がり倒れ、立てなくなった。

続けて堂内から現れた中山と家臣達、光國と水戸家から連れてきた剣術家が、手に手に袖搦《そでがら》みを繰り出し、覆面男二人の衣服を雁字搦めに捕らえた。

蔵からは黒い木剣を持った叶慶と、中山が助力を請うた町奉行所の同心達が現れ、また庭の各所で、火串《ほぐし》や提灯を持つ与力達が退路を防ぎにかかった。とても錦の徒党が太刀打ちできるものではない。蔵に火をつけようとしていた覆面男が、叶慶自ら撃退するまでもなく、同心達の縄と鎖で捕らえられた。

全員捕縛は確実と思われたとき、信じがたいことが起こった。

先ほどお堂の戸が開くや、錦氷ノ介だけが飛び退き、右手に握る小太刀を鞘《さや》に戻すと、懐から火薬の包みを出し、中身を仲間達へまき散らしていたのである。

誰も、錦の行為に気づかなかった。

錦が、左腕の鎌で、仲間を捕らえる袖搦みの鉄の棘を激しく打った。すると、火花が散り、火薬がばちばち音を立てて爆《は》ぜ、次の瞬間、捕らわれていた者の衣服が、ぼっと燃え上がった。
同様に、錦がもう一人の捕らわれていた仲間に火をつけた。そして、蔵に向かってい
た仲間の手から火縄を奪い、それを相手の衣服に押しつけた。
三人があっという間に生ける松明となって燃え上がり、凄い悲鳴を上げた。
待ち伏せた面々は、この異様な行為に驚愕し、完全に動きを止めた。光國も了助も、
火だるまになった人間に目を奪われた。明らかに、先の大火の記憶が、衝撃から立ち直
るまでの時間を遅らせてしまっていた。
その隙に、錦が身を翻《ひるがえ》した。蝙蝠《こうもり》じみた身軽さで与力達の捕物具をかわし、仲間を焼
いた分だけ色濃くなった闇へ走り去った。
「九郎！　逃げるか、九郎！」
叶慶が怒声を上げて追った。だが雑木林に錦の哄笑《こうしょう》がこだまするばかりで、叶慶も同
心や与力の面々も、立ち尽くすほかなかった。
残されたのは阿鼻叫喚の火炎地獄である。
火を押しつけられた仲間が、燃えながら闇雲に走り、お堂の中へ飛び込んだ。
捕らわれていた二人も頭髪まで燃えながら暴れ、火で衣服がほつれ、自由になった。
恐るべき火種となった彼らを棒鎖で捕らえたときには、堂内のあちこちが燃え、みな
で必死に火を叩き消し、罔両子と僧達も飛び出して鎮火にあたった。からくもお堂が焼

ける事態は防げたが、捕らえた五人のうち三人は全身火傷で瀕死となった。

「夜が明ける前に、こやつらのねぐらを聞き出さねばならん。すぐにも錦は江戸を去るであろう」

光國の言葉にみな同意した。芝田屋から奪った金は、これで錦の独り占めだ。路銀は十分ある。

だがまともに尋問できたのは、蔵で捕らえた一人と、了助が棒で吹っ飛ばした一人だけである。

この二人の口を割らせたのは、中山と、三ざるの一人、いわざるのお鳩である。

男達を別々の場所に置き、中山が責め糺《ただ》した。特殊な拷問を施してのことだ。殴りも蹴りもせず、石を抱かせもしない。縄で男達の手足を巧みに縛り、あぐらをかいた両足首を絞り上げて顎に密着させる。前屈みに二つ折りにした状態で、しばらく放置する。

傍目にはさして苦しそうには見えない。

が、しばらくすると縛られた者達が恐ろしい声を上げ始めた。血脈が停滞し、全身の肉と全ての臓腑が同時に悲鳴を上げるのだ。

そこへ、割った竹を笞《むち》代わりにして打った。通常の拷問と異なり、傷もなく血も出ないが、提灯の明かりの中で男達の肌が異様な赤紫色に染まり、顔は凄絶な苦痛で歪みきっている。

後世、海老責めと呼ばれることになる拷問法である。

二つ折りにした身が赤くなるためそう呼ばれるのだが、外傷はない代わり、ひとたび施せば回復に数日を要し、下手をすれば死に至る過酷な責めだ。

中山の考案であり、この男はのちに様々な拷問法を発明し、その技法は奉行所などにも継承されることになる。

光國は、柔和な面相の中山が、ときおり肉食獣めいた眼光をたたえるのを見抜いていたが、その恬淡《てんたん》としつつも冷酷きわまりない性質を初めて見た。警吏や獄吏としては有能だが、友とするにはどうにも怖い男だ。

そうして二人の仲間内での通称がわかると、責めに合わせて、お鳩がその特異な声色で揺さぶりをかけた。

「すまぬ、弁蔵《べんぞう》。おれはもう駄目だ。錦氷ノ介などに従ったが運のつきであった。もはや洗いざらいぶちまけて死ぬばかりだ」

と一人の死角から声をかけ、また他方にも、

「許せ、十三郎《じゅうざぶろう》。わしは耐えられぬ。全て話す。お前も早く楽になってしまうといい」

などと話しかけるのである。

仲間が口を割れば、自分が耐える意味はなくなる。二人ともほぼ同じときに、心がぽっきり折れ、何もかも吐いた。

彼らは錦氷ノ介に誘われて火つけと強盗を働いた。また上納金を収めることで、より大きな組に加えてもらえるという錦の言葉を信じた。その大きな組というのがいかなるものか詳細を知る者はいなかったが、とにかく羽振りがいいことだけは確かだという。

他にも過去の所業と、そして肝心の、ねぐらの在処《ありか》を吐いた。

ねぐらは数寄屋橋《すきやばし》付近の町家であった。光國と中山が、ただちに手勢を率いて向かった。白々と夜が明け始めた頃である。そのときには火傷を負った三人は息絶えており、罔両子が、咋慶や鉄眼とともに供養した。そのそばで、了助は咋慶から危難が去るよう神仏に祈った。

急襲したねぐらは、もぬけの殻であった。

中山が各街道で聞き込みを行わせ、翌日になって甲州《こうしゅう》道方面で目撃情報を得た。総髪で旅装の上に女物の着物を羽織った肌の白い美男が、江戸を離れてゆくのを商家の者達が見ていた。男の左手は、懐に入れていたのか袖からは見えなかった、という。

まだ間に合う。中山とその手勢とともに、不眠不休で、光國も錦を追った。

了助は、とにもかくにも危険な男が去り、咋慶が安全になったことを喜んだ。

# 七

「やめてよっ！　お願いだよっ！」

了助が涙ながらに叫び、叶慶が無言で突っ立っている。傍らのお鳩が困り切った顔でいると、罔両子が裸足で歩いてきて尋ねた。

「いかがしましたか？」

了助が顔をくしゃくしゃにして訴えた。

「お願いだから、らかんさんを焼かないで！」

罔両子が首を傾げ、今や彫刻は完成に近い像を眺めた。あとは丁寧に磨きをかけるばかりである。それから庭に積まれた薪を見た。そして、その目を叶慶へ向けた。

「心に怨《うら》みが……。仏師にあるまじきこと」

「錦さんが人に火をつけるのを見て？」

叶慶がうつむき両拳を握りしめた。

「目を背けたいものをあえて残しましょう」

罔両子が、さも良い提案だというように手を叩いて言った。それが修行になるともなんとも言わない。

「これはうちでお預かりします。新しい木材のお代を出しますので、了助さんと買いに行かれてはいかがですか？」

叶慶が、罔両子の顔を訝《いぶか》しげに覗き込んだ。だがやがて拳を緩めると、了助のほうを見て、小さくうなずいた。

了助の泣き顔がぱっと明るくなり、お鳩もほっとしたようになった。

罔両子が木場《きば》で彫像用の木材を売っている者を教え、東海寺のつけにしろと言い、さっそく吽慶が了助を連れて出かけた。

木剣と棒を携えているが、危険に備えてではなく、それが日常の姿であった。なんとなく、お鳩もついていった。

木剣を佩《は》いた仏師と棍棒を背負った黒羽織姿の少年がいるのである。いかにもちぐはぐで、そのくせ妙にしっくりくる。親子と言われれば信じてしまいそうな二人が黙って歩くせいで、お鳩も喋り出せないままでいる。

かなり歩いたところで、やっと吽慶が口を開いた。

「それほど似ているのか」

「うん。おとうが戻ってきたみたいだった」

「不思議だな」

「うん」

「すまなかった」

「ううん」

「わしはまたおのれの怨みしか考えられなくなっていた。それが怖かったのだ」

「うん」

「み仏がわしとお前を、巡り会わせて下さったらしい」

そういえば、おとうや三吉にもそんなことを言われたのを思い出した。つい嬉しくなって笑みをこぼす了助を、つまらなそうにお鳩が眺めていた。

木場で目当ての人物に会い、吽慶が木材を選んでいる間、了助とお鳩は船着場のそばの茶屋に並んで座り、のんびりと待った。

「あんた、拾人衆になったのよね？」

お鳩が訊いた。了助はうーんと唸った。

「でも……罔両子は何も言わないけど」

「あんたが言ったじゃない」

「おれ？」

「言ったでしょ。吽慶さんを守るためって」

「もう大丈夫だし」

「でも吽慶さんのそばにいたいんでしょ？　削師にしてもらったらいいじゃない」

「そぎし？」

「仏師様のお弟子さんのことよ。剣も仏様の彫り方も、吽慶さんなら何でも教えてくれるでしょ」

うーん、とまた唸った。そばにいたいわけでもなく、教えを請うつもりもない。ただ叶慶さんが元気になると良いなと思っていた。おとうを羅漢様の姿で木の塊から彫り出してくれたし、かっこいい木剣を貸してくれる優しい大人だからだ。

ただそれだけなんだよ、と話そうとしたとき、お鳩がいる側とは逆の右腹に、冷たいものが当たるのを感じた。まるで氷柱を押し当てられたように、ぞっと肌が粟立った。

いつの間にかすぐ傍らに男が座り、脱いだ羽織で隠した小太刀の刃を、了助の脇腹に当てていた。

「動かないで。声も出してはいけませんよ」

男が優しくささやき、了助とお鳩を凍りつかせた。錦氷ノ介だった。髪を手拭いで覆い、肌に煤を塗り、粗末な着物姿で木場の働き手に扮している。光國の言葉通り、特徴が消えると咄嗟に誰だかわからなかった。

「なんで……」

ここにいるのか、とお鳩が問おうとした。逃げたのではなかったか。

「場末の女に銭をやってね、私のふりをして関所まで行けば、もっと駄賃をやると言ったんです。今頃、私と思われて斬られているかもしれませんね」

錦が嗤《わら》い、路上に顔を向けた。

そこに、かっと瞠目《どうもく》する叶慶がいた。

「この子達と一緒についてきて下さい」

錦が鎌の左手を了助の背に当てて立たせ、顎をしゃくってお鳩にもそうさせた。

錦が指示し、叶慶が先頭に立って歩いた。

「ごめんよ、叶慶さん……。ごめん……」

脇腹と背に刃を当てられたまま、了助が叶慶の背へ、小声で詫びた。

「謝るな。決してお前が悪いのではない」

叶慶がきっぱりと返した。その背筋が伸び、気力が声にこもっている。仏師の叶慶ではなく、武士の霜山重蔵に戻ったようだった。

錦は、叶慶の木剣も、了助の棒も取り上げなかった。了助は、自分を人質にする蛇のような男を打ち払いたいと何度も考えたが、できなかった。怖いもの知らずの了助が、気配もなく現れた錦に戦慄していた。

とても勝てない。棒振りを日常とするようになってから初めてそう直感していた。了助に寄り添うふりをしながら歩む錦の滑らかな足さばきだけでも技量の差は明白だ。そう、了助の天性の才が告げるのだった。

目的地は荒れ寺だった。崩れかけた土塀に蔦がはびこり、朽ちたお堂の前で、叶慶が足を止めて錦を振り返った。

錦が妖しい笑みを浮かべ、叶慶の顔を見た。

その瞬間、それまで無言だったお鳩が、ぱっときびすを返し、走って逃げた。

錦は追わず、くすくす笑っただけである。

「あの娘が助けを呼んで戻ってくる前に、決着がついているでしょう」

そう言って、了助の喉首へ、背後から鎌を回そうとした。

ぴゅっ、と何かが空を切った。

了助の喉元すれすれのところを、叶慶の木剣が払っていた。一拍遅れて、了助は事態を理解した。

錦が、用済みになった自分の喉を、叶慶の目の前で掻き切ろうとした。それを防ぐため叶慶が木剣を振るい、打たれる前に錦が鎌を引っ込め、了助から素早く離れた。

了助の総身に、ぶわっと冷たい汗がわいた。叶慶が動かなければ今ので自分は死んでいた。脚が震えて膝から力が抜けそうになった。

「邪魔をすれば、あなたから殺しますよ」

錦が、叶慶に目を向けたまま、了助に言った。

今殺そうとしたくせに。そう返したかったが喉がからからで声が出なかった。叶慶さんを助けなきゃ。そう思うが動けない。怖さと情けなさで胸が詰まり、対峙する二人をただ見ていることしかできなかった。浅草の寺の軒下で旗本奴どもに襲われたときの幼い心持ちに戻されていた。

叶慶が、おもむろに木剣を正眼に据えた。

「この上も生き延び、いかがする、九郎」

錦は、右手で小太刀を下段に構えている。体を斜めにし、左の鎌を叶慶から隠すようにしながら、妖しげにささやいた。

「江戸を焼こうっていう人達がいるんですよ。殿様達が市井の者達と一緒に逃げ惑うさまを見ようという人たちがね。私も加わりたいのです。そのための上納金も私一人分なら払い終えています。残る問題は、私を追ってくるあなただけ」

錦が喋る間も、二人は互いに間合いをはかって小刻みに足を動かし、お堂のそばへ移動している。

ふと叶慶が足を止めた。左手を腰へやり、木材の質を試すため帯に挟んでいた鑿を取った。武器にするのかと了助は思ったが違った。錦を見据えたまま、お堂の腐りかけた縁側に木剣を置き、その柄元に鑿を打ち込んだのだ。

ぱーん、と何かが割れたような音がした。

叶慶が鑿を捨てた。そして木剣の刀身を握ると、中身を引き抜いていった。

叶慶の木剣の中から見事な輝きを放つ白刃《はくじん》が現れたのである。

錦が目と口を大きく開いて妖しく笑む一方、了助は驚きで仰天している。今の今まで木剣だと思っていた。道理で重いはずだった。刀身を木に封じ、鞘《さや》と柄《つか》を膠《にかわ》で接着し、その上から漆を塗って継ぎ目を隠していたのだ。

叶慶が、鞘をお堂の縁側に置いた。

錦が、喉笛をあらわにして笑った。

「仏などを彫っているから、すっかり落ちぶれたと思っていましたよ。やはり剣は捨てられませんか、父上？」

言いながら、叶慶へ踏み込んでいた。

その言葉に、了助は完全に意識を奪われた。今なんて言った？　父――叶慶さんが？

叶慶は惑わされず、何も聞かなかったかのように、錦が小手を狙って振るった小太刀をさっと弾き、袈裟《けさ》懸《が》けに斬りつけた。

錦がくるりと舞ってかわした。本当に舞っていた。叶慶から離れたかと思うと、つま先で逆回転しながら再び小太刀を振るった。

叶慶はその動きを読めず、かろうじて横へかわしたものの、左腕を切り裂かれてしまった。

錦が止まらず乱舞した。了助はその動きに愕然となった。通常の舞とは全く異なる。唐国《からくに》の激しい舞に似ているが、足のつま先で独楽《こま》のように回転するなどという動きはない。類似するのは現代のバレエくらいであろう。

それが、左腕を失った錦氷ノ介が独自に編み出した、殺法であった。片手持ちの非力さを遠心力で補い、変幻自在に小太刀と鎌を繰り出すのである。

叶慶は、頸《くび》や手首、あるいは足首を狙う錦の刃を懸命にかわそうとしたが、次々に切り傷を負い、手も足も真っ赤に染まった。

反撃しても、ことごとく錦にかわされた。まるで、かまいたちと戦っているようだ。

了助がたまらず背の棒を握った。どうなってもいいから叶慶を助けようと思った。

「来るな！」

叶慶が鋭く制止した。かと思うと、左手で逆さまに刀を握り直し、頭上に掲げるという、奇妙な構えをとった。刀で身を守り、相手の刃を受けると同時に、右手でつかむ気である。ともにもんどり打って倒れながら、組み伏せ、とどめを刺す。戦における組み打ちの体勢である。隻腕の者にとっては厄介なはずだ。

「さすがですよ、父上」

錦がその構えを見て、距離を取るとみせ、俄然、身を回転させて躍り込んだ。

了助の目には、二人が激突した次の瞬間、叶慶が狙い通りに、しっかりと錦を組み伏せたと見えた。

叶慶がのしかかり、その右手の親指を、倒れた錦の右目に深々と潜り込ませ、頭を押さえつけている。そうして顔を上げられなくしたところへ、左手の刃で喉を切り裂こうとするのを、錦が左手の鎌で必死に防いでいた。

叶慶さんの勝ちだ。そう了助は確信した。だが同時に、おかしなものが叶慶さんの背から生えていた。錦の小太刀だった。なぜそんなものが叶慶さんの体から飛び出しているのか。了助の心が理解を拒んでいた。

錦が、膝で叶慶の腹を蹴って横に倒し、組み伏せられた状態から逃れた。小太刀を叶慶の腹から抜き、よろめいてお堂の縁側にしがみつくようにした。その右目は潰れ、涙のように大量の血を流している。かと思うと、錦は顔をのけぞらせ、まさに箍《たが》が外れたとしかいいようのない哄笑をその口から迸《ほとばし》らせた。

了助は呆然とその笑い声を聞いた。そこら中に錦の笑いがこだまするようだった。

叶慶は倒れたまま動かない。雑草だらけの地面に、赤い血溜まりができていった。

今度こそ了助は棒を握った。わけのわからない激情で全身の毛が逆立つのを覚えた。どんな傷を負ってもいい。必ずこの男を叩き殺す。そう決めたとき、だしぬけに声が響いた。

「あそこだ！　錦氷ノ介はあそこにいるぞ！」

光國の声だ。

錦が素早く刀を納めて身を翻した。逃げる気だと知れた。了助の口からけだもののような叫声《きょうせい》が迸り、猛然と錦の背へ駆け寄せ、棒を振るった。

ふわりと錦が跳び、かわした。とんでもない跳躍力だった。そのまま蔦だらけの土塀に手をかけ、向こう側へ姿を消した。

急いで土塀の崩れた箇所を探し、錦を追おうとした。だがそこで駆け寄ってきたお鳩にしがみつかれ、足が止まった。

「行っちゃ駄目っ、絶対に駄目っ！」

お鳩は泣いていた。それで了助は、先ほどの声が、お鳩の声色だったと理解した。であれば、追っても殺されるだけだ。そう思ってたまらなく悔しさで胸が痛くなるほどだったが、認めるしかなかった。

「叶慶さんを助けなきゃ」

了助が言った。お鳩が涙を拭った。二人で叶慶の体中の傷を縛り、血を止めようとした。そうしながら、お鳩は、辻番を探したが付近におらず、助けを求めても間に合わないと悟り、戻ってきたのだと言った。

「もっと早く、あたしが声を使ってたら……」

了助にお鳩を責める気はなかった。錦が普通の状態なら、きっと声色だけで、大勢の足音も気配もないと悟られていただろう。最悪、見つかって亥太郎のようになぶり殺される。怖さに耐えて声を上げてくれたおかげで、了助は命拾いしたのだ。叶慶が倒れた後、錦が自分を見逃してくれるとは思えなかった。

出来るだけのことをしてのち、お鳩が再び助けを求めに行った。了助が叶慶のそばで見守った。薄れていた叶慶の意識が一度だけ戻り、了助を見た。

「あいつ、叶慶さんの子どもなの？」

叶慶はうなずいた。そして、黙っていたことを短く語った。了助はその手を握って聞き続けた。そのうち、叶慶の意識が混濁し始め、

「お妙《たえ》、なあ、聞いてくれ、お妙……」

死んだ妻のものらしき名を呼び始めた。

「朝顔の花をな……、摘んでは可哀想だと言うのだ。武士の子が、何を言うと思うたが……わしは、あの子を、叱れなかったよ……」

血の気を失った顔で、柔らかに笑んで、

「な、お妙……、九郎は優しい子だ……」

そしてそのまま、息をしなくなった。

八

稲葉紀通が錦の布を与えた若者たちは、みな寵童《ちょうどう》でもあった。

藩主が小姓を気に入り、愛するのはままあることだ。しかし紀通のような男に愛されれば地獄に落ちたに等しい。

みな凄まじいまでの辱《はずかし》めを受けただけでなく、紀通の狂気に付き合わされた。領民を殺し、獣のようにその肉を裂いて吊すといったことをやらされるのである。抵抗しても泣いても殺される。同じ境遇の者達と一緒に、残酷な光景を笑って眺めることを強要された。

その地獄に耐えたのも、家族のためだった。自分さえ我慢すれば父母兄弟が安泰でいられる。そう信じて忍従するうち、次第に紀通の狂気に冒されていった。

霜山重蔵は、十名の復讐者とともに最初の一人を川べりで凍死させたとき、それを知った。その男は死にゆきながら、錦組があえて家族に秘していた地獄の日々を語ったのである。

自分達が紀通の狂気を押しつけられた分、家族も重臣達も安全でいられた。それなに親から銃撃されるなど、何のために耐えていたのかわからない。怒りが爆発し、同じ思いの二人を誘い、城から逃げた。

そして、恩を仇《あだ》で報いた者達を殺し、故郷を去ったのだと。

それが、錦氷ノ介こと霜山九郎の、狂的な殺意のゆえんだった。

「本当は優しい子だったんだ」

了助が淡々と言った。その了助が涙一つこぼさない代わりに、隣でお鳩がしくしく泣き続けた。

東海寺の蔵にいた。見事な羅漢像の足下に、叶慶の骸が横たえられ、布で覆われ、そばには鑿と黒鞘の剣が置かれている。

蔵には、光國、中山勘解由、阿部忠秋、罔両子、鉄眼が集っていた。

光國と中山は、甲州道で錦の行方を追ったが、身代わりの女とわかり、すぐに戻ってきたのだ。女にお咎めはなく、二人とも錦の悪知恵にほぞを噛む思いだった。

鉄眼は、了助が話す間、ずっと骸に手を合わせ、瞑目したままだ。

「霜山と氷ノ介か」

光國が呟いた。霜と氷。字義の類似である。そうと気づけなかった。いや、気づいたとして叶慶が喋ったかどうか、今となっては知る由もない。

「ただの仇討ちではなかったわけですね」

罔両子がしみじみ呟くのへ、中山がうなずき、光國と阿部を見て言った。

「たった一人の藩主の行いが、誰も彼も狂わせたわけです。恐るべきことですが……その一人がまだ生きており、しかも江戸を焼くという言葉を残していきました」

どうするのかと目で問う中山に、阿部が屹然《きつぜん》と言った。

「見過ごせるものではない。絵地図にまつわる者達全て、必ずや捕らえねばならん」

「では、拾人衆がまた危険な目に遭わないよう、気をつけねばなりませんね」

罔両子がそう付け加え、お鳩の頭を撫《な》でた。

「むろんだ」

阿部が言ったが、具体的にどうすべきかは誰にもわからなかった。今や、平然と幕府の秩序を揺るがし、人倫などかけらも持たぬ者達が跋扈《ばっこ》しているのである。確たる方策など、誰も持ち合わせてはいなかった。

　光國は腰を上げ、了助の隣に座り直した。

「叶慶は他に何と言っていた？」

「らかんさんと、これを、おれにくれるって」

　了助が、「不」と柄頭に銘を刻まれた黒鞘の刀を指さした。

「でも、おれ武士じゃないし。元に戻したい」

「戻す……また鞘と柄をくっつけるのか？」

　光國が訊くと、了助が力を込めてうなずいた。

「そうか……。叶慶どのもきっとそれが良いと言うに違いない」

　鉄眼がようやく目を開き、振り返った。

「私もそう思います。像はどうしますか？」

「毎日おれが磨くよ」

　罔両子が立って像を眺めた。

「ひとまずこの寺のお堂のどこかに置きましょう。鉄眼さんがいつか寺を開くとき、改めてそこに置いてもらっては？」

「うん。そうしてよ。おれ、らかんさんを置けるような家なんてないから」

「ここがあなたの家ですよ。しばらくはね」

さりげなく罔両子が言い、お鳩が涙に濡れた目を上げた。

了助は、こくんとうなずき、

「ここに、おとうと一緒に住むよ」

羅漢像を見上げ、言った。

光國も、像の顔を改めて見つめた。

確かに似ている。顔など忘れかけていたのに。今、まざまざと思い出させられた。

——これが前世の因縁というやつか。

いつぞや思ったことが、痛烈によみがえった。

だが、ぞっとするような気持ちのほかに、別の感情がわくのを覚えていた。強い、確固とした使命感と呼べるものだ。

——了助を守らねばならぬ。ひとかどの人物に育ててやらねば。

それが業《ごう》であり因縁なのであれば受け入れねばならないだろう。そういう考えを、このときはっきりと抱いたのである。よもや自分の心がそのように動くとは思いもよらなかったことだ。なにゆえか？　せめてもの詫びか、因果応報を信ずるゆえか、あるいは了助という少年の非凡さゆえかは、わからなかった。
――こたびはまんまと罠にかかり、了助を危うい目に遭わせた。二度とないと誓う。なんであれ、光國が胸中で告げているとは、その場にいる誰も思わなかったろう。

吽慶の弔いののち、鉄眼は江戸を去った。

各地を巡って長く修行を積んでのち、鉄眼が若い仏師を伴って江戸に戻るのは、はるか先のことだ。

仏師は、鉄眼とともに寺を興し、自ら五百余の羅漢像を彫ることになる。だが寺に安置された像のうち、一つだけは、ずっと昔に彫られたものだ。

本所五ツ目に建てられ、はるかのち目黒へ移されることになるその五百羅漢寺は、建立からほどなくして、ある意外な評判を得ることになる。

安置された「らかんさん」達の中には、必ず自分の亡き親にそっくりの像があると信じられ、大勢の参詣客で賑わうのだった。

# 丹前風呂

# 一

ただ歩く。これが意外なほど難しい。

了助《りようすけ》はすっかり夢中になり、東海寺《とうかいじ》のお堂の一つを掃除し終えたあと、ひたすらその周囲を歩き続けていた。

摺《す》り足《あし》である。一方の足で床や地面を蹴って前進するとき、他方の足が高い位置にあると、前方と上方に推進力が分散してしまう。それを防ぐため、足を低く出す。肩の上下を抑え、腹から下の全ての骨肉を一体的に動かす。目は前を向いて広く視界を保ち、腰を沈めることで丹田《たんでん》に気を溜めて逃さない。重心の安定が、何より心の安定をもたらすので、不意を突かれても動じなくなる。また、前後左右どの方向にも瞬時に動けるようになるし、体を押されたり引っぱられたりしても決して倒れなくなる——。

武芸は、この足運びを基礎とする。それを美とし、所作としたのが能や舞である。

教わってまだ十日足らずだが、了助の摺り足は早くもさまになっていた。教わったのは右足を前に出すやり方だが、左足を前へ出す工夫もしている。やればやるほどおのれの体のあちこちに発見があって楽しい。そう思えること自体、要領をつかんでいる証拠である。教えた者達も驚くほどの、天与の才であった。

教えられた場所は、駒込《こまごめ》にある水戸徳川《とくがわ》家の中屋敷だ。

明暦三年正月の大火で小石川《こいしかわ》の上屋敷も焼亡し、水戸徳川家の一族郎党がここに移り住んでいた。再建中の上屋敷は、藩主の徳川頼房《よりふさ》が邸宅と庭園を思い通りに整えさせることに熱心になるあまり、

「普請が延び延びで、落成の目処がつかん」

そう了助に文句を漏らしたのは、家の世子《せいし》たる光國《みつくに》である。

了助の方は、大名邸に足を踏み入れる日が来るなどとは思いもよらず、目を白黒させっぱなしだった。広大な庭、馬鹿でかい建物、艶々した畳や床。芝生も白砂利も綺麗に整えられ、了助が知る世界とは別ものだった。

その駒込邸でも、櫓《やぐら》みたいな建物が普請中だった。

「これは書楼だ。大火で亡失した江戸中の史書を、ここに再び蒐集し、編纂するのだ」

光國は胸を張って告げた。何やらとても大事なことらしい。了助にわかるのは、それだけだった。

「お前も学問をやりたくば、いつでもわしに言うといい。師も書も揃えてやろう」

光國の言葉は、人によっては、ありがたい限りなのだろう。だが了助は無言でいた。

ろくに読み書きもできないのに、学問をやれと言われても困惑するだけだった。

——なんで良くしてくれるんですか。

そう訊きたかったが黙っていた。身分が高い人ほど質問を嫌う。生意気に反論しているととられると面倒だった。内心ではさっさと東海寺に戻って、木剣を振るう練習をしたかった。

だが招かれた理由は、まさにその木剣にあった。仏師だった吽慶《うんけい》の遺品である、「不《うてな》」と柄頭《つかがしら》に刻まれた黒塗りのでかくて重い木剣だ。鞘《さや》と柄は元通り膠《にかわ》で接着され、継ぎ目を漆で塗り隠し、元の、刃を封じた木剣に戻っている。

それをひたすら振るうのが了助の日課であり娯楽だった。譲ってもらった品を使いこなせるようになることが、吽慶を供養することにもなると思っていた。

だが思った以上に、そう簡単には、「不」はおのれのものになってはくれなかった。重みで体が揺れてしまうし、刃先を返すときの工夫も必要だった。どうせ刃などついていないのだから、どの方向に振っても同じだと思ったが、剣の形状をしているため、そうはいかなかった。空を切るときの音も、振り抜くときの感覚も、角度によって千変万化するのである。自分で削り出した棒を振るうのとは、わけが違った。

そのくせ、これは棒振りだという意識は変わらない。武芸であるというつもりはかけらもなかった。特定の誰かを打ち倒そうなどという発想もないのだ。

「熱心にそれを振るうのは、叶慶の仇を討ったためか？」

光國に尋ねられたときも、了助は答えに困った。

それは武士の発想である。無宿人の子どもに仇討ちなど許されるわけがない。それくらいのことは了助もわかっていた。たとえ相手が浪人でも、咎《とが》を受けるのは自分だ。

そう言いたかったが、別のことを口にした。

「でも叶慶さん、おれの家族じゃないし」

叶慶を刺したのは実の息子の氷ノ介《ひのすけ》だ。氷ノ介が叶慶を刺したときは、確かに打ち倒そうと思った。いや、打ち殺さねばならないと信じた。だが、よくよく考えると、自分がしゃしゃり出ていいのかわからなくなってしまった。

了助にとって仇といえるのは、おとうを殺した顔もわからない旗本奴《やっこ》である。だがそいつらも、世にはびこる危険な存在の一部に過ぎなかった。

大火の最中に御門を閉めた武士たちがいる。そのせいで養い親である三吉《さんきち》のおやじさんや大勢の人が死んだ。あるいは叶慶を刺した息子のような、馬鹿な考えに取りつかれた浪人たちもいる。総じて武士そのものが了助にとって脅威であり厭な存在だった。

おとうを殺した旗本奴のように、面白半分に無宿人を殺す者は大勢いる。いちいち憎んでいたら仇が無限に増えていく。それより、いかにして自分が殺されないかが重要だった。

い場所だ。

了助にとって、この世とはそういう荒涼とした場所である。自分を哀れむ余裕すらな
その自分が、武士社会の筆頭たる徳川家の男に気に入られたのだから、ひどく複雑な気分にさせられるのだった。

「おれはただ、これを上手く振れるようになりたいだけです」

そう了助が言うと、光國はこんなことを言い出した。

「わかった。仇はさておき、我が家の道場に来るがいい。その木剣を使いこなすすべを教えてもらえ」

了助は驚き、逆らわないようにしようと思った。まだそのときは感謝の念など、ちっともわかなかった。

駒込邸内の道場に案内されると、三人の男がいた。みな稽古着姿の武士だ。了助は気分が悪くなった。父親が旗本奴どもに嬲《なぶ》り殺された事実がよみがえるのだ。

自分も嬲りものにされるなら逃げよう。木剣を胸に抱えて心細げに肩をすくめ、頭を下げた。ぎょっとさせられたことに、三人ともきちんと了助に礼をした。

「この子が、くだんの使い手ですか」

最も若そうな一人が、しげしげと了助を見た。若いといっても、三人とも三十後半より下には見えない。どいつもこいつも屈強で、どっしり落ち着いた印象だった。

逃げようとしても逃げられない。了助の天稟《てんぴん》がそう告げていた。三人の実力をすぐさま見抜いたのである。だからといって何の慰めにもならなかったが。

「六維《むい》了助だ。棒一本で、不逞浪人どもを何人も打ち懲らしめたのだぞ。この者が独自に編み出した、くじり剣法でな」

くじりとは旋風のことだ。光國の命名である。むろん了助は、ただの棒振りとしかとらえてはいない。

「了助、こちらは当家の剣術指南・永山周三郎《ながやましゅうさぶろう》と、その弟子達だ。みな剣の達者でな。この者どもが、より良い剣筋を授けてくれるであろう」

永山周三郎は、柳生《やぎゅう》流の達者で、武芸全般に秀で、教導の功により水戸家の馬廻頭《うままわりがしら》として禄《ろく》を頂戴しているという。

「さ、お前の腕前を見せてやれ」

光國に促され、了助は黙って従った。内心では、見世物の駄賃はくれるのかと訊きたい気分だった。

両手を上下にくっつけて木剣を握り、右肩に担ぎ、左足を前に出し、顔を正面の道場の壁に向け、胸をほとんど右横に向けるほどねじった。真横に棒を振ることに特化した、もとは野犬を追い払うために自得した構えだ。

三人が一様に眉をひそめた。異様な構えに意表を突かれたのだ。

ぶん。木剣が唸りを上げて左へ振られた。右足を前に出し、拳の上下の位置を変え、すぐさま今度は右へ振るう。これも野犬対策だ。犬は群で襲う。一頭を打ち払っても次が来る。群が退くまで振り続けねばならない。さらに二度三度と間髪容れず振りながら前進し、壁際でくるりと回って、最後にもう一度振った。

本当はもっと強く振りたかったが、光國の不興を買うのを恐れて、体がぐらつかない程度の振り方にとどめている。それも内心では気にくわなかった。好きでやっていた棒振りなのに、なんで遠慮したやり方をしなければならないのか。

「大した剣風。まさに土くじりですな」

だが指南の永山が感心し、光國が破顔した。

「そうであろう、そうであろう」

「よほど工夫したのでしょう。どの流派にもなき構えながら、兵法にかなうところが見受けられます。もし、槍を使う気持ちで剣を振るうたならば、あのようになるかもしれませんん」

「ふむふむ」

光國の方が興味深げだった。了助はこれで帰れるだろうかとしか思っていない。

「なれど、槍や薙刀《なぎなた》の振り方を教えるには、握りを変えさせることになるか……」

永山が呟《つぶや》いた。残り二人も、了助の握りの特殊さについて言及し、議論になった。

拳をくっつけるのは、斬撃《ざんげき》に特化した、主に試し切りの握りである。固い物を両断する上では有効だが、精緻な剣技には向かない。了助が身につけたものを全ていったん捨てさせることになる。それよりもあの構えを生かす何かを教えるべきだ。云々《うんぬん》。みな、叶慶が無言で示した態度を言葉に変えているだけだった。了助の棒振りと、武士の剣術は、まったく別物なのである。共通点がなく、教えるものがない。

だが叶慶が口にしたこともあった。足が滑ったり、剣風の響きが良かったりすると、そのことを指摘してくれた。果たして三人の剣士達も同じだった。足運びの修練。それにより剣風の鋭さも増すだろう、というのが彼らの結論となった。

かくして永山が、その後しばらく了助をとりこにする言葉を告げた。

「摺り足を覚えるといい」

永山が言い、実演してくれた。最初その歩行を見たときは、踏み込みが弱いように思えた。だが違った。足先の話ではなかった。体全体を瞬時に動かす方法なのである。

「摺り足により浮き身となることが極意だ。一箇所に足を固着させず、体を保ち続けよ。組み打ち、当て身の応酬にても、おのれの体を崩さず、逆に相手の体を崩せるようになる」

永山が丁寧に教えてくれた。武士が無宿人の子にそんなふうにしてくれるとは思わず、了助はずいぶん居心地の悪い思いを味わった。

言葉ではわからない点も、三人が実演してくれたことで、はっきりわかった。たとえば相手に組み付かれた際、腕力でどうにかするのではなく、足運びによって自他の重心を移動させるのである。それにより、組み付く相手をやすやすと突き飛ばしたり、引き倒したり、ぶん投げることだってできる。

了助は実際にそれを体験した。弟子の一人が突き出す手首を両手でつかみ、力一杯引っ張って体を崩そうとしたが、逆に信じがたい力で引き倒されたのである。腕力でそうされたのではない。相手は腕に何の力も入れていない。足運びのみで倒されたのだ。相手と自分の体重の全てが、その瞬間、相手に有利な力へと変貌したのがわかった。

生まれて初めて武芸に触れた瞬間だった。とても不思議で、面白かった。それから、ひと通り足運びの修練の方法を教えてもらい、

「いろいろためになることを教えて下さって、ありがとうございました」

気づけば、素直に感謝の言葉を口にしていた。

以来、東海寺での掃除や荷運びや薪割りの最中も、摺り足を練習するようになった。

今日もお堂の周囲をぐるぐる移動し、足運びを滑らかにやれた瞬間だけ、自然と木剣を振っていた。それ以外は、脳裏で素晴らしく上手に木剣を振ることができた瞬間を想像しながら、ただ足運びに集中した。

「踊ってんの？」

声に振り返ると、同坊の伏丸《ふしまる》が、ぽつんと立っていた。

おそろしく無口で、そのせいか気配が薄い。了助は、この少年が実は石か木でできているのではと思うことがあった。

「武芸だ」

木剣を肩から降ろして了助が言った。ちょっとむっとしていた。

「武士になるんか？」

伏丸が首を傾げた。二度も続けて尋ねるのは珍しい。いつもなら最初の応答で口を閉ざし、あとは終日会話がないのが普通だ。

「違う」

ますますむっとした。なろうとしてなれるものではない。なりたいとも思わない。

伏丸はぼんやり突っ立っている。表情が乏し過ぎて何を考えているか皆目不明だ。

了助は少年に背を向け、肩に木剣を担ぎ、摺り足を再開した。お堂をぐるりと回ると、まだ伏丸が同じ場所に立っていた。さすがに妙だった。

「お前、おれに何か用か――」

尋ねようとして、怒鳴り声に遮られた。

「ちょっと伏丸！　何してんの！」

お鳩《はと》が早足で石畳の上を歩いてきている。下駄履きだ。了助はその動きを観察した。

人の動きにも興味を覚えるようになっていた。

お鳩の歩みも摺り足に近い。舞をたしなんでいるのだ。いつもの町娘の出で立ちで、綺麗な顔に焦ったような表情を浮かべている。

「了助を呼べって言ったでしょ！　罔両子《もうりょうし》様も御師《おんし》様達もみんな待っててんだよっ！」

御師様というのは拾人衆《じゅうにんしゅう》の束《たば》ね役を意味する符帳だ。管轄が違う者が何人もいるため、複数になるのが常だった。

「御老中様達が、おれに用があるって言いに来たのか？」

了助が、改めて伏丸に訊いた。符帳は使わない。覚えるのが面倒くさかった。

「御師様って言いなさい。覚えが悪いと、また捨てられるよ」

お鳩が眉を八の字にひそめて厳しく言った。すっかり了助が仲間になったと思い込んでいるのだ。了助は、余計なお世話だという気分でいる。拾人衆の一員だという意識などない。叶慶が彫った像がある寺で、たまたま暮らしているだけ。そう思っていた。

「またって何だ。おれは捨てられてないぞ」

「また芥《ごみ》運びに逆戻りだよって言ってんの」

お鳩が律儀に言い直し、

「踊るのやめたら、言おうと思ってた」

伏丸が何拍も遅れてそう口にした。

「踊り？　あんた今の踊ってたの？」

「違う。武芸だ」

さっきと同じ事を言い返した。

「武芸？　水戸の御曹司様が、あんたを侍にしようとしてるって話、本当なの？」

「馬鹿。誰が言ってんだそんなこと」

「罔両子様だよ。すっごいじゃない」

お鳩が目を輝かせた。拾人衆にとって士分に取り立てられるなど望外の幸運だ。

了助はひどく理不尽な思いでいる。おれは武士が嫌いだ。そう言い返したかった。そうしなかったのは、武士に世話になっている現実に矛盾を感じていたからだ。

「おれに何の用だよ」

お鳩が了助の腕をつかんで引っ張った。

「来て。あんたも今日から手合いだからね」

それが符帳であることを了助は遅れて思い出した。拾人衆の一員として初仕事を与えられるということだ。了助は逆らわずついていったが、足取りは重かった。

「一生懸命、認めてもらわないと。せっかくのご縁をなくしたら馬鹿だよ」

お鳩の方がよっぽど懸命な調子だ。伏丸もついてきて、三人で別棟の座敷に上がった。膝をつき、ぺったり頭を下げながらである。

そこに、本来であれば決して了助達が対面するはずのない、身分の高い人々がいた。拾人衆お目付役の水戸光國。総責任者たる老中の阿部《あべ》〝豊後守《ぶんごのかみ》〟忠秋《ただあき》。現場指揮者の旗本、徒頭《かちがしら》の中山《なかやま》勘解由《かげゆ》。そして拾人衆を養育する、東海寺住職たる罔両子。いつもの顔ぶれだ。

他に、人相書きの名手である少年みざるの巳助《みすけ》と、聞き耳に優れた盲人きかざるの亀一《かめいち》がおり、阿部の隣に並んで座っている。

「顔を上げなさい」

阿部が優しく言った。了助達が顔を上げた。一角に、掛け軸があるのが見えた。

「吹毛剣《すいもうけん》」

そう記されている。了助には読めないが、「剣」の字はなんとなくわかった。

「あれ、なんて意味？」

了助が訊いた。しっ、とお鳩が了助の脇腹を肘で小突いた。

罔両子がにっこりして言った。

「とてもよく斬れる剣のことです。私が書いたんですよ」

明《みん》代に書かれた、水滸伝《すいこでん》という物語に登場する剣のことだという。髪の毛を吹きかけただけで切れる鋭い剣だ。転じて、煩悩を断ち切るという禅の言葉として用いられているらしい。

東海寺の開祖である臨済宗の僧・沢庵宗彭《たくあんそうほう》は、柳生家の下屋敷に逗留しながら、将軍家光《いえみつ》に禅を説いた。その際、相手がわかりやすいよう、しばしば剣を喩《たと》えに用いたらしい。吹毛剣という言葉も、そうして用いられるようになったわけだ。

「欲しいですか？　欲しそうですね。よく働いたら差し上げましょう」

罔両子が勝手に褒美を決めた。了助は、別に欲しくないと言い返そうとしたが、お鳩が余計なことは言うな、という怖い顔をするので黙っていた。

「精進しておるようだな」

光國が言った。了助が小さくうなずいた。

「教わった通りに練習してます」

他の者達が、光國と自分の二人に注目しているのがわかった。

――侍にしようとしてる。

もし本当にそうだとしても了助にはそれが喜ばしいことかどうかわからなかった。

光國が目を中山に向けた。

「で……勘解由よ。なぜ了助を呼んだ？」

それで、自分を呼んだのが中山だとわかった。相変わらず猫みたいな平和な面相をしているが、下手人相手に眉一つ動かさず苛烈な拷問をしてのける冷酷無比な顔を持った男であることを、その場にいる全員が知っていた。

「理由はのちほど申し上げます、子龍《しりよう》様。目下の問題は、今しがた申し上げた通り、江戸市中の湯屋、二百余軒を一斉に取り潰すと幕府が決めたことなのです」

「風呂潰しが問題か。お主、遊里のたぐいは嫌っておったろう」

「遊里ではありません。湯屋です。取り潰しの理由はあくまで火事防止のためです」

中山が言い返した。だが悪所についての見識で光國が負けることはない。

「垢かきの湯女《ゆな》が私娼を兼ねておる。吉原が商売敵を潰すよう幕府に訴えたのであろう。遊女は吉原にのみ存在するというのは幕府の建前だ。奉行所は長らく夜鷹と同様、湯女を見過ごしていたが、当世の湯女の人気は相当だと聞く。吉原の遊女を風呂屋へ出稼ぎに行かせるほどになったとなれば、幕府も奉行も黙認できぬであろうな」

えへん、と阿部が咳払いした。子どもらの前で遊里の話は遠慮しろというのだろう。

だが、春をひさぐことについて無知である方が、子どもらにとっては危険だ、というのが罔両子の考えである。どういう欲望や悪意や仕組みが世に存在するかを知らねば、わけもわからず搾取されるかもしれないからだ。その場にいる少年少女はみな湯女がどういうものか知っていたし、光國の言葉に驚いたり首を傾げたりする者はいなかった。

「子龍様にはかないません……。確かに、湯屋の取り潰しの引き金は湯女の人気です」

中山があっさり降参した。武士として建前の口上に慣れているのだが、光國にいちいちそれをひっくり返されてはいつまでも本題に入れないと判断したのだろう。

「我々が見張っていたのも湯女です。紀伊国屋伊兵衛《きのくにやいへえ》が営む紀伊国屋風呂の湯女で、勝山《かつやま》と名乗っています。大変な売れっ子でしてね。旗本奴《やっこ》と町奴の双方が、この湯女目当てに集まるほどです。そのため紀伊国屋風呂は、諜者《ちょうじゃ》を配するに有用な場でした」

「が……取り潰しで、せっかくの場が失われてしまう、というわけだな」

「はい。風呂屋が潰される前に、何としても居所を知りたい男がいます」

そこで中山が懐《ふところ》から紙を取り出して広げてみせた。巳助による人相書きである。

いかにも逞しい顔つきの武士だった。「小普請《こぶしん》、渡辺忠四郎《わたなべただしろう》」と記されている。

「今年正月、吉祥寺《きちじょうじ》で火が生じたことはご存じでしょうか？」

光國はうなずいた。明暦三年の大火は、一度に発生したのではない。約二十日間のうちに、断続的に八度も起こったのである。

この連発した火災が放火か事故かは不明だが、二十五日には明らかに放火があった。御城の西の丸付近に位置する石川《いしかわ》〝播磨守《はりまのかみ》〟総長《ふさなが》の屋敷に火を放った浪人や町奴二十人が捕縛され、その四日後には全員処刑されている。

「その火と、この男と、何か関係が？」

「分かりません。ですが吉祥寺に火が生じる中、この渡辺は、小十人《こじゅうにん》の本間左兵衛《ほんまさへえ》となぜか斬り合い、本間に傷を負わせて逐電《ちくでん》しました。本間は、その傷がもとで、その日のうちに死んでおります」

「火の中で……小十人が、小普請とか」

小十人は、御城の檜之間に詰める城内警護役で、新番・小姓組・書院番・大番に並ぶ、幕府五番方の一つである。将軍家を護る扈従人《こしょうにん》がなまって小十人になったという。将軍外出の際には行列の先駆を務め、目的地に先に乗り込んで安全を確保する。

一方、小普請は名の通り御城の普請役だが、要は無役の者の集まりである。

斬り合うには立場が違いすぎる。互いに面識があったかも怪しい。光國が疑念を抱いたのを察した様子で、中山が言葉を続けた。

「渡辺には、御城の宝物を盗んだ疑いがかけられていました。それとは別の場所でも、渡辺は目撃されています。石川播磨守の屋敷に火がかけられる前日、下手人どもと一緒にいたそうです。また、今年五月、大番の係累が、これまた小普請四人に斬殺されたのですが、ここでも渡辺が四人とともにいたという報告があります」

ほうぼうで暴れ回っているという印象である。

「よく斬られず生きているものだ。とはいえ小普請には、傾《かぶ》く者が多い。旗本奴が、有役の者をやっかみ、喧嘩を売ったり、徒党を組んで悪さをしただけではないのか？」

無役である鬱憤から暴発する者もいれば、傾奇者《かぶきもの》としてあえて役を辞退し、小普請組に属する者もいる。それらが徒党を組み、ときに有役の武士を標的にするのである。

「普通はただの喧嘩でしょう。ですが渡辺が、かの正雪絵図を持っていたとなれば話は違ってきます」

中山の言葉に、光國が目を見開いた。

〝正雪絵図〟は、先日の事件で浪人の秋山官兵衛《あきやまかんべえ》が所持していたもので、よほどの資金がなければ制作はできないほど精密な江戸地図だ。しかもそれは大火の火元が記された地図だった。

大火後に記したのなら防火が目的といえる。だが大火前ならどうか。どこに放火すれば江戸を灰燼《かいじん》に帰せるか、計算した上で記したことになる。

「まことか？　どうしてそれがわかる？」

「紀伊国屋風呂の勝山です。この湯女が目当てで湯屋に現れる旗本奴に、三浦小次郎義也《みうらこじろうよしや》という男がいます。この男が、勝山と交わした話を、きかざるの亀一が聞き取りました。亀一、子龍様に三浦の言葉をお聞かせせよ」

亀一が盲《めし》いた瞳を開き、すらすらと述べた。

「渡辺忠四郎さんはまだあの地図を捨ててねえとさ。由井《ゆい》正雪の絵図だか何だか知らんが火つけの疑いなんぞかけられちゃ、おれの男伊達《おとこだて》が汚れらあ。水野《みずの》様にゃ悪いが、あいう大した男をいつまでも匿《かくま》うのは無理ってもんだぜ」

むう……と光國が唸り、猛虎の怒気を漂わせた。何万人も焼死させた火災が、もし本当に火つけによるものであったならば、江戸市民総勢が同様の憤怒を抱くに違いない。

「勝山という湯女はさておき、水野とは……もしや、あの水野か？」

「まさに。水野十郎左衛門成之《じゆうろうざえもんなりゆき》。旗本奴の筆頭格にして生粋の暴れ者です」

阿部がかぶりを振った。中山の言葉を否定したのではない。阿部もよく知る人物なのである。

水野成之の父親である水野成貞《なりさだ》は、御城では知らぬ者がいないほどの傾奇者だった。将軍家光の小姓であり、武芸に秀でた男であったが、いつしか奇抜な服装を好み、棕櫚《しゆろ》柄組《つかぐみ》という徒党を組んで暴れ回るようになった。棕櫚柄とは、血で手が滑らぬよう棕櫚を柄に巻いたことからきている。言うまでもなく泰平の世に似つかわしくないこと甚だしい装いだ。

その息子も、蛙の子は蛙だといわんばかりの暴れぶりで、近頃の有名人となっていた。こちらは大小神祇組《だいしょうじんぎぐみ》という徒党を組み、他の旗本奴の頭目とみなされている。

「確か、幡随院《ばんずいいん》とかいう町奴を殺したのであったか」

光國が呟くのへ、中山がうなずき言い加えた。

「はい、よくご存じで。幡随院長兵衛《ちょうべえ》という町奴の顔役です。水野成之は、おのれの徒党と町奴の喧嘩の手打ちをすると言って幡随院を自邸に呼び出し、斬ったそうです。おかげで町奴の怒りたるや凄まじいもので、そのせいか、このところ水野も市井に姿を見せなくなっているとか」

「その水野が、渡辺忠四郎を匿っているのかもしれん……とは、どういう事情か、見当がつかんな。どちらも捕らえて、念入りに事情を聞かねばなるまい」

そこへ、罔両子がのんびり口を挟んだ。

「その渡辺さん、生きていればいいですけどねえ。旗本奴のことですから、匿いきれないと思えば、殺して遺体を埋めてしまうかもしれませんよ」

相変わらず、僧のくせに平気で殺伐としたことを言うのが罔両子だった。これに中山がうなずき、その場で最も気配の薄い少年に目を向けた。

「ゆえに伏丸を呼びました。伏丸の鼻は、地中の屍《しかばね》の臭いすら容易に嗅ぎ取ります」

了助はきょとんとなった。そんな特技が伏丸にあるとは知らなかった。無口な代わり、しょっちゅう鼻をくんくんさせていることはあった。犬みたいだと思っていたら、本当に犬なみの特技の持ち主だったわけだ。

「奉行所にも応援を頼みますが、まずは、紀伊国屋風呂に配置する拾人衆の数を増やし、渡辺忠四郎の行方を追いたいと思います。よろしいですか、阿部様、子龍様、罔両子様」

中山が問い質《ただ》した。何やら非常に勢い込んだ調子である。

誰も反対の声を上げない。光國が、にやっとなりながら口を挟んだ。

「わしは異存ない。勘解由よ、お主、世情を知る良い機会だぞ。それほど入れ込むのであれば、客を装い、自らも内偵せよ」

阿部がびっくりする反面、罔両子が、もっともだという顔をした。

中山は目をまん丸にしている。尻尾を踏まれた猫みたいだとその場にいる誰もが思ったものだ。

「お主がもし奉行になったときのためだ。世情を知らねば、裁き上手にはなれず、町人から罵《のの》られることになろう」

光國は真面目な調子で言ってやった。

奉行が町人から罵られるのは事実である。将軍宣下《せんげ》の際などに催される城中の御前能《ごぜんのう》は、町人も拝観できる。しかもそのとき、将軍が世情を知ることができるよう、町人は放言自由なのだ。人気のない奉行などは、おびただしい罵詈《ばり》雑言《ぞうごん》を延々と浴びせられることになる。いたたまれないことこの上ないだろう。裁き下手なやつ、と将軍に思われては当然、出世にかかわる。奉行が町人寄りに傾く理由の一つである。

「畏まりました」

中山がぐっと顔を引き締めて言った。

「それで、了助を呼んだ理由とはなんだ?」

光國が改めて訊いた。了助がきょとんとなった。湯屋で働けということだろうと漠然と理解しており、それ以上の目的を与えられるとは思っていなかった。

「かねてお聞きしていたことがありましたゆえ。関わりがあるかもしれませんので、お聞かせしようと考えました」

そう言って中山が再び亀一に声をかけた。

「亀一。三浦小次郎義也が湯屋で仲間に告げた、例のことを聞かせてくれ」

亀一が白濁した瞳を宙に向け、了助の心を一変させる言葉を放った。

「無宿人を斬ったところで箔はつかないねえ。咎にも自慢にもなりゃしない。ああ、寺の軒下から引きずり出してなあ。おれが斬ってやったのよ。なかなかしぶとい男でよう。何度も斬ったせいで、すっかり刃こぼれしちまった。面目ねえったらないねえ」

まさに幼い了助が体験したこと、おとうが殺された様子そのものだった。

了助は自分が鉄の塊になった気がした。何も感じない。大火のときに川の中にいたときのようだった。胸の裡では何年ぶりかで、おとうの絶叫がよみがえっていた。同じようにこの手で仇を絶叫させてやりたい。その欲求が全身を支配しようとしていた。それが、本当の仇に近づいたときのおのれの心のありかたであると初めて知った。

衝撃を受けているのは光國の方である。こちらは何とか顔に出すまいとしながら、ついに中山にこう言っていた。

「待て、了助の仇だと決めるのは早計ではないか」

「はい。渡辺の行方をつかんでのち、三浦本人に確かめてはいかがでしょうか？」

中山が了助を呼んだ理由がこれだった。

なぜ光國が了助に入れ込むかはわからないが、とにかく了助を引っ張り込めば、お目付役の光國も諜報に身を入れることになる。そう中山は考えているのだ。どうやら中山のほうにも、この一件に、そうまでして執着する理由があるらしい。

そう察したが、光國はとにかく混乱を悟られぬよう黙るしかなかった。

――違う。こいつの父親を斬ったのは、その男ではない。

心はそう叫びたがっている。だが決して口にしてはならぬことだった。

「三浦小次郎義也」

了助が呟いた。お鳩が不安そうな面持ちになるほど、冷え冷えとした声音だった。

「やるよ、おれ。そいつから話が聞けるなら、何でもやる」

二

「表徳《ひょうとく》を決めねばならんな」

光國の提案に、中山が複雑な顔で従った。表徳とは呼び名である。つまるところ、武士が市井《しせい》に出て遊ぶときに用いる偽名をいう。

谷左馬之介《たにさまのすけ》と駒込八郎《こまごめはちろう》。それが光國と中山の表徳となった。決めたのは光國だ。谷は光國の母の旧姓。駒込八郎は、中山が高麗《こうらい》八条流馬術の達者であることからきている。

高麗はこまとも読む。

監視対象である紀伊国屋風呂は、神田佐柄木町《さえきちよう》にある、丹前風呂《たんぜんぶろ》の一つだ。

丹前という呼称は、近隣に堀《ほり》家の屋敷があり、今の当主が〝丹波守《たんばのかみ》〟直吉《なおよし》、先代が〝丹後守《たんごのかみ》〟直時《なおとき》、その前も〝丹後守〟直寄《なおより》であることからきている。

周辺に多数の風呂屋が集まることになった堀家をからかう大名は多い。だが堀家の者はたいてい困った顔をしつつ、内心では便利なことを喜んでいるという。内風呂を持てるのは大名くらいで、武士も町人も湯屋に通うしかないからだ。

江戸にいる者は誰もが風呂好きである。職人達など、日に三度も四度も風呂に入る。大人は八文から四文、子どもはその半額。屋台のそば代と大差ない。百数十文払えば、ひと月入浴自由となる羽書《はがき》という札がもらえる。

湯屋は交流の場であり、流行が生まれる場だ。丹前風は、唄、髪、服、話し言葉にも及び、一大流行と化している。

そしてその丹前風呂の中でも、一、二を争うほど繁盛したのが紀伊国屋風呂だった。

店の湯女は、みな顔立ちの整った若い娘達で、丹前節の小唄を得意とし、囲碁もやれば歌も詠む、遊女顔負けの技芸を誇っている。

日中、客の体をぬか袋で洗う垢かき仕事のときは、風流な染浴衣《そめゆかた》を着て手足を露出させ、夜になればきらびやかな衣装に着替え、二階座敷で男の相手をしてくれる。しかも吉原とは比較にならぬほど安い。これでは人気が出ない方がおかしいだろう。

男客はむろん、女客にも評判は上々だ。武家の娘も、町家の娘も、紀伊国屋風呂で湯女の髪型や衣装や振る舞いを見ては真似をするのである。

その大賑わいの湯屋に、光國はあっという間に溶け込んだ。高座（番台）の女に些少《さしょう》の心づけを渡して顔を売り、二階座敷で寛《くつろ》ぐ男客達と親しく会話を交わした。

何とか旗本らしさを隠し、強ばった顔で町人とも気軽に話そうと苦心する中山などより、よっぽど諜者に向いている。

とはいえその光國も、昔のようには遊ばず、湯女に触れることもない。垢かきも頼まなかった。妻に遠慮してしまうのである。妻には拾人衆について多少話したが、こたびの務めについては何も言っていない。中山もそうらしい。二人とも藪蛇《やぶへび》になるのが怖いのだ。

――決して女が目的ではないぞ。

自分か妻か、誰に対してかよく分からぬ言い訳を心の中でしながら、光國は巧みに客を装い、くだんの旗本奴の到来を待った。

了助、巳助、伏丸、亀一の四人は、みな働き手を装った。中山が南町奉行所を通して同心に話をつけさせ、同心が口入れに話を通し、口入れが紀伊国屋風呂に斡旋《あっせん》したのである。

湯屋からやや離れた場所には、以前から「寺」として諜報に使われる長屋があった。長屋の主人は忠秋が配置した経歴不明の男で、光國は忍《しのび》だろうと見当をつけている。その長屋が、拾人衆の宿泊所となり、みざるの巳助が描く人相書きが束になって置かれることとなった。

なお、お鳩をはじめ女の拾人衆は、こたびのお務めからは外されている。

「あたしは別にお座敷に上っても構いません」

お鳩が強気に言うのへ、

「遊女にするためお前を養護したと思うか」

阿部が珍しく怒りをあらわにし、男だけで十分との意見で、まとまったのである。

お鳩は不満そうだったが、三味線を弾けばいいとしか思っていないのは明らかで、光國も中山も罔両子も、阿部に賛成だった。確かに遊女は古くから諜者でもあり、最もよく用いたのは武田《たけだ》信玄《しんげん》とされている。豊臣や徳川が遊里を作ったのも、遊女に諜者働きをさせぬよう、一箇所に閉じ込める意図があったからだという。それだけ遊女が諜報に向いている証拠であるが、この泰平の世で、しいて少女にそのような働きをさせるべきとは誰も思わなかった。

首尾良く潜り込んだ男子拾人衆は、薪の用意、掃除、荷運びと「寺」とさして変わらない仕事をてきぱきとこなした。見張るべき場所は、高座のある土間、脱衣棚のある板の間、身を洗う流し場、湯船のある湯場、男客だけが上がれる二階座敷である。

土間から流し場にかけては壁もなく、端から端まで見渡せるので監視は楽なものだ。湯場の出入り口は、石榴口《ざくろぐち》と呼ばれ、湯気を逃さぬよう天井から腰の高さにかけて壁を設けてある。壁には華やかな絵柄が施され、みな屈んで湯場に入る。最も死角になる場所だが、湯船の湯はかなりの熱さであるため、長々と居座る者はいない。

二階座敷には、もっぱら盲人の亀一が按摩《あんま》として出入りし、湯屋全体に聞き耳を立てた。昼七つか暮れ六つ（午後四時か午後六時）頃には一階の湯屋が閉まり、ここに屏風《びょうぶ》と床が用意され、着飾った湯女が小唄を披露し、酌をし、床の相手をするのである。

慣れた様子で淡々と働く他の三人と異なり、了助は、来る人来る人に目を光らせ、

「三浦……」

無意識に呟くのだから、諜者失格であろう。だが、そんな了助ですら、まったく目立たぬのが日中の湯屋というものだった。

男も女も、とにかく猛烈に騒がしいのである。

紀伊国屋風呂も、他の多くの湯屋と同じく男女混浴の入込湯《いれごみゆ》だ。幕府は男女の湯を分けるよう指導しているが、水代も薪代も倍になるので誰も従わない。湯屋は江戸城が建てられる前からある民衆の生活そのものであり、奉行所も黙認しがちだった。

そんな治政の空白のような場所では、のんびり寛ぐ客がいる一方で、男女問わずしょ

っちゅう喧嘩が起こった。素っ裸の女達が取っ組み合うのを、他の客が笑ってはやす。若い娘が裸を見られないよう年嵩《としかさ》の女達が取り囲み、覗き込もうとする者へ容赦なく桶を投げつける。男伊達を競う連中は、旗本も町人も彫り物を見せびらかし、それをけなされようものなら刃傷沙汰《にんじょうざた》に及びかねないほど激昂する。脱衣棚の前をうろうろする者は盗人と疑われ、高座の女から怒鳴りつけられる。そうした騒ぎに、赤ん坊や子どものわめき声が加わる。繁盛するほどに騒ぎが日常化する。

喧噪のるつぼのような湯屋を事実上仕切っているのが、

「紀伊国屋風呂をごひいき下さってありがとうございますよ」

ひときわ威勢良く声を上げ、老若男女の客を巧みに捌《さば》く、勝山という湯女だった。

二十歳頃の見目麗《うるわ》しい娘で、細身だがとにかく潑剌《はつらつ》とし、堂々とし、気っぷが良い、流行の発信者であった。白い元結で片髷《かたまげ》を頭の後ろで輪にする特異な髪型は「勝山髷」と呼ばれ、湯屋に来る女達がこぞって真似をしているのがわかった。近隣では町家ばかりか武家の奥方までもが明らかに勝山に似せた髷の結い方をしているのだ。

その出で立ちも自身で考案し、広袖の派手派手しい縞柄の綿入れを着て、腰にはなんと木刀の大小を差し、朱い鼻緒の草履《ぞうり》を履き、その姿のまま町を歩く。その全てが勝山風として流行し、のちに「どてら」と呼ばれる縞柄の綿入れなどは、旗本奴や町奴の間でも、最新の丹前風として広まっていた。

ただそうして目立つだけでなく、勝山には切り盛りの才能があった。湯女に指示を出し、湯場中の広告をまめに貼り換えさせ、割れた桶はすぐ桶屋へ注文をやって直させる。了助や他の働き手をさぼらせないだけでなく、ちゃんと賃金が払われているか気を遣う。主人の紀伊国屋伊兵衛は老齢で、店には昼四つ(午前十時)頃に顔を出し、帳簿を管理する他は、そっくり勝山に任せっきりだった。

夜になると他の湯女達とともに化粧をして身を飾り、二階座敷に上って、小唄を披露しつつその日の客を選ぶ。遊女が客を選ぶというと吉原の太夫のようであるが、あちらは気に入った男に大枚を費やさせる一方、勝山のやり方は、客と湯女の両方に不公平のないよう差配するというものだった。自分目当ての常連客より、あまり遊びに来られない客を優先する。特定の湯女に客が集中して疲れ切ってしまわないよう気遣う。客も勝山のやり方に安心しているのか文句を言う者はいない。

夜は亀一が働く傍ら、光國と中山が交代で監視にあたった。光國も中山も、湯女と寝たりはせず、小唄と酌を楽しむふりをしつつ客の話に聞き耳を立てたが、勝山が唄うと、いつの間にか引き込まれ、聞き入ってしまうのだった。客の中には感激して涙ぐんだり、幸福そうに茫々然《ぼうぼうぜん》とする者がいるほど、確かに見事な小唄だった。

その勝山が、最も気を遣っていたのが、旗本奴と町奴の軋轢《あつれき》である。

水野成之という旗本奴が、自邸に町奴の親分である幡随院長兵衛を招いて殺したことは、一帯の噂になっている。町奴には面識もないのに長兵衛にあこがれる者が多く、どいつも旗本奴への報復の念を滾らせている。ただでさえ血気盛んな若者が集う丹前の地で、旗本奴と町奴が狭い湯屋で顔を合わせては、どんな騒ぎが起こるかわからない。

そのため勝山は、旗本奴と町奴の代表格に話をつけ、各々の徒党は一日おきに湯屋に来ること、鉢合わせたとしても湯屋では喧嘩沙汰を起こさないことを頼んでいた。

旗本奴の代表格は三浦小次郎義也。町奴の方は垣根《かきね》兵衛《ひょうえ》という男だ。どちらも勝山の頼みを承知していた。

「並の男より、任俠《にんきょう》の風格がある。まさに女伊達だ。男も女も惚れるのはわかる」

一触即発の連中を抑える勝山の手腕を、光國は大いに称賛した。

だが中山は、どうやら湯女というものを誉めること自体に抵抗がある様子で、

「奴どもも、勝山に惚れた弱みがあって頭が上がらぬのでしょう。湯屋から閉め出されないよう必死とは、男伊達が聞いて呆れますな」

当てこするように、淡々と奴どもを貶《けな》した。

中山からすれば、湯女が作り出す流行に乗っかろうとする旗本奴ばかりでなく、わざわざ湯女の髷や衣服を真似るような女たちなども、

「武家にあるまじき……」

と誹《そし》るべきところらしい。

そんな中山の評価はさておき、どちらの頭領も、徒党を従えている様子はただ乱暴で派手派手しいだけでなく、一種独特の風格があった。

三浦小次郎義也は、鼻筋のすっきりした器量良しの、大いに武芸で鍛えたであろう筋骨逞しい美丈夫であった。家が裕福だとかで衣装は豪勢きわまりなく、白無垢の下着、裏地が紅絹《もみ》の小袖、羽織は着ず、鮫鞘やら珊瑚鞘やら実用には耐えられそうもないほどきらびやかな大小を差し、深編笠に紫竹《しちく》の杖をつく。その徒党は白柄組《しろつかぐみ》と呼ばれ、名の通り、白柄の刀、白革の袴、白馬の異風に、それぞれ華美な衣装をまとうことが組の決まりで、一行が現れると、往来の人々がわざわざ見物に来るほどの派手さである。

丹前風呂では、「よしや組」とも呼ばれ、

「小次郎義也は、風俗さてもよしや、よしや、丹前よしや風の、よしや組」

などと自画自賛も甚だしいことを洗い場のど真ん中で徒党に唱えさせるのだ。なんとも無邪気で、諧謔的でもある。さんざん美男と言われてきたであろうおのれを滑稽にみせる三浦に、湯屋にいた子どもらも一緒に唱えて笑いがさんざめくのだった。

初めてこれを目にしたとき、光國、了助、中山は、三者三様の反応を示しつつも、

「厄介な男」

という、同じ感想を抱いた。

「あの振る舞いは芸だな。市井の人気はさぞ高かろう」

光國は感心した。この上なく目立つことで、民衆を味方にし、注目を盾にしている。その上、旗本の身分であることが一件にどう影響するかもわからない。喧嘩を売って口を割らせることも、引っさらって尋問することも難しい相手だ。

「三浦……」

了助は、早くも三浦を打ち倒すことしか考えられなくなった。戸の心張り棒を握りしめて三浦に近づこうとするのを、巳助と伏丸が慌てて制止しようとした。

が、了助は我から足を止めた。三浦の所作から、武芸に優れていることを見抜いたのだ。加えて徒党に護られている。簡単には打ち倒せないことを悟り、虎視眈々《こしたんたん》と機会を窺《うかが》うことに決めた。

「目に余るとはこのことですな」

中山は嫌悪もあらわだが、旗本が相手では、町奉行に応援を頼んでも、手をこまねくだけである。亀一の聞き耳がどれほど優れていようと、その口伝えの内容を信じるのは拾人衆に関わる者達だけで、奉行所を動かす公然の証拠とはならない。

証拠が必要だった。水野が渡辺忠四郎という下手人を匿っている証拠。あるいは三浦の狼藉《ろうぜき》を訴える証人。何でもいい。何もなければ捕縛することはできない。

そしてその中山と、似た思いでいるらしいのが、町奴の頭領・垣根兵衛だった。

旗本奴に対抗するため、徒党を組んだ若い職人達の相談役である。

背に立派な昇り鯉の彫り物、顔や全身に刀傷と、いかにも侠客然とした男だ。その所作にも修練の跡が感じられたが、武士のそれとは微妙に違うというのが了助の感想で、光國と中山も同感だった。

垣根と町奴は、水野成之を探していた。幡随院長兵衛の仇を討つためである。垣根は長兵衛に義理があり、長兵衛亡きあと、その徒党の相談役もしているという。

垣根の探り方は、光國や中山と同じく、三浦とその一党を監視することだった。さらに垣根は、三浦が水野の行方を知っているとみているだけでなく、

「渡辺忠四郎という男を見つければ、水野めを火あぶりに出来るのだぞ」

と湯屋の二階座敷で仲間達にささやくのを、亀一の耳が聞き取った。

火あぶりは火つけに対する刑罰である。それで、渡辺忠四郎が火つけに関わり、水野に匿われているらしいこと、そしてそのことをなぜか垣根が知っている、といったことが明らかになった。

「三浦と水野のつなぎをしているのは、勝山のはずだ。あの湯女を見張れ」

ということまで垣根は指示していた。光國と中山が驚くほど、事情に通じている。

「垣根と町奴にも監視をつけるべきであろう」

光國の意見に、中山も賛成した。相手が町人であれば町奉行も動く。さっそく話を通し、同心達に監視を任せることになった。

拾人衆と町奴の両方から監視を受ける三浦は、しかし一向にぼろを出さない。勝山も同様である。何度か、

「水野さんや渡辺さんはどうしてるかねえ」

と三浦が勝山に尋ね、

「息災でいらしてますよ」

勝山が告げるということがあった。

また、一度だけ、三浦が高座で正月でもないのにおひねりを出し、

「水野さん達に渡しておきますよ」

勝山がそう言って受け取ったが、その金はいつの間にか消えていた。勝山が連絡の中継ぎなのはわかるが、手段は不明のままだ。

膠着《こうちゃく》状態に焦《じ》れたのは中山である。夜、拾人衆の宿泊所となった長屋で、勝山をしょっ引いて尋問することを中山が持ち出したが、

「白柄組と喧嘩になる」

光國はかぶりを振ってそう断言した。三浦と一党は一日おきに湯屋に現れるが、三浦の来ない日も周辺には常に白柄組の誰かの姿があった。

「勝山を護っているのであろう。旗本奴に絡まれては尋問どころではない」

というのが光國の意見である。すぐに刀を抜き、弓鉄砲すら持ち出しかねない連中で

ある。何より、勝山に非はなかった。町奉行は幕府の厳命が下るまでは、湯屋を黙認することに決めていたし、同心や岡っ引きの中にも勝山に惚れ込む者がいる。人気の湯女をひっくくることに決して同意はしないだろう。

「月の終わりには、丹前風呂の取り潰しが決まるはず。湯女は吉原行きになります」

中山が焦る理由はそれだった。吉原行きは湯女への罰である。甘んじて受ける湯女などいると思えなかった。町奉行も手心を加え、湯屋の取り潰しを意図的に漏らし、湯女が散り散りに去るのを待つだろう。そうなれば手掛かりも霧散する。

「猶予はありません。勝山と水野の間で、やり取りがあるという証拠をつかみ次第、私が勝山を捕らえて水野の居所まで案内させます。吉原に送ると言えば従うでしょう」

強硬に意見する中山の言に、務めを果たそうという使命感以上のものが、いよいよ垣間見えてきていた。

「お主、誰かの仇を討とうとしているのか？」

光國はずばりと訊いた。同じ部屋にいた少年達が、ちらりと中山を見た。

中山の細い目が、行灯《あんどん》の温かな灯りの中、冷たく光った。

了助はそれを見て、自分もあんな風な目を三浦に向けているのだろうかと思った。仇を討たんと欲して、相手が一個の人間であることを忘れた目だ。どんなことも平気でしてやれるという心が目の光にあらわれていた。

了助の脳裏で、急に叶慶の顔がよみがえった。せっかく彫った像を焼こうとしたときの悲しい顔だ。心に怨《うら》みがあらわれてしまったから焼く。そんな風に言っていた。そのとき了助には叶慶の気持ちがわからなかった。だが今なぜか胸に迫るものがあった。

「小普請の渡辺忠四郎が斬った、小十人の本間左兵衛は、私の前に拾人衆差配役を務めておりました。本間が死に、御役が回ってきて、初めて拾人衆の存在を知ったのです」

「親しかったのか？」

「はい。本間の妻子に仇を討つと誓いました」

光國はそこでぴんときた。女に関しては斜に構える中山が、わざわざ女に誓ったなどと口にしたのである。

——その内儀に惚れていたか。

が、あえて尋ねず、

「証拠をつかむための策が必要だな」

とだけ言った。

三

呼び出されたお鳩は、嬉しげであり、そして得意げだった。

「いらないんじゃあ、なかったんですか?」

光國と中山に、そんな口をききつつ、

「あたし、役に立つんだから」

長屋から一緒に湯屋へ向かいながら、了助にどうだと自慢するように言った。

「働かされて喜ぶなんて変なやつ」

「あんた、そんなだと本当に捨てられるよ」

「別にそれでもいいよ」

「駄目。あんたはあたしの仲間なんだから。逃げちゃ駄目よ。絶対駄目」

くどくど言うお鳩に、了助は曖昧にうなずいた。もし本当に三浦が仇なら、打ち殺す気で戦うつもりだった。だが中山の冷たい目と、心の中の吽慶の悲しい顔が、妙に心を乱す。これではいけない気がした。実際その日の足運びはいつもよりずっと鈍かった。

そしてそのせいで大失態を演じることになった。

了助達が湯屋へ働きに出てのち、しばらくして光國が現れた。そのあとすぐに中山も来た。やがて、お鳩が自前の手拭いを持って慣れた顔ですたすたと湯屋に入って来た。

了助は三人に気づかず考え事をしながら床を拭いていた。ふと顔を上げ、手拭いを持った素っ裸のお鳩に出くわし、凝然《ぎょうぜん》となった。

湯屋で働けば裸体など珍しくもなんともなくなる。はじめは宿泊所に戻るや、巳助が湯屋にいた人々の裸を克明に描き、亀一にも言葉で説明して、笑ったり感心したりして楽しんだものだ。夜の二階座敷の様子も、亀一が耳で聞き取ったことを巳助が想像で絵に起こし、少年達の好奇心をかき立てた。

が、数日もすれば飽きた。女の裸が日常になり興味が麻痺してしまった。そのはずだが、眼前の細っこい腹や、お鳰らしいつんと上を向いた小ぶりな胸乳《むなぢ》や、脚の間の桃色の箇所になぜか釘付けになってしまった。

「何じろじろ見てんの。蹴っ飛ばすよ」

お鳰が言ったが、まんざらでもなさそうだった。ぷいとそっぽを向いて歩き去り、一丸となって裸身を隠す女達に混じった。了助は再び床を拭きながら、お鳰の可愛いお尻がやけに脳裏に残ることに困惑した。

しばらくして勝山が高座に入った。主人の伊兵衛が見に来る前に、帳簿に抜けや誤記がないか目を通すのである。金を懐に入れようと思えば幾らでもできるが、そうはしないほど主人と勝山の間には信頼があるようだった。

その勝山の背後で、唐突に声がわいた。

「俺だ、お勝さん。おっと、振り返るな」

三浦の声である。勝山が目を見開き、

「何をなすってるんです。今日はお旗本の方は来ないはずですよ」

「わかってる。急いで渡辺さんに渡してもらいてえもんがあるんだ。お前にしか頼めねえ。ここに置いとくから、十数えて振り返ってくれ。その間におれは消える」

勝山は帳簿を見つめたまま動かない。ゆっくりと息をし、やがて振り返って、そこにある封書をさりげなく袂《たもと》に入れた。

それから洗い場を見渡したが三浦の姿はない。湯場がある方を見た。脇に火焚き場に続く出入り口がある。高座の前を通らず外へ出るならそこしかない。火焚きに扮して潜り込んだのだ――そう納得したらしい。むろんお鳩の声色とは夢にも思わない様子だ。お鳩は見事な動きで、勝山の視界に一切入らぬまま近づき、そして遠ざかっている。確かに素晴らしいその働きぶりに、了助も大いに驚かされたものだ。

封書の中身は、光國と中山が思案して書いた偽の手紙で、二日後に上野の某所に来てほしいと書いていた。水野が潜伏するなら、昨今の旗本奴の縄張りからして、その界隈《かいわい》のはずだと踏んだのだ。

目的は連絡手段の解明である。一度しか使えない手なのは承知の上だった。失敗は許されない。そのため封書に仕掛けをつけていた。

臭いである。いたちの屍骸を食わせた椿象《かめむし》を潰し、他の香木と混ぜて作る粉末である。ごく微量でも独特の臭いがつき、滅多なことでは消せない。しかも一刻もすれば普通の人間には嗅ぎ取れなくなるが、獣はこれを敏感に感知する。

もとは犬を使う忍が発明した、嗅覚を利用した追跡手段だ。今回それを嗅ぐのは犬ではない。拾人衆の伏丸である。

封書が消えても臭線は残る。様々な匂いが入り交じる湯屋であっても伏丸であれば追い続けることができる。

一か八かの策であったが、そこで予想外の介入が生じた。

勝山が高座を出て洗い場に行こうとしたところへ、昇り鯉の彫り物を持ち、真っ赤な褌《ふんどし》をした男が立ち塞がったのである。

「今、聞き慣れた声がしたぜ、お勝の」

垣根兵衛だ。たちまち湯屋のあちこちから町奴や人々の視線が集まり、洗い場にいた光國達は愕然となった。

――聞き耳に長けている。

騒がしい湯屋で聞き取ったのだ。亀一なみの耳の持ち主である。完全に誤算だった。

「なんのことですか？」

勝山が堂々としらを切った。

「何か渡されたんじゃねえのかい」

「馬鹿いわないで下さいよ」

「今日は町の俠者《きょうしゃ》が湯を浴びる日だろう。おれらが律儀にお前《め》ぇとの約束を守ってるときに、お前ぇは三浦と懇《ねんごろ》にしてんのかい」

「どこに三浦さまがいるんです。ええ？　教えておくんなさいよ」

勝山がぴしゃりと言い返した。俠客然とした男にすごまれてもまったく怯《おび》えたところがない。他の客達も周囲を見回し、口々に勝山の言葉を肯定した。

だが垣根は聞かず、勝山の手首を握った。

「お前ぇが潔白だってんなら、ここで脱いでみな。それとも、おれが引ん剝《む》いてやろうか？」

光國も中山も、この垣根が、自分達と同じく相当に焦れていたことを悟った。ここが機とみて、何としても追及する気なのだ。

――喧嘩沙汰になるか。

光國がすぐさま腰を浮かした。町奴の数は八人。騒ぎが起こればあっという間に応援が駆けつけてくる。その騒ぎでせっかくの仕掛けが台無しになるかもしれないが、封書が町奴の手に渡るのは防がねばならなかった。

中山も光國に倣う一方、勝山が負けん気をみせて気っぷ良く言い返した。

「へえ、ここであたしを脱がせようっていうんですかい。この紀伊国屋風呂で勝山に恥をかかせるお代はどんなもんですか？」

垣根が表情を消した。勝山の耳元で、亀一にだけ聞こえる低い声で言った。

「五百両。渡辺がかっさらった銭だ。お前ぇも知ってるんだろうが」

勝山が歯を食いしばった。垣根が力を込めてその手首を握りしめたのだ。

突然、叫喚《きょうかん》がわいた。

「キイィィヤアァァ！」

了助である。心張り棒を木剣代わりに肩に担ぎ、垣根へ突進していくところだった。このとき了助を突き動かしていたのは、猛烈な怒りである。三浦を打ち倒すことに迷いを抱く自分をもてあましていたが、町奴の狼藉を見て純粋な怒りがわいていた。町奴も旗本奴同様、了助にとって撃退すべき危険な存在である。黒羽織を奪った相手は乱暴者の町奴だった。野犬を打ち払うのと同じだ。そう考えると気が楽になった。

その叫喚は湯屋を凍りつかせた。垣根がぎょっとなったところへ、了助は猛然と棒を振るった。ただの心張り棒が必倒の武器と化した。だが、外した。

垣根の敏捷さは驚くべきものだった。すぐに驚きから立ち直ると、勝山の手を放し、頭上へ跳んだのである。

了助の棒は、垣根の足の下で激しく空を切った。

垣根が二階座敷の天井に手をかけ、身を振り子のようにひと振りし、了助から距離を取って着地した。

——忍か。

光國が瞬時にそう判断したほど、武芸とは異なる身のこなしであった。

了助は止まらない。習ったばかりの摺り足で猛然と垣根を追った。

光國も中山もこのときは止めなかった。湯屋で働く子どもが、勝山を守るため、果敢に町奴に打ちかかっている。そういう構図である。男伊達を競う奴どもにとって、なかなか手出しできない状況だ。ならば了助とともに垣根を押さえるべきと光國も中山も目を見交わし、そのように動いた。

だがそこで突拍子もないことが起こった。

突進する了助が、すっ転んだのである。

摺り足を意識しすぎたせいでもあるし、怒りに身を任せて全身力んだせいでもある。洗い場が水はけのため傾斜していて、濡れてつるつるしているからでもあったが、なんであれ、了助の体が縦に半回転し、したたかに頭を床に打ちつける、ごん、という音が響いた。

棒が音を立てて土間へ転がっていった。了助は衝撃で半ば意識を失っている。お鳩と巳助が慌てて駆け寄った。

うふっ、と誰かが噴き出した。おそらく幼い子どもだろう。ついで、どっと笑い声が起こった。

土間に白柄組の男が二人、飛び込んできたが、勝山の護衛につけられたであろう彼らも、さんざめく笑いに呆気にとられるばかりだ。

その隙に光國と中山が、勝山と垣根の間に入った。奴どもに与《くみ》せぬ町人や武士もそうしている。垣根が形勢を失ったのは明白だった。

「申し訳ないけどね、垣根さん達。今日はお引き取りになって下さいね。さ、どなたか、この子を座敷に運んでもらえますか」

朦朧とする了助がはっきり意識を取り戻したとき、垣根と郎党はおらず、湯屋は閉まって暗く、行灯が一つしかついていない二階座敷には他に誰もいなかった。

いや、自分が頬を載せている膝の持ち主がいた。勝山である。顔を上に向けると、至近距離で目が合った。

「目が覚めたかい？」

「えっ、なんで誰も……」

「今宵は坊の貸し切りさ。あたしのために大きな男に打ちかかってくれた御礼だよ。主の伊兵衛さんもそうしろって言ってくれてね」

屈み込んだ勝山の良い香りに包まれるようだった。膝の柔らかさがびっくりするほど心地良い。了助はかえって落ち着かなくなって、慌てて起き上がった。

「おれ、帰るよ」

「いんや、今日はあたしんちに来るんだよ。あんたの仲間には話してあるからね。大したもんはないが、晩飯食わせてやるよ」

妙な成り行きだった。光國と中山は好機とみて放置したのだろう。勝山の住居に潜り込めるのは良いが、了助には何をすればいいかわからなかった。わからないながら、勝山に手を引かれて、近所の家に入った。紀伊国屋風呂の主人である伊兵衛の家を間借りしているのだという。

竈《かまど》つきの部屋に入り、居間でぼんやりしているうちに勝山が湯を沸かして豆腐や佃煮や酒などを出してくれた。了助はありがたく食べたが、酒は断った。

「借銭《しゃくせん》の種だって、おとうが言ってた」

おとうも三吉も滅多に酒は飲まなかった。むしろ怖いものだと言っていたものだ。

「一番の借銭の種はあたしさ」

勝山が男勝りの笑みを浮かべて言った。了助はきょとんとしている。

「もちろん、坊からもらうつもりはないよ。あたしの借銭は、伊兵衛さんが片付けてくれたしねえ」

「借銭あったの？」

「湯女が彫り物代わりに背負うものさ」

「でも片付いたんだ」

「律儀なお人でねえ。たんまり包んでここに持って来てくれたよ。お上《かみ》に目をつけられて、もう風呂屋は終わりだから、これで身を立ててくれって言ってさ」

「良かったじゃない」

「男と違って、女がそうそう身を立てられるもんじゃないんだ。特に湯女上がりはね」

「このままだと吉原に送られるんでしょ」

「よく知ってるねえ。ま、そうか。湯女の間じゃその話で持ちきりだ。といって、吉原もそう悪かなさそうだけどね」

了助は目を丸くした。中山が勝山を尋問するときの脅しに使うと言っていたのに。

「そうなの？」

「湯屋にも吉原の女が働きに来るご時世だからねえ。いろいろと話は聞いてるのさ。女一人、この世で張り合うには、そりゃ色々諦めないと……」

そこで僅《わず》かに間を置き、

「一切放下《ほうげ》。一切却来《きやくらい》」

いきなりお経みたいな言葉を口にした。

「なに、それ？」

「禅の言葉さ」

了助は感心した。自分などより、よっぽど読み書きも学問もできるのだ。

「人間は諦められなくて苦しむんだ。何もかも諦めて、あたしはあたしから逃げられないって悟ったときに、あたしって花が咲くのさ」

「花……」

ふと叶慶のことを思い出した。長屋に置いてある木剣のことがまた少し理解できた気がした。もはや花はない。それはとても悲しい言葉だったんだと何となくわかった。

「おれは、おれが何だか、よくわかんないや」

「真面目に聞いてくれんのかい。湯女連中に話しても笑い話で済まされちまうのに」

「うん。なんか、おれも……学問やりたくなった。読み書きもできないけど……」

学べば叶慶さんや「不」のことがもっと理解できるのだ。それは間違いなかった。

「あんた、きっと好い男になるねえ」

勝山が何やら感心したように言った。

「名は了助だよね」

「うん」

「了助は女の手ほどきを受けたこと、あるかい？」

何のことかわからず黙った。いや、薄々何のことか察したが、急に動悸がして喋《しゃべ》れなくなった。見目麗しい女がするする寄ってきて、もたれかかられたと思うと、形の良い唇が降ってきて口を吸われた。

魂魄まで吸われる思いがした。押しても引いてもびくともしないようになるために摺り足の修練に励んだのに、ぐにゃぐにゃに溶けてしまいそうだった。

それでも離れようとして壁に背をぶつけた。するりと勝山が懐に入った。そのくつろげた胸元の膨らみから良い匂いが漂った。

了助は凍りついた。なぜかお鳩の怒った顔がよぎった。頭の中がめろめろになりそうなのに、急に何かが胸の中で猛烈に引っかかった。からからに渇いた口で、それを何とか言葉にした。

「おれ、ただで勝山さんをめぐんでもらうのは嫌だ」

結局、「寺」に馴染めないのも同じ理由なのだ。そう卒然と悟っていた。

勝山がぽかんとし、かと思うと、うふっと笑い声をこぼした。お鳩より少女っぽかった。了助に腕を回してぎゅっと抱擁したが、先ほどのように蕩《とろ》けさせようというような動作ではなかった。

「ああ、こりゃいけない。あたしが惚れちまう」

身を離し、手酌で飲みながら、にこにこ了助を眺めた。ひどく楽しげだった。

「ごめんよ、了助。あんたをそんな風に思わせちまうなんて、いけないことだね」

「ううん……」

「垣根さんを打とうとしたあんた、本当にかっこよかったよ」

かえって湯屋ですっ転んだことが思い出されて恥ずかしくなった。

「今度はちゃんと打つよ」

自分が力んで自滅したことはわかっていた。迷っても駄目。怒りに身を任せるのも駄目。一切放下。一切却来。おれがおれになる。どういうことか具体的に説明することはできなかったが、なんとなく、それが答えなんだと直感していた。

「あんたさ、よく踊りみたいな歩き方するよね」

「摺り足っていうんだ。武芸だよ」

「へえ。やって見せとくれよ」

言われて素直に披露した。勝山に見られながらやったせいかどうか、今までで一番しっくりできた気がした。左右の足を順番に前に出すとき、さっと円を描くようにする動作が自然と生まれていた。

「浮き身っていうんだ。修練すれば、押しても引いても倒れないようになるんだって」

「憂き身が、浮き身になるってわけだねえ」

勝山がそんなことを言いながら笑って了助の足運びを真似た。こちらは踊るようだ。

「吉原には、花魁《おいらん》道中ってのがあるんだってさ。みんなが見ている前で、客がいる揚屋《あげや》へ歩むんだ。一切却来の歩みでね」

その綺麗な所作を見て、反射的に訊いた。

「勝山さん、本当は武家の人？」

読み書きもできて禅の言葉も知り、所作も綺麗となるとそうとしか思えなかった。

「……いいや」

勝山が動きを止めて微笑んだ。その顔が、いろんな訳があるが一つも言えないと告げていた。

「さ、寝ようか。安心おし。坊に無理に迫っちまう気はないさ」

促されて一緒に寝た。湯屋に来る男どもからすれば羨望の一夜である。実際、夜着を借りて上等な敷き布団に寝ござを敷き、勝山に抱かれるようにして眠るのは、かつてない安楽の体験だった。大ぶりな勝山の胸乳が、了助の知らない、母というものを思わせてくれた。同時に、おとうが死んだ夜、そうして抱かれていたという温かな記憶がよみがえり、涙が流れた。その涙を勝山が黙って拭ってくれた。そうして二人とも眠りに落ちた。

明け方、先に目覚めたのは了助だった。勝山を起こさないようそっと離れた。膝をついて勝山にお辞儀し、着替えて部屋を出ようとしたところで、妙なものに気づいた。

土間の片隅に桶の底板があった。了助の、間合いを見抜く優れた目が、その大きさに疑問を抱いた。手にとって眺めた。

勝山がどのようにして湯屋にいながら外部と連絡を取っているか、それでわかった。

## 四

長屋に戻ると、粥を作っていた三人から質問責めにされた。

「飯食わせてもらって寝てきただけだよ」

それだけ答え、桶の底板のことを話した。

伏丸があんぐり口を開いた。

「そんで臭いがすんのに見つかんなかったんだなあ」

さっそくみなで湯屋に行き、他の働き手と一緒に掃除をしながら、伏丸が積まれた桶を嗅いで回った。割れ桶の一つから臭いがした。他の桶と並べてみた。板一枚分、底が厚かった。

そこへ勝山が他の湯女達と現れ、

「後朝《きぬぎぬ》の別れくらいしとくれよ」

などと了助をつかまえ、からかった。湯女達にも笑われて、了助はなぜだか気恥ずかしくなって顔を赤らめている。

昼前に中山が現れ、巳助が該当の桶の絵を渡した。桶はすでに桶屋のもとへ運ばれていた。中山はすぐに湯屋を出た。光國が入れ替わりで現れ、亀一に腰を揉ませながら詳細を聞くと、同じく湯屋を出て行った。

その間、三浦や旗本奴達が出入りし、

「垣根を棒で追い払った小僧……」

「お勝さんの方から連れ込んだとよ……」

面白そうに噂するのを、了助は聞かぬふりをした。絡まれたらそれこそ追い払おうと思ったが誰もちょっかいを出さなかった。

了助からすれば、いつ勝山が三浦に昨日のことを尋ねるかわからない。つい、三浦が激昂して襲ってくるところを想像してしまうが、お鳩の声色のことがわかるわけもないし、わかったところで了助との関係を知るはずもなかった。結局、何ごとも起こらず、代わりに湯屋を閉める際、勝山が通りすがりに了助の尻を叩いて、

「今度、お座敷に寄ってってよ」

などと言って、湯女達をくすくす笑わせた。

旗本奴どもまで笑っている。それが嫌ではないのが了助には不思議だった。恥ずかしいというより、身の内がむずがゆい気分を味わいながら、じろじろ自分を見る巳助や伏丸と一緒に、湯屋を出た。

長屋に戻ると、中山と光國がおり、

「でかしたぞ、お前達。万事上手くいった」

光國が少年達をねぎらった。

勝山は桶屋に修繕を頼む際、二重底にして手紙や金品を仕込み、外部とやり取りしていたのである。桶屋が封書を上野の破れ寺《やでら》へ運ぶのを、中山の家臣が見届けていた。

中山がきびきびと今後のことを話した。

「今宵、私が家臣を連れ、その破れ寺へ行く。狙いは渡辺忠四郎のみ。町奉行にも加勢を頼んだ。三浦一党は子龍様にお任せする。了助、子龍様と行くか？」

「行きます」

木剣を抱えた了助が即答した。

「巳助、亀一、伏丸、私と来い。破れ寺とはいえ寺社奉行の管轄だ。連中を外に出さねばならん。その上で渡辺か水野が狼藉をなさば、町奉行も動く」

中山は、破れ寺に火をかけてでもやってのけようというような気迫に満ちている。

「気になるのは、亀一が聞き取った垣根の言葉だ。五百両。渡辺に関わりがあるとみてよい。これについては渡辺に直接聞く」

中山が立ち上がった。

「朝を待てば機を逸する。ただちに発つ」

そうして長屋を出たのは、暮れ六つ（午後六時）の前である。

光國と了助は、中山達と分かれ、再建中の上屋敷で待機していた十人余の水戸家家臣と合流した。みな腕自慢の者達で、剣術指南の永山と二人の弟子もおり、了助に親しげに挨拶してくれた。

光國が一団を率い、紀伊国屋風呂へ向かった。今宵、白柄組がいるとわかっていた。湯屋に近づくと、三浦と一党が飛び出し、光國達に出くわしてたたらを踏んだ。

その三浦の焦った顔からして、まさに勝山から偽の封書について聞いた直後らしい。中継ぎを介さず、罠であることを破れ寺に報せようとしていたのだ。後から勝山も追いかけて来て、徒党同士の対峙に瞠目した。

「三浦小次郎義也。この六維了助が、お前に用がある」

光國が馬上から告げた。了助がさっと光國の前に出て、漆黒の木剣を肩に担いだ。

「なんだって？　いったいこりゃぁ、どうなってんだ？」

呆気にとられる三浦へ、了助は摺り足でするすると近づいていった。

その足運びを見た永山が、自らも刀に手をかけ、いつでも了助を守れるよう前へ出ながら、にやりとなった。

「短い間によほど修練を積んだようだ」

「まことに」

「大した上達ですな」

二人の弟子達が同意する一方、了助は早くも三浦を間合いに捕らえんとしている。

三浦も、了助の凄絶な気迫を察し、居合抜きの構えをとりつつ、ぱっと退いた。

「待て、坊。お前ぇ、湯屋にいた……」

「お前が、おれのおとうを殺したのか？」

了助が間合いの寸前で、足を止めて訊いた。三浦の背後で、勝山がはっと息を呑む様子も視界の隅でとらえている。問答無用で打ち倒すのではなく、相手に声をかけ、周囲を見るゆとりがあった。摺り足の修練を通して心までもが浮き身になったのか、この上なく気が昂ぶっているにもかかわらず、了助自身が意外に思うほど冷静でいられた。

「ええ？　なんだって？　おとう？」

三浦がさらに下がりつつ、叫び返した。

「浅草寺の軒下で、寝てたおとうを引きずり出して、殺したのか」

了助が静かに尋ね、そして息を整えた。返答次第では瞬時に打ちかかる気だった。

だが次に三浦が発した言葉は、想像を超えるものだった。

「坊……、まさか、渡辺忠四郎の子か？」

光國と了助が、揃って下顎の力を失い、ぽかんと大口を開いて絶句した。

その頃、中山一行は上野の破れ寺を包囲しにかかっていたが、

「背後で動く者達がいます。十一人……いえ、その後ろからもっと来ます」

亀一が異変を報せ、巳助が周囲の闇に目をこらした。

「町奉行の者ではありません。町奴です」

中山が、ぎりっと歯噛みした。

「みなを門前に戻らせろ」

九人の家臣が急いで戻り、数人が提灯を掲げ、中山とともに並んで刀に手をかけた。

ぬっと暗い畦道《あぜみち》から現れたのは、果たして垣根とその一党であった。手に手に棍棒や鎌を握り、その数はたちまち三十余となった。

垣根が、門前を守るかのように立ち塞がる中山達を眺め、せせら笑った。

「お奉行の方々は来ませんよ。町で騒ぎを起こさせたんで、そっちで忙しいでしょう」

「不覚……」

中山が呟き、半身になって刀に手をかけ、家臣達が一斉にそれに倣った。

「大人しく消えてくれませんかね。おれらは、そのぼろ寺に用があるんでね」

言いつつ垣根が刀を逆手に抜いた。小太刀である。町人とは思えぬ構えに、中山が眉をひそめた。

「貴様、何者だ？」

湯屋でお鳩の声色を聞き取ったことといい、中山の差配を読んだことといい、奇妙に諜報に長けた男だった。

「旦那の知ったこっちゃないんですよ。さ、どっかへ行って下さい」

だが中山はそうせず、

「伏丸。呼べ」

命じられた伏丸が、口に指を入れて息を吹き、ぴぃーっと甲高い音を立てた。

それを数度、繰り返した。

「はったりはやめな。加勢は封じてんだ」

垣根が、どすの利いた声を放った。

だが間もなく、おかしな音が近づいてきた。人の足音ではない。馬でもない。葦をはねのけながら何かが突っ走ってくる。

垣根の後方にいた町奴が、わっと声を上げた。暗がりから次々にそれが現れた。犬だった。何十という数の野犬の群である。光る目が、ずらりと町奴どもを囲んでいた。

「貴様らこそ大人しく立ち去れ！」

一喝する中山へ、垣根が向き直った。

「犬っころごときで引けるか！」

双方が改めて身構え、即発の気が漂った。

その彼らを、にわかに照らすものがあった。

破れ寺の燈籠《とうろう》に火がともったのである。見れば境内《けいだい》のあちこちにかがり火が用意されており、それらにも一斉に火がついた。

かがり火のそばでは、いかにも屈強そうな、派手派手しい衣装の男達が松明を持ち、
そしてその真ん中を、ひときわ堂々たる態度の男が二人、歩いてくる。

一人は、総髪に着流しという伊達姿。もう一人は、縞柄の浴衣姿の大柄な男だ。

「な……」

垣根が絶句した。

中山も、その垣根を視界に収めつつ、ちらりと振り返り、驚きで目をみはった。

男二人が門のそばに来るや、伊達男の方が、朗々と声を上げた。

「水野十郎左衛門成之だ。おれのつらを拝みに来やがったか、町人ども。だがもう一つ手前《てめ》ぇらに拝ませてえつらがあるぜ。本当は二度と拝ませねえと決めていたが、こちらの俠者が、手前ぇらの間抜けぶりを哀れんで出て来て下さったのよ。さあ、とくと拝みやがれ」

浴衣姿の大男が、ずいと前へ出た。

「お、お……、親分……？」

町奴の誰かが、震え声でささやいた。

「おれの顔を知ってるのもいるな。おい、垣根。お前ぇはよく知ってるだろう。この幡随院長兵衛の顔をな。お前ぇの仲間の渡辺忠四郎が何をしたか、ここで語って聞かせよ

うか」

垣根は石になったように固まっていたが、破れ寺の庭にいる旗本奴十人ばかりが次々に刀をすっぱ抜くのを見て、いきなりきびすを返して走り出した。

中山が急いで追った。伏丸が指笛を吹き、犬の群が殺到するのを、垣根が跳躍してかわした。凄まじいまでの脚力である。そのまま畦道を突っ走ったが、やがて別の一団と遭遇した。

光國一行だった。三浦一党と勝山もいる。

驀進《ばくしん》してくる垣根にみなが驚く中、了助が木剣を肩に担いで飛び出した。

「待て、了助――」

光國が止めたが、いつものごとく了助は止まらない。だがむやみに突進したわけではなかった。その目はしっかりと相手をとらえ、腕は重い木剣を振れるよう力を溜め、足はかつてなく滑らかに動いてくれていた。

垣根が疾走をやめず、小太刀を持たぬ方の手を襟の内側へやったかと思うと、滑らかな所作で何かを投げ放った。

棒手裏剣である。了助の胸にまんまと突き刺さるはずのそれが、いきなり垣根に撥ね返った。了助の優れた目がすぐさま凶器を見て取り、木剣で打ち返したのである。

激しく回転しながら飛んでくる手裏剣を、垣根が跳んでかわした。そうする必要はないのに、ついつい、おのれの優れた脚力に頼ってしまったのだろう。垣根のその特技を、了助はすでに見知っている。垣根が跳ぶのへ合わせ、木剣を右から左へ構え直しつつ砲弾のように跳んだ。

垣根が瞠目《どうもく》し、小太刀で斬り払わんとしたが、それよりも前に、了助のほうが木剣を振り抜いていた。跳躍がそのまま振り抜きの前動作になっていた了助と、ただ跳んだだけの垣根の差が、如実に出た。

ぼくっ、という鈍い打撲音とともに、胴を打たれた垣根がくの字になって吹っ飛び、泥田で飛沫《しぶき》を撥ね散らしながら転がり倒れた。

了助は反動で逆方向へ跳び、自然と身をひねって足で半円を描くように草地を滑り、着地の衝撃を和らげている。最後の最後で、木剣の重みでぐらりとなったが、横倒れにはならず、しっかり踏ん張った。

ふう、と光國が安堵の息を吐いた。

「くじり剣法、見事なり」

永山が激賞の声を上げ、抜きかけた刀を、ぱちりと元に戻した。

「本当に、憂き身が浮き身になったよ」

勝山が感嘆し、その足で半円を描いた。

# 五

「渡辺は、おれが斬り殺したよ。長いこと江戸中を追い回してねえ。最後は、ここの軒下で見つけたのさ。まるっきり無宿人に身をやつしてたよ」

三浦が言った。赤々と火が焚かれた破れ寺の境内に大勢の人間が集まり、めいめい座っている。伏丸が呼んだ犬の群も大人しくしているが、了助はなるべく離れて座った。犬の方も了助には近づかなかった。

怪我人はおらず、町奴は逃散《ちょうさん》するに任せ、気絶した垣根だけが、泥だらけの姿で燈籠に縛られている。

水野が、三浦に代わって後を続けた。

「やれと言ったのはおれさ。長兵衛さんと相談してね。渡辺の屍を長兵衛さんってことにして、長兵衛さんを渡辺にしたんだ」

「渡辺は何をしたのだ?」

光國が訊くと、今度は長兵衛が答えた。

「野郎が、お旗本とおれたちを煽《あお》っていたんですよ。その企みで、ずいぶんと喧嘩死にが出ました。それだけじゃない。本当の狙いは、火つけの罪科《つみとが》を、お旗本とおれたち両方の奴にひっかぶらせることだと、そう察するのにずいぶんかかりました」

「で、黒幕も吐かせぬまま始末したのか」

中山が無念をにじませたが、返ってきたのは水野の苦笑だった。

「渡辺はろくに知らなかったよ。石川播磨守の屋敷に火をつけた連中を誰が捕まえてつき出したと思う？　おれと長兵衛さんの徒党さ。連中を締め上げてわかったのは、渡辺の仲間が長兵衛さんの方にもいるってことと、おれらが束になってもかなわん黒幕がいるらしいってことだけだ。江戸が焼けたことを、おれらのせいにしたいと考える誰かさんがね」

長兵衛がうなずき、垣根を見やった。

「とにかく奴同士の喧嘩を収めて、渡辺の仲間を探すという話になりました。おれが幽霊になり、おれに成り代わって渡辺の後始末をするやつが現れるのを待ったわけです」

それから光國と中山へ顔を戻し、懐から絵地図を取り出して中山に手渡した。

「渡辺が持っていたものです。後はご公儀にお任せします」

「お主はどうするのだ？　死んだままか？」

光國の問いに、長兵衛が微笑んだ。

「女房の分の墓も作りましてね。二人で畑を耕します。そろそろそういう暮らしがしてえと思ってたところでして」

中山が深々と吐息をし、最後に尋ねた。

「五百両。これについて教えよ」

水野と長兵衛がちらりと目を見交わした。

「おおかた石川播磨守が恥を隠して届けなかったのだろう。放火をはかった連中が奪った金ではないのか？　寄越せとはいわん。言え」

水野が頭を掻いた。

「その通りさ。おれらがふんだくって半分ほど使っちまったよ。渡辺と、やつに煽られた連中を二十人以上も追うのに人手がいったんでね」

三浦がにやっとしてこう言い加えた。

「おれが、町奴に目をつけられるよう遊んで回るのにもね。残りは、お勝さんに渡すべきだと思ったんだが、受け取ってくれなくてねえ……渡辺の屍と一緒に眠ってますよ」

中山が眉をひそめ、勝山を見た。

「なぜ、この者に？」

「あたしがいた御屋敷だからですよ」

勝山が言って、光國と中山を驚かせた。

「石川家の者だと……？」

「いいえ。父親がね、わかんないんですよ」

勝山が笑った。反対に、水野が苦い顔になって言った。

「おれの親父と、同じ徒党の加賀爪《かがづめ》が、女を取り合い、最後は二人で囲ったわけさ」

光國がうなずいた。

「加賀爪〝甲斐守《かいのかみ》〟直澄《なおずみ》の妹は、石川総長に嫁いだ。妹ばかりか孕《はら》んだ女まで預けたか。ははあ……水野、つまり、お主の妹であるかもしれぬゆえ紀伊国屋風呂には……」

「そこまでにしてくれませんか」

勝山がよく通る気っぷのよい声で遮った。

「生まれたときから、お荷物でした。それで誰の世話にもならないと決めました。そんだけのことです」

みな黙った。やがて中山が言った。

「渡辺の屍は引き取る。金はお前達の自由にしろ。庶民のためになることに使ってくれ。お前達の働きに比べれば少ないほどだ」

そして深沈《しんちん》とした目で垣根を見た。仇をその手で討てなかった無念をなんとか受け入れようとしている顔だった。

「我らは、真相の解明をもって死人の供養とする」

それ以外にないと自分に言い聞かせるように呟いた。

だが中山の思いは、翌日、早くも打ち砕かれることとなった。

「お預け……？　垣根も、渡辺の骸《むくろ》も……？」

そう問い返す中山の手が、ぶるぶる震えている。

隣の光國も同じ思いで、沙汰を告げた相手の内心を探ることに意識を凝らしていた。

徳川頼房。光國の父であり本来の拾人衆のお目付役である。二人を中屋敷にてねぎらうとともに、垣根の身柄を他者へ渡し、光國も中山も尋問不可と告げたのであった。

「垣根兵衛こと鹿賀兵蔵《かがひょうぞう》は、市井に配した忍であり、奴どもの動向を探っていたとのこと。貴様らと同じく渡辺を追っていたそうだ」

「お、御言葉ですが、誰がそのような……」

「老中、松平《まつだいら》〝伊豆守《いずのかみ》〟信綱《のぶつな》」

うっ、と中山が呻《うめ》いた。前将軍の側近にして幕閣の筆頭である。納得がいかないと抗弁することは決して許されぬ相手だ。

「伊豆守が、垣根を使っていたのですか？」

「いや。伊豆守も誰の配下かは言わなんだ」

「奇妙なことです、父上。水野や幡随院は、垣根は渡辺の仲間であったと……」

「老中は、奴どもの言葉など信じられぬと言っておった。垣根の件についても、自分は仲介を頼まれただけとな」

つまり幕閣の筆頭にものを頼めるほどの人物が背景にいるということだ。あるいは伊豆守自身がそうなのだろうか。咄嗟《とっさ》にそう疑わせる言葉ではあった。

「父上も、ご同様にお思いですか？」

「今のところはそのように受け入れておけ。束になってもかなわぬ黒幕という言葉と、五百両については老中に言っておらぬ。どうせ奴どもの言葉は信じぬらしいからな」

頼房の言葉に、光國と中山がうなずいた。

「私達が束になってもかなわぬかどうか、御覧に入れたく思います」

そう口にした中山の双眸《そうぼう》は、以後、その奥に執念の火をやどすようになった。

数日後、かねてからの噂通り、湯屋が一斉に取り潰された。

湯女は散り散りになり、捕まる者はほとんどいなかった。だがあえて最後まで店に残り、あえて吉原送りにされた者達もいる。

その一人が、勝山だった。

「さ、お縄につきますよ」

昼間から着飾って正座をし、与力と同心が来るのを待ち構えていたという。勝山を知る与力は縄になどつけず、特別に駕籠《かご》を呼んで勝山を吉原まで運ばせた。

勝山を抱えたのは山本芳潤《やまもとほうじゅん》という男で、人気抜群の湯女をあっという間に花魁に仕立て上げた。勝山はほどなくして太夫となり、諸大名や豪商達をひいき筋とし、その名は、諸藩をはじめ清国《しん》にまで伝わっていったという。

その勝山が、吉原で初めて花魁道中に出たときは大騒ぎだった。ひと目見ようとする人々で通りが埋め尽くされ、屋根の上まで人で一杯になる有様だった。

「さあ、苦界《くがい》のこの憂き身を、見事、浮き身にしてみせますよ」

勝山は、高下駄を苦にもせず、見事な足さばきを披露した。

足で円を描くようにし、ときに素足が覗くほど溌剌とした、誰も見たことのない独特の足運びであった。やがてその歩法は「外八文字」と呼ばれ、多くの花魁が模倣することとなる。

勝山がその歩みを披露したとき、了助もまた、東海寺のお堂の周りを歩んでいた。

滑らかな摺り足だが、剣士のそれとは異なり、木剣を振るたびに足で小さな円を描くようだった。体が左右に揺れる分を、足さばきで安定させるためだ。

そばで、お鳩が立ち、飽きもせず歩く了助を、むすっとした顔で眺めている。

「何か用か？」

了助が何度か尋ねたが、

「別に」

と返されるだけだった。了助も尋ねるのをやめ、無視して歩んでいると、

「勝山って人、花魁になるんだって」

急にそんなことを言った。

了助は足を止め、首を傾げた。

「なんだそれ？」

「すっごい銭を積まなきゃ会えない人」

「ふうん」

「あんた、手ほどきされたんでしょ」

「え？」

「勝山って人にさ。巳助達が言ってた」

了助は頭を掻いた。気づけばだいぶ髪が伸びてきていた。

「されてないよ」

「嘘」

「されときゃよかったかな」

ぽつっと呟いた。お鳩の表情が変わった。

「きっともう会えないし――」

その背を、お鳩が引っぱたいた。

「お馬鹿さんねえ」

了助はびっくりした。叩かれたからではない。お鳩が急に明るく笑ったからだった。

くるりと背を向けるお鳩を、了助が目をぱちくりさせて見送った。

# 勧進相撲

# 一

その日、了助《りょうすけ》は、東海寺《とうかいじ》の池のほとりで、牛のように大きな河童《かっぱ》に出くわした。

薪運びと庭掃除を終え、日課の棒振りをしていたときのことだ。「不《うてな》」と刻まれた漆黒の木剣を、ぶんぶんと良い音を立てて左右に振っていた。木剣の重みでときおり体がぐらつき、勢い余ってすっ転ぶこともある。完全に自分のものにするには、まだまだかかりそうだった。だが足さばきの工夫だけでは飽きてしまうので、多少転ぼうとも気にせず力を込めて振りながら、気分良くお堂の周りを巡っていた。

立派なお堂だが、もとより了助にはさして興味がない。その立派さや成り立ちに敬意を抱くこともなかった。

しかし住み暮らすうち、だんだんと馴染み、お気に入りの場所も見つかるようになった。とりわけ、お堂の周辺から北の御殿山《ごてんやま》にかけてが、了助の好みだ。

御殿山は、桜、藤の花、紅葉と、季節ごとに色づく。

冬は葉が枯れる代わり、寺の鬼門（北東）にある品川明神などから、彼方の富士山を眺望できると聞いて、楽しみだった。

周りは北品川宿の田園風景で、道々には普請中の寺院が数多く見られる。

今年正月の大火ののち、江戸の中心部から郊外へ移された寺社の一部だ。それらが、にょきにょき地面から生えてくるようで、毎日少しずつ建物が出来上がっていくのを見るのも面白い。

何より、柵だけで塀がなく、いつでも出て行けそうな安心感があった。ふらりと立ち去り、そのまま帰らない。了助は何度もそのことを思った。もちろん寺にいれば衣食は足りる。読み書きも教われる。死んだおとうにそっくりの羅漢像まである。

無宿の身に戻るなんて馬鹿だ――いわざるのお鳩《はと》に詰《なじ》られるまでもなく、了助も頭では理解している。だが、心が、体が、なぜか飢え死にと背中合わせである無宿生活に戻りたがっていた。そのほうが心が自由でいられるという思いすらあった。

寺にいると別の意味で怖くなるらしい。平和すぎて、いざ捨てられたとき、宿無しでは生きていけなくなる、という怖さだ。

棒振りと摺《す》り足《あし》に没頭するのは、その怖さから逃れるためでもあった。強みとしていたおのれの野性が失われゆくのを実感し、補ってくれる何かを欲するのだろう。

そんな了助の心が引き寄せたものか、だしぬけに声がした。

「ええ脚をしとるのう」

振り返れば、積まれた材木の上に、馬鹿でかい男が座り、了助を眺めている。

二十歳くらいだろうか。筋骨隆々で、縦にも横にもでかく、外見からは年齢が判然としない。髷《まげ》を結い、派手な柄の着物に、脇差しを持った手を無造作に腿に置いている。武士だろう。だが、ちっとも武士らしくない。旗本奴《やっこ》とも違う。刀は脇差しだけで、邪魔だというように腰から抜いていた。

しかも大切な材木の上に堂々と座っている。普請用の材木は財産そのものだ。東海寺では、六郷《ろくごう》や世田谷《せたがや》といった村々から人足を出し、毎夜、四つの番屋に詰め、材木を守る慣わしとなっている。これを沢庵番という。

男は、それを知らないのだろうか。仮に知っていても、まあ良いじゃないか、という一言で片付けそうな鷹揚な雰囲気を発散している。そこが奴どもとは画然と違った。殺気立ったところがまったくない。かと思うと、

「なあ、お主《ぬし》、わしと相撲せんか？」

などと尋ね、了助を、ぽかんとさせた。

「相撲？」

「そうじゃ」

「ここで？」

「そうじゃ」

「なんでですか？」

「お主が、実に良い足さばきをするのでな。手合いを教えてやりたいと思うての」

拾人衆《じゆうにんしゆう》の符帳かと合点しかけた。「拾」の字にちなんだ、幕府に拾われ育成される、捨て子たちの自称だ。

だが、男の言っていることは違った。

「見たことないか？」

材木から降りて左右に目を向け、脇差しを置く場所を探した。だが見当たらないので、邪魔そうに帯の背側に差し、腰を落とした。

右足を横へ高々と上げ、ずん、と降ろす。いわゆる、四股《しこ》を踏むというやつだ。

了助は、地面が揺れたかと思い、瞠目《どうもく》した。

「たとえば、こうじゃ。上段の手合いという」

男が、両手を掲げ、左右に広げた。熊が人を襲うような格好だった。了助は熊など見たことがないが、寺の置物の一つに、そういう木彫りの像があった。

両手を肩の辺りに下げた。

「これが中段」

片方の足を前にし、脇を締める。

「下段じゃ」

両手を垂らし、一見して無防備になった。

「これが奇相の手合い」

それから右手だけ上げ、左手を下段に構えた。

「陰陽の手合い」

足を左右に開き、ぐっと腰を落とす。

「居眼《いがん》の相じゃ。腰を上げて立ったままなのは、立眼《たちがん》の相」

男が次々に構えを取るのを、了助は、ただぼんやりと見ているばかりだ。

「組み打つ前にな、まず攻め手が構えての、『ヤアッ！』と気勢を放つじゃろ。そしたら受け手が同じうする。それが合図じゃ。行司が、出しといた軍配を引いたら、組み打ちを始める。じゃが、もし受け手が『待った！』といって構えを変えるときは、攻め手も自由に構え直す。そんでまた、気勢を放つわけじゃ」

この頃、相撲の構えは、このように多彩なものであった。

力士が両手を地面すれすれに構えるようになるのは、六十年ほどのちの享保期で、その時期、現代にも通ずる紀州流の相撲術が確立するのだが、明暦三年のこのとき、相撲は、殴るも蹴るもあり、組み打って関節を拉《ひし》ぐもありと、およそ無手《むて》で相手を地に倒せれば何でもありの武芸なのである。

「な、わしと相撲せんか」

男が、早く早く、というように団扇《うちわ》みたいな巨大な掌をわきわきさせた。

問答無用で相撲を挑むのは、河童と決まっている。

そういえば近くの目黒川《めぐろがわ》に架けられた要津橋《ようじんばし》が修繕中だ。鑿や槌の音が、目黒川の河童を呼んだものか。それとも橋向こうの千歳杉《せんざいすぎ》という巨木の幹を、こっそり木剣でぶっ叩いて鍛錬したせいだろうか。

河童がそういう景色をありがたがるのかどうかわからないが、自分に罰でも与えに来たのかもしれなかった。

深川で芥《ごみ》運びをしていたときは、自身こそ鬼河童とあだ名された了助であったが、

「いやです」

薄気味悪くなって、思わず後ずさっていた。

「怖がらぬでええぞ。加減するでな」

男が優しく言った。頭四つ分はでかい相手に言われると、かえって怖さが増した。

「お主の足さばきな、懸命に鍛えとるようじゃが、組み打ちも覚えず、そんな棒ばかり振っとると弱腰になるぞ。惜しいこっちゃ」

さすがに、かちんときた。吽慶《うんけい》からもらった、大切な木剣なのである。

「別に……惜しくないです」

すると男が目を丸くし、

「や、や、怒らんでさ。悪く言うつもりはないでの、許してくれんか」

了助の反感を察してすぐに謝る。そんな屈託のない態度を、奴どもがするはずがない。ますます川から上がった河童に思えた。

「別に……怒ってないです」

「たいそう立派な木剣じゃの。なあ、それ、わしにも振らせてくれんか？」

とにかく親しくなろうとする態度に、

「はあ」

つい手渡してしまった。中には本物の刀が仕込まれている。木剣と思って持てば、その重さに驚くはずだった。男の、ぎょっとなる顔を見てやれという思いがあったが、

「やあ、見事な造りじゃ」

ひょいと片手で振るうさまに、了助の方が呆気にとられてしまった。

ぶん。ぶん。軽々と何度も振り下ろした。握っているのは右手だけである。吽慶がいたら、振り抜けた、と誉めるであろう良い音に、了助の胸がざわっとなった。

――それ、おれのだぞ。

木剣を取られる。本気でそう思いかけた。だが男はそれを逆手で持つと、左手を添え、丁寧に了助に返した。

「ありがとう」

心から触らせてくれたことに感謝している様子だ。了助は木剣をさっと取り返しながら、この男に反感を抱くべきか、それとも親しくなるべきか、大いに迷った。

「お主の振り方な、横に打つじゃろ。面白いの。ああして人を打ったことあるか？」

了助は黙ってうなずいた。

「ははあ。打たれた方は、ひとたまりもなかろうな。大した技じゃ」

またうなずいたが、曖昧な仕草だった。徳川光國《とくがわみつくに》から、くじり剣法と名付けられた棒振りの技だが、もとは野犬対策に過ぎないのである。

「わしがお主の敵なら、それを持たんときを狙って仕掛けるな」

男が言い、了助は目を丸くした。

「でなくば、お主からそれを奪い取る。どうじゃ。そうなっては困るじゃろ。奪われたもんを奪い返すにはどうするか。簡単じゃ。無手《むて》でも強くなりゃええ。そうじゃろ」

今度は説得された。よほど相撲をさせたいらしい。だが妙に現実味があった。思えば近頃、棒を食わせる相手は野犬ではなく人ばかりだ。人は学習する。了助に害意を抱く者がいたなら、確かに無手のときを狙うか、木剣を奪いそうだった。

だがなぜそこまで親切に教えるのか。さっぱりわからない。

「あの……御師《おんし》様達のお知り合いですか？」

本物の河童か確かめる気で訊いた。そういえば住職の罔両子《もうりょうし》の名は魍魎《もうりょう》からきているという。水の精のことで、河童と相性が良いとか言っていた。実際、河童の一人や二人は知っていそうな不思議な住職なのである。

「いんや。名乗るんが遅くなったの。わしは宇都宮《うつのみや》藩士の、明石志賀之助《あかししがのすけ》じゃ。山内《やまうち》の姓じゃが、須磨浦林右衛門《すまうらりんえもん》様に相撲を学んでおって、四股名をもろうたんじゃ。今日は、師の供で、ここに来ておる」

ようやく了助の懸念が払拭《ふっしょく》された。やっぱり武士だった。だがそれ以上に、相撲取りとしての名を好んでいるらしい。

「お主の名は？」

「六維《むい》了助」

「よろしゅうな、了助よ。で、どうじゃ？」

「え？」

「わしと相撲せんか？」

振り出しに戻された感じだった。返答に困ったところへ、

「おうい、了助さん」

池の反対側から、声が飛んだ。きかざるの亀一《かめいち》である。盲人の少年で、杖をつき、口元に他方の手を筒のように丸めて当てている。

「御師様達がお呼びですよう」

離れた場所にいるのに、声が驚くほど明瞭に響く。亀一得意の発声の術だ。その鋭敏な耳で了助がここにいると察して来たのだろう。

「わかった、すぐ行く！」

渡りに船といった気分で返事をし、男を振り返った。

「あの……」

「や、寺のお勤めを邪魔する気はないぞ。急に声をかけて悪かったの」

にこにこして言う男に、了助はずいぶん遅れて親しみを覚えた。ちょっとくらい相撲を習っても良かったかもしれない。武士なのに相撲をやるのは、きっとそれだけ達者だからだ。そう思うと惜しい気がした。

「あの、おれ……」

「相撲を知りたくば、いつでも言うてくれ」

すぐにこちらの気持ちを察してくれる。そういう人柄であることもやっと気づいた。

「はい。ありがとうございます」

頭を下げた。寺で習った礼儀作法以上に、育ててくれた者達から学んだ心構えが現れている。それを見た男が、嬉しげに笑った。

「ええのう。武芸を学ぶ者は、そうでなくてはの。近頃の奴どもとは大違いじゃ」

そう言われて何だか嬉しくなり、もう一礼してから、きびすを返した。

二

「あんた、お相撲教わってたの？」

お鳩が、目を丸くした。亀一がそう説明したのである。了助と大男の会話を、遠くから聞き取っていたのだ。

「構え方だけ」

了助が言うと、みざるの巳助《みすけ》が感心した。

「すごいねえ。須磨浦師匠のお弟子の明石さんは、お若いのに江戸中で大関になるほどだそうだよ。物言いさえ憚《はばか》られるんだって」

場所場所で、最も勝った者が、そのつど大関として称えられるのである。

相撲好きの藩主は多く、藩お抱えの相撲取りがおり、それが負けると面目を立てるために物言いがついて勝負無効になる。明石志賀之助の場合、それすら憚られるほど圧勝するということだ。

「了助、相撲してたんだ」

みなの後について歩く伏丸《ふしまる》が、今話題に気づいたというように何拍も遅れて呟いた。

「してないけど……しときゃ良かったかな」

親切にされることに慣れず、何につけ警戒して遠ざけてしまう自分が恨めしかった。

「馬鹿。本当に無鉄砲なんだから。見なよ」

お鳩が怒ったように、渡り廊下から庭の方へ小さな顎をしゃくった。明石と似た出立ちの、いかにも屈強な連中がたむろしている。

「みんなその師匠のお弟子さんよ。あんなのとお相撲なんて、怪我したらどうするの」

だがかえって了助は興味を惹かれた。今抱えている木剣を奪われたら、などという心配ごとは、庭にいる男達には無縁だろう。彼らにとっては体が武器なのだ。それがどんな気分か想像するうちに部屋の前に来ていた。

お鳩が障子の前で膝をつき、声を低めた。

「今日は喋《しゃべ》っちゃ駄目よ」

四人の少年達がうなずく。お鳩がそっと障子を開き、滑らかな所作で部屋に入った。大広間である。中央だけ開かれた襖《ふすま》の向こうに大きな一枚板の衝立《ついたて》が立てられ、阿部《あべ》〝豊後守《ぶんごのかみ》〟忠秋《ただあき》が座して耳を澄ませている。

子どもらが膝で進み、忠秋が目で優しく挨拶をした。そうする間も、

「……火つけ強盗の下手人かもしれぬ、と」

光國の声が聞こえてきている。

衝立の中段には、鷹と松との彫り物が入った障子がついており、その僅かな隙間から、

亀一以外の子どもたちが順々に覗いた。

光國、中山《なかやま》、罔両子が並んで座り、二人の大きな男と向き合っているのである。

「さようです、谷《たに》様。とんでもないことで」

そう返すのは、先の丹前風呂の一件で知り合った、元町奴の頭領・幡随院長兵衛《ばんずいいんちょうべえ》だ。岩のようなごつい体に、意外なほどすっきりとした目鼻立ちをしている。今は簡素な百姓の身なりをし、夫婦で田畑を耕す暮らしをしていた。上野の伊兵衛《いへえ》と名乗っているが、これは本名の塚本伊太郎《つかもといたろう》からきているらしい。

奴同士の擾乱《じょうらん》を防ぐため、自ら死んだことにしてのちも、元子分らがしばしば相談に来ては、悪事の噂を長兵衛の耳に入れるのである。中でも火つけに関する噂があると、こうしてわざわざ報《しら》せに来てくれるのだった。

ただし長兵衛は拾人衆の全貌を知らない。光國や中山のことを〝お上〟に通じ、いざこざを穏便に解決してくれる人々だと思っている。忠秋の判断で、そう仕向けたのだ。光國のことも〝旗本の谷左馬之介《さまのすけ》〟と信じており、まさか水戸家の御曹司とは考えもしないだろう。中山もいまだに長兵衛にとっては〝駒込八郎《こまごめはちろう》〟だった。

「下手人の一人が、そちらの……須磨浦殿の弟子であると？」

中山が尋ねると、長兵衛の隣に座る男が、

「そうなのです、駒込様」

深沈《しんちん》とした様子で頭を下げた。

長兵衛より一回りもでかい。まさに雄牛のような体格で、突き出た腹は妊婦のようだ。何を食えばそこまで身に肉がつくんだろうと了助は真面目に考えてしまった。

「以前、別の相撲取りから頼まれ、内弟子にしておりました。江戸ではしょっちゅう相撲が禁じられますので……銭にならないからと稽古に来ぬようになりまして。寄方《よりかた》で募れば土俵に上がりはするのですが、勝とうとはせず。私からすれば、惜しい限りで」

「ふむ。その者に、名はあるか？」

光國が、要点を訊いた。

「や、失礼しました。鎌田又八《かまだまたはち》という、勢州松坂《せいしゅうまつざか》の生まれの男で、江戸本町《ほんちょう》で暮らしております」

「鎌田又八……耳に覚えがある名だ」

光國が呟いた。中山も罔両子も小さく首を傾げている。長兵衛が身を乗り出し、

「剛力自慢の男でしてね。大名の御屋敷にも招かれて腕っ節の芸を見せます」

罔両子が、ぱん、と手を叩いた。

「はいはい、聞いたことがありますよ。浅草の観音堂の柱に指で穴をあけたとか」

「なんと」

中山の猫のように細い眼が見開かれた。

「あれは、ただの噂で。柱に節穴があるのは確かですがね」

頭をかく長兵衛へ、罔両子が続けた。

「他にも聞きましたよ。正月の大火のとき、大きな戸棚を縄で背負って火から逃げ、閉じた御城の門を素手で押し開いたとか」

「まさか、そのような……」

呆気にとられる中山へ、

「それは本当なのです。おかげで生き延びたという者が大勢おります」

林右衛門が、丸い顔に笑みを浮かべて言った。我がことのように誇らしげだ。

「戸棚の上には葛籠《つづら》を二つも載せていたそうです。これは本人から聞きました」

ふうむ、と光國が唸った。凄まじいまでの怪力である。衝立の向こうにいる面々が顔を見合わせ、危うく驚きの声を漏らしかけた。

「なぜ、その鎌田又八が怪しいのだ？」

光國が訊くと、

「それが、その……」

途端に林右衛門が言葉を濁し、代わって長兵衛が言った。

「先日、浅草で土蔵破りをしたのが六、七人もおり、遠間から見た者が言うには、めっぽう図体のでかい連中だったそうです。しかも蔵や近くの家に火をつけましてね。近頃の悪浪人《わる》が、そういう悪事をしますでしょう」

光國と中山が、無言でうなずいた。

大火から復興する江戸では、火災対策が幾重にもとられ、火消しの大規模な組織化が進んでいる。にもかかわらず、むしろ小規模な放火が頻発するようになったのである。

悪事を働く者が、追っ手を攪乱《かくらん》するためにそうするのだ。盗みに入った家を焼けば、何が盗まれたか判然としなくなる。きわめて悪質な行為であり、下手人は当然、死罪となる。奉行所も、諸藩の辻番も、警戒を厳にし、拾人衆も火つけ浪人については最優先で動くと決まっていた。

「それで、連中の一人が又八らしい……という話を、おれの元子分が聞きつけたので」

「どのような話だ？」

光國が促し、長兵衛が説明した。

「蔵の近所に、浅草の『竹原屋《たけはらや》』という小間物屋のご隠居の住まいがあります。寝間で若い女と一緒にいたところ、火に驚いて二人とも腰を抜かし、悲鳴を上げていたんですな。すると覆面をした男が飛び込んできて、ご隠居と女を軽々と担ぎ出し、火の届かない所まで二人を運んだ――という話で」

「通りがかりの者が、火の中に飛び込むために覆面をしただけかもしれん」

中山が言った。罔両子も同意して、

「親切で勇気のある人に思えますねえ」

「ですが男は道に置いてあった長櫃《ながびつ》を担いで走り去ったそうで。土蔵から持ち出したものに違いないと、ご隠居もあとで気づいたとか」

「それが又八であるとなぜわかる？」

光國が訝《いぶか》しげに訊いた。

「ご隠居は大火のときの又八を見たそうで。顔は見えずとも、背格好はそっくり、声は紛れもなく又八のものだったと言うのです」

「声？　話したのか？」

「二人を担ぐとき、大人しくしていろ、とだけ言ったそうです」

どうしたものかと思案顔で腕組みする光國と中山へ、長兵衛が言い加えた。

「土蔵の持ち主に話を聞きましたら、鍵は引き千切られ、一千貫もあろうかという財物がすっかり持ち去られていたということでした」

「大男達が他にもいたのであろう。馬鹿力の持ち主だからといって断定は出来ん。又八本人には質《ただ》してみたか？」

林右衛門が悲しげにかぶりを振った。

「話そうとしたのですが、とある浪人相撲の連中に妨げられてしまい……」

「浪人相撲？」

中山が不思議そうに訊いた。

「元は、お武家の相撲組などですが、お家の改易《かいえき》やらで禄を失い、諸国巡業で食い扶持《ぶち》を得るのです」

光國は、思わずにやりとなり、

「わしも、そうした者達と草相撲をしたことがあるぞ。夜中に奴どもと集い合ってな」

そう言って、面々の眉をひそめさせた。

「で……近頃は、徒党を組むと聞くな」

光國が、咳払いして言った。林右衛門がしげしげと光國を見ながらうなずいた。

「はい。桑嶋富五郎《くわしまとみごろう》という、下野榎本藩《しもつけえのもと》が改易になって浪人となった男がいます。これを頭《かしら》にする連中が、又八を取り囲むようにし、話そうにも話させてくれんのです」

「そいつらが、又八を無理やり悪事に荷担させたと、おれは見ております」

長兵衛が、勢い込んで言った。

「桑嶋は、神田の『熊屋《くまや》』という小料理屋を買い取り、江戸にいるときの溜まり場にしておるんです。これが、大勢で寝泊まりできる立派な店で。元の持ち主に訊くと、たんまり積まれたんで喜んで売ったと言っておりました」

光國が組んでいた腕をほどいて笑った。

「ほうぼうで聞き込んでおるのか。死人の割に忙しいな、長……いや、伊兵衛」

「他ならぬ須磨浦の師匠と江戸相撲に関わることですから、ついつい余計な真似を」

「感心なことだ。それで、昨今の浪人相撲は、それほど実入りが良いのか？」

林右衛門が渋面になった。

「桑嶋に限っては決してそのような……。江戸中の相撲取りを辟易《へきえき》させる手合いです」

「禁じ手を使うのか？」

光國が興味津々《しんしん》で訊いた。

「何でもやります。砂を握っておいて目に投げつける、指を一本だけ握って折る……」

「ただの喧嘩ではないか」

中山が呆れた。

「そういう汚い相撲を取るものですから、勝っても祝儀《はな》を贈る旦那衆はあまりおらず。それで怒って、ますます場を荒らすのです」

林右衛門が嘆かわしげに言い、長兵衛が溜息をついた。

「そいつの仲間も似たような者ばかりで。そんなのが土俵の上でも下でも不始末をやらかすもんだから、相撲が禁止されちまうんです」

事実、幕府はこれまで相撲の興行を禁じるお触れを何度も出していた。町人が元方《もとかた》となる辻相撲、寺社が元方となる勧進相撲、いずれもだ。

理由は、見物人同士の喧嘩がひどく、刃傷沙汰《にんじょうざた》もたびたびで、そもそも相撲取り同士が頻繁にいさかいを起こすせいだった。

女は相撲を取るべからず、見物すらもってのほか、という考えも、神事ゆえ女を遠ざけるというのは後づけの理屈に過ぎず、要は、きわめて暴力的で危険な催しになりがちであるからなのだ。

「大坂や京では盛んな相撲も、江戸では大名屋敷か田舎の村でしか興行できぬ有様で」

林右衛門が嘆くのへ、

「だが今、江戸はいずこも普請に大わらわだ。ゆえに幕閣も相撲を許す意向と聞く」

光國が事情通なところをみせ、長兵衛と林右衛門を驚かせた。

相撲は、しばしば建物の普請料を人々から募る際に興行される。これが勧進相撲である。そして大火ののちの復興が、この勧進相撲を大いに興隆させんとしていた。

大火は、江戸という街の構造が、限界をきたした証拠でもある。人口の増大による家屋の密集と、複雑化した街路が、延焼につぐ延焼を呼び、猛火の怒濤《どとう》を生んだのだ。

そして今の幕閣は、その江戸の弱点を、一挙に克服せんとしていた。

広大な火除地《ひよけち》、防火堤、幅広い直線の道を設ける。そのため、武家屋敷、町、寺社の土地を召し上げ、片っ端から移転させる。

結果、用途がまちまちだった武家屋敷も、藩主がいる上屋敷、隠退した前藩主がいる中屋敷、有事の際の避難所である下屋敷といった区別がつけられるようになった。

神田の連雀町《れんじやくちょう》などは町ごと移転させられ、今や何もない火除地となっている。同様に、御城の周囲にひしめいていた寺社は、ことごとく外堀か郊外の新開地へ移されていた。

火災で焼けた土で、本所・深川に築地《つきじ》を設け、市街の拡大をはかる。竪川《たてかわ》、横川《よこかわ》、利《と》根《ね》川《がわ》を開発し、船による交通や飲用水を確保する。

開府から五十余年の今、せいぜい人口十数万だった江戸は、まさに後世に知られる、人口百万をも擁することが可能な大都市へと生まれ変わろうとしていたのである。

このため奉行所は幕閣の意向を受け、莫大な普請料を賄《まかな》うための相撲であれば、条件つきで許すようになったのだった。年功者が勧進元となって取り締る、関係者の名簿を奉行所に提出する、といった条件つきである。

「はい、まさに仰《おっしゃ》る通りで。寺社の勧進が、江戸相撲をよみがえらせてくれるんです。私達のような者にとって、それがどれだけ切実な願いか……」

「なのに、相撲取りが火つけに関わっているとなれば、その願いも潰れかねんな」

光國の指摘に、林右衛門が苦悶するように声を詰まらせ、代わりに長兵衛が言った。

「さようです。お上はもちろん、民衆も相撲からそっぽを向くでしょう。そうなりゃ江戸相撲は滅んじまう。だからこそ、須磨浦の師匠は断腸の思いで、以前の可愛い内弟子のことを、こうしてお話ししにきたわけで」

「お主も、よほど相撲に愛着があるのだな」

「そりゃもう。喧嘩沙汰さえなけりゃあ、素晴らしいもんじゃありませんか。この須磨浦の師匠のもとには、立派なお弟子さん達が大勢集まってましてね。いつか上方の相撲に挑んで、帝に御上覧いただこうっていう、でっかい願いを抱いて、みなさん一途《いちず》に鍛錬してるんです」

「だから、奉行所ではなく、こちらへ相談しに来られたわけですねぇ」

罔両子が暢気《のんき》な調子で言った。

中山が、組んでいた腕をようやくほどいた。

「良かろう。この件、私達が預かる」

長兵衛と林右衛門が目を見開き、べたっと這《は》うように頭を下げた。巨大な男どもが懸命に頭を下げる様子は、どこか滑稽である分、切々としたものが伝わってくる。

「神田の店以外に、桑嶋富五郎と鎌田又八が現れる場所はわかるか？」

中山が訊くと、林右衛門が不安げな顔を上げた。

「近々、渋谷《しぶや》村で勧進相撲があり、二人とも寄方に名を連ねておりますが……。どうか、興行の場で捕らえるなんてことは……」

光國が微笑み、

「心配するな。寺社にもお主らにも迷惑をかけずに始末をつけられるようにいたそう」

きっぱり請け合った。二人とも、ますます大きな体を畳に押しつけて頭を下げた。

三

「相撲だ。勘解由《かげゆ》よ、相撲をやるぞ」

二人が去ってのち、忠秋と子どもらが衝立の陰から出てくるなり、光國がわめいた。

「正気ですか？」

呆れる中山を無視して、

「お前も相撲をやるか、了助？」

と真っ先に訊き、了助をぽかんとさせた。ここでまた言われるとは思わなかった。

「やってもいいけど……」

なんとなくそう答え、

「馬鹿」

お鳩の肘で、脇腹を小突かれた。

「巡業仲間である相撲取りさん達の中に、そう簡単に入り込めますかねえ」

罔両子が光國の意図を察して言った。忠秋も難しそうな顔をしている。

「子龍《しりよう》様にそのような真似をさせては、水戸の御屋形《おやかた》様になんと言われるか」

「私は父から委細任されておるのですぞ、豊後守殿。火つけと浪人ときては放置出来ますまい」

光國が浮き浮きと返し、忠秋を困り顔にさせる横で、中山が呟いた。

「私は、奉行所に話を通しておかねばなりません。町と寺社の、両方に」

だから自分は忙しいので相撲など取れないのだと言いたげだ。

「しかし妙な人ですねえ。火をつけておいて、焼かれそうになった人を助けるなんて」

罔両子が呟いた。そのせいで身元がばれたとすれば、とんだ失態である。

「お仲間に怒られて、とっくに殺されていなければいいのですが」

そういう無惨なことを涼しい顔で口にするのが罔両子だった。

「途方もない力の持ち主であれば、たやすく殺されはせぬでしょう。まずは本当にその男が又八か調べなければなりません。勧進相撲が開かれるまで、溜まり場だという店を見張りましょう」

中山が言い、子どもらに向き合った。

「亀一。お前を按摩《あんま》として潜り込ませる。よいか？」

「はい、勘解由様」

「近辺に私の家臣を置く。危ない目に遭いそうなときは、お前の声で報せよ」

「ありがとうございます。しかと聞き取って参ります」

亀一が静かに言った。荒っぽい男達の相手をすることをなんとも思わぬ様子だ。了助は、拾人衆の面々が役目を嫌がるところをまだ見たことがなかった。

「巳助。出入りする者の人相書きをせよ」

「はい。一人残らず書き取って参ります」

巳助が嬉しげに答えた。

「当面、この二人のみで良かろう。必要あらば他の拾人衆に加勢を頼む」

お鳩が、自分の役目はないと知り、可愛い唇を口の中にくわえこんでへの字にした。伏丸はぼんやり宙を見ており、会話についてきているのかどうかも定かではない。

中山が、忠秋の方を向いた。

「付近の長屋を『寺』としていたかと。使わせて頂いてもよろしいですか？」

「うむ。手配を命じておこう」

忠秋が許可し、その日のうちに動くこととなった。

巳助が魚屋の小僧、亀一が按摩になり、首尾良く店に出入りした。斡旋《あっせん》した口入れ屋も、二人が寝泊まりする長屋のあるじも、忠秋の息がかかった人物達である。

長兵衛と林右衛門が辞去してのち、忠秋は家臣を引き連れ公務に戻っている。

光國は、翌日すぐに、千住《せんじゅ》の先の亀有《かめあり》にある相撲道場に向かった。中山と了助を強引に同道させてのことで、お鳩もついてきた。前日に道場へ使いをやったところ、喜んでお迎えさせて頂く、との返事であった。

光國は今、駒込の中屋敷で一族とともに暮らしている。上屋敷である小石川の屋敷が未完成だからだ。つまり、早朝から単身、馬を飛ばして駒込から南の品川に行き、そこから北の千住へ向かって大橋を渡り、東の亀有に向かうのだから元気なものだった。さすがに中山は付き合わず、浅草で落ち合った。

「昨今の相撲術は、取手《とりて》居合《いあい》を一段と工夫しておると聞く。力任せでは勝てぬそうだ。勧進相撲まで通い込み、一つ学んでやるとしよう」

嬉々として言う光國へ、

「数日では、付け焼き刃でしょう」

中山がもっともなことを返した。だがその程度では、光國の猛烈な好奇心を抑えることはできない様子だ。

「鍛錬の仕方を学ぶだけでも良い。貴様も要領をつかんで家臣にも教えてやれ」

「家臣を通わせる方が手っ取り早そうです」

「主人が率先して行うからこそ、下の者がついてくるのだ」

中山が小さく鼻で溜息をついた。江戸を縦横無尽に駆け回る光國に、否が応でもついてゆかねばならない者が可哀想だという態度だが、光國は歯牙《しが》にもかけない。

二人とも騎乗していたが進みは緩やかだ。

光國の後ろには木剣を抱えた了助が、中山の後ろには弁当を抱えたお鳩が乗っているからだった。幕府は往来での事故を減らすため馬や駕籠《かご》を厳しく制限している。本来、了助もお鳩も馬上にあってはならないのだが、

「よい。これもお務めだ」

光國が勝手にそう決めてしまった。浅草までは、お鳩と了助をおのれの前後に乗せており、中山を呆れさせたものだった。

了助はまだ馬に乗ることに慣れていない。涼しい顔で横乗りに座るお鳩のようにはいかず、最初は揺れに揺れて尻が痛んだが、

「身を委《ゆだ》ねろ。馬からおのれが生えていると思え。揺れぬよう身を強ばらせれば、かえって酔う」

光國に教えられ、浅草に至る頃には、早くも身が馬に慣れていた。馬術においても、どうやら天性のものがある証拠だ。

大橋を渡って幾つも村を通り、ようやく亀有に着いた。以前は亀梨《かめなし》（無）と呼ばれていたが、今から十年余り前に、幕府が地図を作成する際、縁起を担いで改名したのだ。

道場は田畑のど真ん中にあり、外見はそこらの農家と大差なかった。

だが庭の土俵は、四隅に柱を立てて屋根をつけた最新の流行のもので、いつでも興行できるほど立派な造りをしている。

土俵は三間四方。四辺に俵を七つずつ並べて外土俵とし、中の二間一尺を円形に、十六俵で囲む。内外の四方の俵を一つずつ外へずらすのは、雨が降ったとき土俵に水が溜まらないようにするためで、上がり口に足がかりのため埋めた俵と、俵が二つ並んで二の字に見えることから二字口《にじぐち》という。その土俵の内外で、諸肌《もろはだ》を脱いだ男達が組み打ちをし、了助のように摺り足を練習している様子を、垣根越しに見ることができた。

剣術家の道場や浪人が開く塾と同じで、身分を問わず習うことができる場所だ。

そうした道場の入費《にゅうひ》を賄うのは、支援を買って出る藩士や大名達で、町人や農民は、野菜や布を月謝代わりに置いていくのが常である。

なお林右衛門の自宅は江戸川界隈《かいわい》にあり、そこに本来の道場があるのだが、興行が不自由な分、村々を巡り稽古料を得るのだという。

馬をつないで敷地に入ると、林右衛門と志賀之助が縁側から降りて出迎えてくれた。

「ようこそ遠くまでおいで下さいまして」

でかい図体の林右衛門が低頭し、

「邪魔をする。須磨浦流を学びたくてな。早速だが着物を預かってもらえぬか」

光國がいそいそと帯を緩め、

「ご見学ではなく？」

「むろん、稽古がしたい」

当然のように、引き締まった頑健そのものの体をあらわにした。中山は、家臣やお鳩とともに縁側へのぼり、さっそく涼んでいる。

了助は、志賀之助に丁寧にお辞儀した。

「お相撲をしに来ました」

志賀之助が破顔した。裏表のない、お天道様みたいな笑顔だと改めて了助は思った。

「ええの、ええの。木剣と着物は、そうじゃな、あのえらく綺麗な娘さんに預かってもらえ。大事な品じゃから、その方がええ」

「はい」

了助も光國のように遠慮なく脱いで褌《ふんどし》姿になった。志賀之助に見られているので、なんとなくいつもより丁寧に衣服をたたみ、木剣と一緒に縁側のお鳩に差し出した。

「これ、持ってて」

お鳩が妙に目を泳がせ、

「怪我したら承知しないからねっ」

そう言って受け取りながら、ちらちらと了助の裸身を見ている。だが了助は気にもせず、志賀之助のそばへ駆け戻った。志賀之助も着物を脱いで道場の者に預け、

「廻しは着けんでええ。さ、構えからじゃ」

昨日してくれた通りにするのを、見様見真似でやってみた。

「ええの、ええの」

志賀之助がいちいち誉めてくれるので良い気分だった。ついで〝四つ〟を教わった。互いに両手で押し引きする際、四つの腕がせめぎ合うさまを体系化したものだ。

「両手をな、どっちも相手の脇の下に入れると、押すか引くかしか出来ん。そうでなくて、右手で押して左手で引く。左手で押して右手で引く。梃子《てこ》みたいにして相手を倒すんじゃ」

右手と左手、どちらを相手の脇の下に入れた方が良いかは、人によるという。了助は手始めに志賀之助と右四つで組み合った。

その瞬間、了助の背骨に戦慄が走った。

志賀之助はまるで巌《いわお》だった。腰の重みが自分とは桁違いなのがわかる。倒すなどとんでもなかった。動かせるとも思えない。怖くて離れたくなったが、がっちり組みつかれ、もはや身を離すこともできない始末だ。

「弱腰になる意味がわかったじゃろ」

了助は言葉が出ず、こくこくうなずいた。

突然、地面が空から降ってきた。いや、あっさり倒され、視界がひっくり返った。手加減されたおかげで痛くはなかった。だが受けた衝撃はすさまじかった。味わったのは、強烈な無力感だ。何一つ抵抗できない。そのくせ身を貫くような感動があった。

「すごい」

大の字になったまま、その感動を口にした。志賀之助が嬉しげに笑った。

「わしも師匠にころりと倒されてのう。嬉しうなって、その場で弟子入りしたんじゃ。もっとやるか？」

「うん」

跳ね起きた。視界の隅でお鳩がものすごく心配そうな顔をしているのがちらりと見えた。まだ怖かったが、それ以上に面白くて仕方がなくなっていた。

光國も同じらしい。こちらは林右衛門が相手をしていた。光國も上背だけは負けていない。むしろ拳一つ分高かった。だがあっさり倒され、そのたびに豪快に笑った。頬が土にまみれても気にせぬほど夢中になっていた。

「転がされて笑ってる。馬鹿みたい」

お鳩が呟いた。どちらのことか中山は訊かず、無言で出された茶をすすっている。

光國と了助は、たっぷり一刻余も稽古を楽しんだ。道場の者達と井戸で水を浴び、着衣を整え、二人とも丁寧に礼を述べて辞去した。

了助は、来るときと同じように光國の馬に乗り、村が遠ざかって行くのを見ながら、

「なんで稽古に来なくなったんでしょう」

ふと呟いた。光國が肩越しに振り返った。

「誰がだ？」

「又八という人です。あんなに楽しいのに」

ふうむ、と光國が唸った。確かに林右衛門の道場はみな朗らかで活気があり、いるだけで気分が良くなる場所だ。しかも林右衛門が強く気にかけるほどの男である。

「本人に訊くほかあるまい。罔両子の言うように殺されていなければ良いが……」

その点は、すぐに確認が取れていた。

翌日、東海寺に巳助による人相書きが届けられ、

「こやつが鎌田又八……」

光國は、中山や罔両子と、それを見た。了助とお鳩も横から覗いていた。

髭《ひげ》もじゃの大男で、体形は林右衛門に似ている。志賀之助が細身に思えるほどの巨体だった。目元にくまがあり、髭も月代《さかやき》もろくに剃っていない。よほど心が荒れているのだろう。

桑嶋富五郎の人相書きもあり、こちらは殺気を帯びた顔つきの巨漢だが、身なりには気を遣っている。別の紙には亀一が聞き取った桑嶋と又八の会話が記されていた。

『昼間っから酒か、又八の』

『ずっと外に出してもらえませんからね』

『お前《め》ぇが余計な真似をするからいけねえんだぜ。渋谷村の場所入りまでの辛抱だ』

『今さら相撲ですか』

『もう少し稼がねえと極楽組《ごくらくぐみ》には入れねえよ。お前ぇの腕っ節で一稼ぎしてくんな』

『この店をお売りになれば良いでしょう』

『馬鹿言うな。甲州で苦労して蔵破りをしてな、その稼ぎで買った、大事な根城だ』

『リョウカボウ様はいつ現れるんで？』

『またそれか。口入れ料が揃わねえ限り、会っちゃくれねえよ。相撲で足らなきゃ、村の名主の蔵を破るぜ。気張って稼ぎな』

中山が顔を上げ、淡々と言った。

「極楽組という徒党への上納金を稼ごうとしている様子。又八は仲間です。無理やり荷担させられたのではなく、我からリョウカボウという者に会いたがっています」

「そっか……」

了助が細い声で呟いた。長兵衛も林右衛門も、きっと志賀之助も残念がる。それが悲しかった。悄然《しょうぜん》となる了助の背を、お鳩がそっと撫でた。弟を慰めるようだった。

「リョウカボウ……妙な名だ」

光國が首を傾げるのへ、罔両子が言った。

「ああ、火事を起こす人のことですね」

みなが罔両子を見た。

「鎌倉に御所があった頃、良観房《りょうかんぼう》という僧が住む極楽寺から火が出て、伽藍《がらん》も御所も焼けたとか。どうも評判の悪い僧でしてね、日蓮上人《にちれんしょうにん》から、『両火房』と渾名《あだな》されたそうですよ」

罔両子が畳の上に、指で字を書いてみせ、ぬう……、と光國が獰猛な唸りを発した。

「極楽組に両火房とは。江戸を焼くと言っているようなものではないか」

「そうしたがってる人達がいるって」

了助がぽつりと言った。今度はみなが了助を見た。

「叶慶さんを刺した、錦《にしき》が言ってた。その仲間になりたいから、生き延びるんだって。偉い人達が火から逃げ回るのが見たいんだって」

中山が、細い目を鋭く光らせた。

「これは思わぬ手掛かりかもしれません。桑嶋達の目的が、錦氷ノ介《ひのすけ》と同じなら……江戸に仇《あだ》なす者達を一網打尽にしうる好機かと」

罔両子が、ふんふんとうなずき、

「となると、浪人相撲の人達が稼ぐのを待たないといけませんねえ」

「待つ必要はありませんな、罔両子殿」

光國が、連中をただちに粉砕せんとするように両拳を握り、みしりと骨を軋《きし》ませた。

「こやつらと相撲を取ってみたかったが、それは捕らえる際でよいでしょう。渋谷村の勧進相撲に、別の立場で加われば良いのです」

# 四

相撲は、渋谷村の金王八幡宮《こんのうはちまんぐう》で行われた。

毎年、八月十五日に祭礼で草相撲が開かれるのだが、村方の行事であるため、奉行所に届けずとも良いことになっている。

あるとき収拾のつかぬ大喧嘩が起こって初めて寺社奉行に届けることになるのだが、返答は驚くべきものであった。なんと、それまで無届けでやっていたのだから、自己責任で処理しろというのである。以来、渋谷村の金王八幡宮は、人死にが出ようが奉行所は関知しない、喧嘩御免の相撲場所としても知られることになる。

こういうことがあるため、他の村では率先して相撲を禁じたという。だがむろん、全ての興行が必ず荒れるとは限らない。

特に今は、勧進料を募るという使命がある一方で、危機に瀕する江戸相撲の復活がかかっているという考えの持ち主が大勢いた。名主や神主、相撲取り達や客達、みな土俵外での争いを防ぐことに努め、寄方として集った桑嶋富五郎の徒党も、あえて騒動を起こそうという様子はない。

そのせいか、土俵内は逆に、壮絶の一言だった。巨漢揃いの男達が次々に土俵に上がり、市中で興行できぬ鬱憤晴らしとばかりに、猛烈な激突をみせたのである。

互いに肉を打ち、骨を砕かん勢いで四つに組む。張り手や拳で鼻を潰される。土俵から蹴倒されて失神する。腕を拉《ひし》がれ、天も割れんばかりの絶叫を放つ。

そのつど観客が悲鳴とも歓声ともつかぬ声を上げ、総じて興行は大盛況であったが、

「……ね、やんなくて良かったでしょ」

お鳩はすっかり顔を青ざめさせ、了助の袖をつかんでいる。女の相撲見物は神主が禁じているため頰被りをし、男の格好をしていた。

だが了助は、確かに大男達の激闘に圧倒されはするものの、肚《はら》の中でふつふつと沸き立つものを感じていた。興行の日まで、短い期間とはいえ林右衛門の道場に通い、おかげで相撲術が決して力任せのものではないと理解していたからだろう。

汚い禁じ手を使う者であっても、自分とは比べものにならぬほど鍛錬を積んでいるのが見て取れる。彼らと戦って勝てるとは思えない。だがそれでもなぜか、自分が土俵に立つところを想像してしまうのだ。

光國のほうも、了助と似たような心境だった。

「思えば、旦那役はお主だけでも良いのだ。わしが出場しても問題なかろう」

相撲取り達の苛烈なまでの闘志にすっかり煽《あお》られ、全身気迫に満ちる光國を、中山が呆れて止めた。

「くれぐれも飛び入りなどよして下さいね。私一人で大金を出せば怪しまれます。ほら、来ましたよ」

ぐう、と我慢の唸りを漏らしながら、光國はそちらを見た。

廻しを着けた鎌田又八が、土俵に上がったのである。その無双の怪力を知る客達が、わっと歓声を上げた。そしてその声が、ほどなくして戦慄の呻《うめ》きに変わった。

又八が何かをしたのではない。むしろ何もせず、対峙した相撲取りの攻めを受け続けたのだった。張り手、拳、膝、肘を防ごうとせず、あえて頭突きを胸に受ける。たまに張り手を返すが、ただの挑発で、相手の激昂を誘うものに過ぎない。

そのくせ、がっぷり四つに組むや、軽々と相手を押しやり、仕切り直しにさせる。そして、あえて打撃を受ける。

「鉄で出来ておるのか、あやつ」

光國が仰天したが、そんなはずがない。

又八はたちまち痣《あざ》だらけ、傷だらけとなった。そのくせ髭もじゃの顔に表情らしきものを少しも浮かべず、暗い目で相手を見据えるのである。

その異様さに相手が恐怖し、さらに滅茶苦茶な攻めを繰り出して、又八を血みどろにさせた。ついに観客が悲鳴を上げ始め、唖然《あぜん》となる了助に、お鳩が目をつむってしがみついた。

「何なのだ、あの打たれ坊は……」

自分は出場せず、弟子達を見守る林右衛門が、苛立ちを抑えられぬ様子で膝を揺すって言った。これは、打たれ放題の木偶《でく》の坊のことだ。その師の横で、志賀之助が静かに又八を見ていた。

限界を迎えたのは又八ではなく、相手の方だった。攻め続けて疲れ果て、両手が上がらなくなった相手を、又八が無造作な腕の一振りで、土俵外に弾き飛ばしたのである。

観客が一様に、ふうっと溜息をついた。やっと終わってくれたと安堵したのだ。光國も中山も呆然としていたが、

「いかん。早くしろ」

光國が言い、慌てて二人とも羽織を脱いで、土俵に投げ込んだ。

ご祝儀である。かつて京では実際に花を与え、その種類によって褒美が異なったという。いわゆる花相撲だ。江戸では、相撲取りが投げ入れられたものを持ち帰り、投げた者は後でそれを取りに行き、相撲取りに祝金を渡すのである。

又八に祝儀《はな》を投げたのは光國と中山だけだった。又八も意外に思ったか、投げられた羽織をしげしげと見つめ、二つとも拾うと、のっそりとした動作で土俵を降りた。

「又八！　なにゆえだ！」

林右衛門が、立ち上がって叫んだ。悲痛きわまる声だった。

「貴様はどうしたのだ！　何だそのざまは！」

又八はそちらをぼんやり見たが、暗い目つきは変わらず、ぷいと顔をそむけて行ってしまった。

林右衛門が座り、がっくり肩を落とした。了助は自分の居場所からそれを見て悲しくなった。林右衛門の隣では、志賀之助が腕組みし、じっと又八の背を見送っていた。

その後、又八が土俵に上がるたび、観客が息を呑むようになった。

又八の全身は血止め薬でてらてら光り、いかにも異様で、その打たれ坊ぶりは延々と続いた。一向に倒れず、対戦相手は蒼白となり、疲労困憊《こんぱい》して土俵外に弾き出される。

そのつど光國と中山が、扇や手拭いなど祝儀《はな》を投げ入れるのだが、

「旦那衆として、こうも目立つとはな」

光國が苦々しくなるほど、他の客に注目され、なんであんな薄気味悪いのを好むのかと反感の目すら向けられる始末であった。

その又八が、ついに敗れた。

勝ったのは、志賀之助である。その立ち合いを、了助は強く脳裏に焼きつけた。

攻めを防ぐ気のない又八に対し、志賀之助が同様に、真っ直ぐ歩み寄ったのである。

両者が何もせず近接して向かい合う。土俵内ではまず見られない光景だ。二人は身じろぎも、瞬きもせず対峙し、やがて又八の方が堪えきれなくなったように、志賀之助の胴をつかみ、信じられぬほど高々と掲げた。

観客がうっと呻いたそのとき、どういうわけか志賀之助が、又八の手から逃れて地に立った。かと思うと、又八の巨体が、どうと地を轟《とどろ》かせて倒れたのである。

又八が掲げ上げた直後、志賀之助が宙で手をふりほどき、又八の胸を蹴って倒した。簡単に言えばそれだけだった。だが何人もの相撲取りが攻めに攻めても倒れなかった又八を、たった一蹴りで倒したのである。

研ぎ澄まされた絶妙の一撃だった。了助も、光國や中山も、そして観客達も、その信じがたい光景に凝然《ぎようぜん》とし、ついで爆発的な歓声を上げていた。

これぞ勝負の明暗であった。後から後から土俵に祝儀《はな》が投げ入れられ、志賀之助がその一つ一つを拾う間に、又八は背を丸め、のそのそと土俵を降りていった。

了助は志賀之助の勝利を心から喜びつつも、又八の姿が心に残った。なぜかひどく悲しくなっていた。

いよいよ最後の立ち合いが決まった。志賀之助と、桑嶋である。

勝負が始まるや、桑嶋は体格で志賀之助に優《まさ》り、膂力《りよりよく》も上に思われたが、決して組もうとせず、手足での打突《だとつ》に終始した。組めば志賀之助の技が優ると考えての激しい攻めであることは明らかだ。

志賀之助は守りを固めてしのぎ、何度も土俵際へ追いやられ、そのたびに観客がわっと沸いたが、押し出されることなく迅速に窮地を脱した。

桑嶋は、土俵際の志賀之助を、何度となく大きく踏み込んで蹴り倒しにかかっては志賀之助に逃げられるということを繰り返した。

やがて、桑嶋の動きをすっかり読み切った志賀之助が、あるとき土俵際で陰陽の構えを取って、蹴りに来る桑嶋へ、ぱっと組み付き、瞬時に両者の位置を入れ替えた。

そうなっては桑嶋に抵抗する余地はない。なんとか土俵際から逃げようとする桑嶋の足を、志賀之助の足が、狙い澄まして刈り払った。

桑嶋の巨体が宙に浮き、次の瞬間、どうっと音を立てて土俵の外へ倒れた。観客は総立ちである。誰もが志賀之助へ、祝儀《はな》と熱狂的な喝采を贈っていた。

最後は志賀之助が誘った。了助はそう気づいた。土俵際に追い詰められたと見せ、まんまと隙を突いたのだ。体格で優る相手にも怯《ひる》まず見事に勝ってみせる志賀之助に、自分も何かを贈りたい気持ちでいっぱいにさせられていた。

興行は大成功といってよく、名主も神主も満足そうであった。

相撲取りは小屋で出場代や祝金、賭けのあがりを受け取った。そして光國と中山は、又八から羽織や扇子を返してもらい、代わりに祝金の入った袋を渡した。

又八は、本当に払う気かと光國や中山に疑いの目を向けていたが、手にしたものの重さに瞠目した。光國と中山がそれぞれ用意し、さらに拾人衆の活動資金の一部を加えた金だった。

「こんなに頂いてよろしいので……？」

傷だらけ、痣だらけの顔に、信じられないというような表情を浮かべている。

「うむ。素晴らしい戦いぶりだ。この金で、身を労《いたわ》るといい。応援しているぞ」

光國が言うと、又八は深く頭を下げた。

「大いに助かります。これで、やっと……」

「やっと？」

中山がすかさず促した。

「やっと……楽になれるかもしれません」

だが又八はそれしか言わず、二人が去るまで頭を下げっぱなしだった。

その姿だけ見れば、どうにも悪事を働く者とも思えず、光國も中山も妙に居心地が悪くなった。桑嶋一味にいるのは又八ではなく別人なのではと思われたのである。

しかし二人が小屋を出ると、すぐに桑嶋とその仲間五人が来て、又八が大稼ぎしたことを知り、歓喜の声を上げた。意気揚々と神社を去る桑嶋達と、彼らに従う又八を、林右衛門が弟子達とともに悲しげに見送っていた。

「あえて悪党に金を渡すとは……妙案ですが、いよいよ失敗は許されませんね」

中山が、遠ざかる桑嶋一味に鋭い目を向けながら言った。光國はにやりとなった。

「これで両火房のもとへ連中が案内してくれる。そこで金を取り返せばよい」

だが、ことはそう簡単には進まなかった。

五

「鎌田又八が、金を持ち逃げしたようです」

亀一の報告に、光國と中山が、あんぐり口を開けた。

相撲の祝金も、土蔵破りで得た金も、全て又八とともに店から消えたのだという。桑嶋達も必死に探しているが、見つかっていないようだった。

「これは予想外でしたねえ」

罔両子が涼しげに言った。そばで、了助、お鳩、巳助、伏丸が行儀良く座り、大人達がこれからどうするか黙って見守っている。

光國は怒りで顔を真っ赤にさせ、

「桑嶋が両火房を呼ぶことは変わらぬな？」

「はい。明晩、神田の店に来るようです。桑嶋は逃げた又八のことを話し、両火房の仲間にも探してもらうつもりです」

「連中に見つけさせるのも手ですが……」

中山が遠慮がちに言うのへ、光國はきっぱりかぶりを振った。

「目的を見失うな。桑嶋どもはその間にまた強盗をしでかす。わしが父に頼んで損失を補うゆえ、桑嶋どもと両火房に注力するぞ」

中山が背筋を正した。

「承知しました。ただちに準備を整えます」

罔両子が、又八の人相書きを手に取り、

「人を助けたり金を盗んだり、なんだか変な人ですねえ」

不思議そうに呟いた。

その日のうちに、中山が南町奉行所に話し、人員を神田の熊屋周辺に配置させた。

だが相手は相撲取りの徒党である。上手く捕らえられるか誰もが不安だった。といって弓鉄砲を持ち出せば、捕り物ではなく殲滅《せんめつ》になりかねない。

このため、やむをえず加勢を求めることとなった。

そして、翌晩。

一人の虚無僧《こむそう》が、達者に尺八を吹きつつ神田明神前を通り、川のそばにある熊屋の戸を叩いた。今日はずっとのれんを外したままで、料理人も休ませている。

桑嶋の仲間の一人が出て来て、虚無僧を迎え、すぐに戸を閉めた。

中では、桑嶋ら大男達が客席に座り、酒と肴《さかな》を用意して、虚無僧を待っていた。

虚無僧が天蓋《てんがい》を取って顔を現した。四十がらみの目つきの尖った男で、顔に複数の刀傷がある。罪を逃れるため虚無僧になる武士が多いが、男もその一人であるのだろう。

男が、その殺伐とした目を桑嶋に向けた。

「金を盗まれたそうだな」

「はい、両火房様。ひどく情けねえ始末で」

「極楽組に、探すのを手伝わせてもよい。ただしその分の手間代も払ってもらう」

「金が戻りゃあ十分に払えます。どうかわしらを組に入れて下せえ」

「それは上納金次第だが、お前たちの働きは、わしや他の惣頭《そうがしら》たちも評価している」

「え、そりゃ本当ですか」

「うむ。新たな惣頭となるはずだった壮玄烽士《そうげんほうし》が獄死したのでな。代わりに、お前を推す意見も出ておるのだぞ、桑嶋よ」

「そりゃあ、ありがてえことで。きっと、きっとお役に立ってみせまさあ……」

ふいに戸が叩かれた。みな口をつぐみ、動きを止めた。

じっとしていると、またしつこく戸が叩かれた。

桑嶋が目配せし、大男の一人が立って、心張り棒を外し、戸の隙間を開けた。

「今日は店を閉めてるんで……あっ！」

その顔面に分厚い掌が命中し、巨体が壁まですっ飛んでいって倒れた。白目を剝いて気絶している。

でかい掌が、戸を開いた。桑嶋達が一斉に立ち、

「又八⁉　手前《てめ》ぇ、何の真似だ！」

「そこの両火房さんに用があって」

又八が中に入り、後ろ手に戸を閉め、暗い目を、座ったままの両火房に向けた。

両火房が、ほう、と呟いた。

「独り占めにした金を渡し、おのれ一人だけ極楽組に入れてもらうつもりか」

「なんだと！」

桑嶋がわめいた。又八が首を横に振った。

「そうも考えたんですが、盗みに付き合うのは、うんざりだ。それより、あんたを川に沈めりゃ、お仲間の方から来てくれるでしょう」

桑嶋が呆気にとられた。

「手前ぇ……何言ってんだ？」

すっと両火房が腰を上げた。

「貴様ごときが、極楽組を潰そうとでも言うのか？　なぜだ」

「あんたらが正月の火事を起こしたってのは本当ですか？」

両火房が薄く笑った。

「冥土で、焼け死んだ連中に訊け」

又八の前に、桑嶋が立ちはだかった。

「ふざけんじゃねえ。金のありかを吐くまでたっぷり痛めつけてやる」

「隠しゃしませんよ。金は奉行所の庭に放り込んでおきました」

沈黙が降りた。咄嗟《とっさ》に又八の言葉が理解できなかったのである。

だがすぐに桑嶋達がぎりぎりと歯を軋らせた。怒りが激しすぎて声も出ない様子だ。

その彼らがふと真顔になった。今度は漂い出した煙のせいである。ぱちぱち何かが爆《は》ぜる音がした。

「焼け死ぬのはあんたらですよ」

又八が言ったとき、台所の方から、どっと白煙が噴き出し、桑嶋達を驚愕させた。

「こいつ、火をつけやがった！」

桑嶋がわめいた瞬間、又八が手足を激しく繰り出し、男達を次々に弾き飛ばした。土俵上の打たれ坊の姿からは想像もつかない早業である。そうして両火房に飛びかかり、

「死ねっ」

両火房が懐から匕首《あいくち》を抜いて繰り出すのを、左の掌で受けた。刃に貫かれるのも構わず、そのまま両火房の匕首を握る手をつかみ、右手で胸ぐらをつかんで軽々担ぐと、台所へ――白煙の中へ飛び込んでいった。

「ま……待ちやがれ！」

桑嶋が呟き込み、追った。煙が立ちこめる台所へ、ではない。気絶した一人を残したまま、戸を開いて外へ飛び出し、裏口へ回り込んだところへ、

「南町奉行所だ！　神妙にお縄につけ！」

中山と奉行所の面々が走り出て、一斉に桑嶋達を取り囲んだ。

中山達は、突棒《つくぼう》、袖搦《そでがら》み、刺股《さすまた》など長柄《ながえ》の仕寄具《しよりぐ》を突き出し、捕り縄に鎖、鉄笠、粉を相手の目に吹きつける目《め》潰具《つぶしぐ》まで用意したが、恐ろしいことに、桑嶋達の膂力が全てを圧倒した。

長柄をつかんでへし折り、搦め捕られた衣服を引きちぎり、縄をかけた相手を逆に引きずり振り回して川に放り込むのである。

了助も木剣を振るう機会を窺ったが、桑嶋達はあっという間に包囲を突破している。

そしてそこへ、加勢の者達が左右から走り出て桑嶋達の前に立ち塞がった。

「桑嶋富五郎！　須磨浦門下一同が相手じゃ！」

須磨浦親方と志賀之助、および特に体格に優れた、門下の力士六名である。

「退《ひ》けや！」

桑嶋が憤激の声を上げて仲間達とともに突進し、林右衛門達が迎え撃った。

お鳩が見たらさぞ震え上がったであろう、巨漢同士による大乱闘が勃発した。

中山や奉行所の面々も、再び包囲を試みるものの、うかつに手を出せば、たちまち弾

き飛ばされる有様だ。

「火を消せ！　又八と両火房はどこだ！」

光國が、刺股を繰り出すのをやめて、わめいた。

煙が噴き出す裏口へ、同心達が火を消しに飛び込んだが、すぐに出て来て叫んだ。

「竈《かまど》でもぐさが燃えているだけです！」

光國がきびすを返し、

「そういうことか！　表に人を回せ！」

裏口から店内へ入った。了助も追った。煙が渦を巻いていたが火事ではなかった。

どうやら又八は煙に隠れ、両火房を土間に押さえ込んで身を伏せていたらしい。そして桑嶋達が裏口へ回っている隙に、客席のある方へ戻り、堂々と表から外へ走り去ったのである。

光國と了助が同様の経路で店の外へ出たが、果たして又八と両火房の姿はない。

「伏丸を呼べ！」

近くで待機していた伏丸が走ってきて、すぐに手掛かりを発見した。

「血の臭いです」

血痕が点々と続いているのである。伏丸がそれを辿って走るのを、光國、了助、同心達が追った。駆けに駆け、浅草橋の前を通り、大きな川の前で、やっと追いついた。

又八は、右手で両火房の首をつかみ、川縁にぎりぎり足先だけで立たせていた。左手は匕首に貫かれたまま血を流し続けている。

「殺すな！」

光國がその背へ叫んだ。

又八が振り返り、その暗く悲しい目に、驚きの色を浮かべた。

「あなたは……奉行所の方でしたか」

「助力している者だ。そやつを殺すな、又八」

「やっと、楽になれるんです」

手に力を込め、両火房がもがいた。そのまま首を握り砕こうとするのへ、

「キィィィヤアアァァ！」

了助が叫喚を上げ、走り寄った。

又八が両火房を道へ投げ捨て、上段に構えて進み出た。

了助は、その巨体へ猛然と木剣を振るった。どん、と鈍い音がした。振り抜かれる前に、又八があえておのれの脇腹で木剣を受け、血だらけの左腕で抱え込んだのだ。

びくともしない。又八の右手が了助の肩をつかんで押さえ、身をねじって脇の木剣を了助の手からもぎ取った。あっさり武器を奪われ、了助が瞠目した。次の瞬間には軽々と持ち上げられていた。

「了助！」

光國が慌てて駆け寄った。

又八が投げを打とうとした瞬間、了助は素早く身をひねった。見様見真似だった。脳裏では志賀之助の動きが明瞭に再現されていた。

了助が、宙で又八の手を振り払った。自分を捕らえているのが右手だけであったのが幸いし、どうにか脱出できた。そうして無我夢中のまま、志賀之助が蹴ったのとまったく同じ場所に、右のかかとを打ち込んでいた。

又八がぐっと息を詰まらせ、よろめき、どっと背から倒れた。

着地した了助が、落ちた木剣をつかみ、すぐに構え直した。

又八が上体を起こし、信じがたいという顔で了助を見上げた。光國が傍らに来て、一喝するように告げた。

「お前の負けだ、又八！」

又八がうつむき、その太い両肩が、がくりと落ちた。

光國は、了助を称えるように、肩に手を当てた。それで了助も構えを解いた。

「あれを見たか。了助が又八さんを倒しおったぞ」

後から仲間と一緒に駆けつけてきた志賀之助が、満面に笑みを浮かべて、了助のそばに歩み寄って言った。

「な、無手でも強いに越したことなかろ」

「はい」

了助は、相手の笑顔も真似しながら、

「相撲を教えてくれてありがとうございます」

そう言って、丁寧に頭を下げた。

六

「わしは、人を死なせたのです……」

というのが、又八の告白であった。

正月の大火の際のことである。

慌てて家財を戸棚と葛籠に詰めて背負い、逃げ出したが、同じく逃げ惑う群衆に囲まれ、身動きが取れなくなってしまった。押し寄せる火への恐怖が、又八を獣にした。無我夢中で人々を押しのけ、塞がる門すらその膂力で押し開いた。

そうして無事に生き延びたのだが、それからしばらくすると、当時の記憶が鮮明によみがえるようになった。

押しのけられた女が子どもを抱えたまま、恐怖で目をまん丸にしながら堀に落ちていった。老人が又八の手で押し倒され、群衆に踏まれて動かなくなった。

おのれ一人が生きるためにしたことが、そばにいた者を死に至らしめたのだということを遅れて理解し、後悔の苦しみに苛《さいな》まれた。いったい何人が、おのれがいたせいで死んだのか。毎夜、その数を数えた。数えるたび増えていった。何十人。何百人。おのれが通ったせいで死なせた。その思いで気がおかしくなりそうだった。

荒れに荒れた。仕事仲間と喧嘩をして大工仕事を失った。そんな又八に桑嶋が目をつけ、仲間に誘った。興味がなかった又八だが、

「江戸は火に弱《よえ》え。そいつを利用して大稼ぎしてんのが極楽組だ。何でも、先の大火事は、そいつらの仕業《しわざ》だっていうぜ」

桑嶋のその言葉に衝撃を受けた。あれは放火だった。そのせいで、何万という人死にが出た。この自分も、大勢を死なせることとなった。

その集団を見つけたかった。自分が死なせた人々への詫びとして、一人残らず首を折ってやれ。そう決めたとき、初めて心が楽になった――。

「……なるほどねえ」

東海寺で、一件の始末を聞いていた罔両子が、のんびりとうなずき、

「極楽組を追うために、あえて悪党の配下となったわけですか。強盗を働きながら、人を助けたりしたのも、そういう理由があったんですねえ」

しみじみと、又八の人相書きを眺め、それから光國と中山へ、

「それで、お咎《とが》めはなしに？」

と訊いた。

「かねてから、我らが潜り込ませていた密偵であった……と、そのように口裏を合わせることにしました」

光國が言い、中山が続けた。

「一味に加わったのは事実ですが、奪われた金の多くが又八のおかげで戻り、桑嶋一味も両火房も無事に捕らえました。それに又八は結局、誰も殺《あや》めておりませぬ。火事での混乱を咎めれば万人が裁かれますし、むしろ又八のおかげで生き延びた者もいます。今後も私達に協力するということを、いわば科料にしての条件つきの放免です」

「でもその人、死にたいんでしょう？　最初から奉行所に訴え出なかったのも、桑嶋一味や極楽組と争って、喧嘩死にしたかったからじゃないですかねえ」

罔両子が指摘すると、

「それについても、了助の手柄ですぞ、お坊」

光國が誇らしげに言った。

「別に……、そんなんじゃないけど」

了助が、巳助、お鳩、亀一、伏丸の四人に注目され、頭を掻いた。

みなで桑嶋一味が根城にしていた店に戻り、そこで又八が手の傷を手当てされ、粛々と告白を終えた後のことだ。

「極楽組のことは、皆様にお任せします。勝手なことをしてお詫びのしようもありません。ですが、わざわざわしなどを吟味して首を刎《は》ねるようなご面倒は、おかけせぬつもりです。おのれの始末は、おのれでやります」

思い詰めた顔で自害をほのめかす又八に、了助がぽつりと言った。

「火事のとき、おれの周りでもみんなが死んだ」

又八が、目を細めて了助を見た。

「おれを守って死んだ人は川に流されてった。おれも死ぬんだと思ったけど……でも、あのとき諦めて死んでたら、命を惜しく思ってた人達に、申し訳ないことになってたって思う」

了助の言葉に、又八が何か言い返そうとしたが、結局、黙って悲しげにうつむいた。

「おれ、芥運びしながら、供養してた。又八さんもしたら良いよ。死ぬんなら、沢山《たくさん》謝って、生きてることに感謝してからにしなよ」

又八が、ぐすっと洟《はな》をすすった。まるで大人と子どもが逆になったようだった。

志賀之助が了助の頭を撫で、言った。

「この子の言う通りじゃ、又八さん。そんだけ、おのれを打ち懲らしめりゃ、もう十分じゃろ」

こうしたやり取りがあり、又八がどう思ったにせよ、自害する気はなくなった様子であった。

「優しいんですねえ」

罔両子が感心した。

「うん。又八さんは優しいよ。相撲であんまり勝とうとしないのも、争うのが得意じゃないからだって林右衛門さんが言ってたし」

「あなたのことですよ、了助」

罔両子に言われ、了助はきょとんとなった。その様子にみなが笑った。

「別に……、おとうに教えられただけだ」

了助が、頬を赤くし、毬栗頭《いがぐりあたま》を掻いた。

光國が、虚を突かれて笑みを強ばらせた。

命を惜しく思ってた人達に申し訳ない。その考えをどこで了助は学んだか。

(なぜでございますか！)

卒然と、死者の声がよみがえっていた。

(落ちぶれたとしても、命を惜しく思うことは万人と同じでございます！)

しいて笑顔を保った。

怪しまれてはならない。決して悟られてはならないことだった。

光國は、おのれを罰した又八のことを思った。供養のことを。その行いがなければ自分もどうなっていたか。東海寺の墓地の一角にある無縁仏の墓を思いながら、

――すまぬ。

光國は、こらえきれず心の中で呟いていた。

――すまぬ、許してくれ。

以前も今も、死者からの返答はなかった。

それからしばらくして、品川明神でも、勧進相撲が行われた。林右衛門の門下一同も参加したが、又八の姿はなかった。

相撲取り達が四股を踏むのは破邪《はじゃ》のため、みなの罪穢《つみけが》れを祓《はら》うためだという。光國は了助や拾人衆の子どもらと一緒に見物しながら、気づけば、どうかおのれの罪も祓われんことを、と祈るのをやめられなくなっていた。

これよりのち、明石志賀之助は東国一の大関として、京で東西雌雄の勝負に挑むこととなる。

そこで見事に勝利を収めたことで、朝廷から「日下開山《ひのしたかいさん》」の称号を賜《たまわ》ったことから、やがてはるか後世において「初代横綱」とみなされ、富岡八幡宮の横綱力士碑に、その四股名が刻まれるのだった。

# 天姿婉順

# 一

今日は、木像の機嫌が良いように感じた。

了助《りょうすけ》は、はたきで優しく埃《ほこり》を払ってやりながら、しげしげと大きな木像を見上げた。おとうにそっくりな、らかんさんだ。亡き叶慶《うんけい》の手による最後の羅漢像である。

深沈《しんちん》と何かを考えているようなその面貌が、今は微笑《ほほえ》んでいるようで、了助は嬉しくなった。自分が真面目に寺の務めをこなすだけでなく、武芸や学問にも興味を持つようになったことを、偉いと思ってくれているのかもしれないと、なぜかそう感じた。

「おれ、字を覚えたんだよ、おとう」

了助ははたきを置き、壁に立てかけていた木剣を取って台座から土間に下りた。これまた叶慶から与えられた、「不《うてな》」と刻まれたその漆黒の木剣の先で、

「了助」

と金釘流《かなくぎりゅう》で書き、また木像を見上げた。

――すごいな。

木像がそう言ってくれた気がした。

「いろはと勘定の仕方は、おとうと三吉《さんきち》のおやじさんが教えてくれたし、それだけでいいと思ってたけどさ。今おれ、千字文《せんじもん》とか教わってんだ。むつかしくって、なかなか覚えらんないけど、嫌いじゃないよ」

了助は土間に書いた字を足で消し、続けて、「吹毛剣《すいもうけん》」と書いた。

褒美として罔両子《もうりょうし》からもらうことになった掛け軸の字だ。了助はそれをもらえると思っていなかったのだが、罔両子のほうは渡すのが当然という顔でいたものだ。

自分の坊の壁に飾って毎日見ているので、今では難なく書ける。続いて「不動」、そして「東海寺《とうかいじ》」と書いてみせた。

寺の者の中には、物言わぬ木像を生者に見立て、一方的に話しかける了助を奇異に思う者もいた。伏丸《ふしまる》などはあからさまに、

「本当に返事が聞こえたら怖い」

などと気味悪そうにするのだが、了助にとっては自然なことだった。

無宿生活のときも長屋暮らしのときも、おとうの形見である懐刀と小石に向かって話しかけたものだ。

「おれ、どこまで教わろう。そのうち、もういいやって思うようになるかな」

どうやら寺の学問は果てしなく続くものらしいのだ。修養に励んで終わりがない。そ

もそも了助には僧になる気などなかった。

拾人衆《じゆうにんしゆう》として働くうち、おとうの仇《かたき》と出くわすかもしれない、という淡い期待と、吽慶の手になる、おとうの木像。この二つが了助にとって、自分が寺にいるはっきりとした理由である。逆に言えば、それ以外に理由がなかった。そう思うと、いずれ寺を出て行くだろうという漠然とした予感と同時に、妙な寂しさを覚えた。了助はその寂しさを、おとうの木像と離れるせいだと解釈することにしていた。

「おれがいなくなっても、おとうはここで大事にされるかな。こうして誰か話しかけてくれるかな」

了助は書いた字を足で消し、木剣を手でもてあそんだ。寂しさだけでなく、申し訳なさも感じている自分にふと気づいて言った。

「おれが出て行くとき、ちゃんと誰かに頼むよ。大事にしてくれって……」

「出て行くなんて馬鹿だぞ、了助」

だしぬけに声が湧いた。

まさに記憶の中のおとうの声だった。

了助は息を呑んで棒立ちとなり、それから、誰の仕業《しわざ》か察して溜息をついた。以前にも聞かされたことがあるのだ。

「ただの寺じゃないんだ。ご公儀からお務めを頂けるんだぞ。大きくなれば職も頂けるし、それにきっと婿入りや嫁入りだって……」

声が続けようとするのを、了助が遮《さえぎ》った。

「お鳩《はと》、お前だろ」

沈黙が下りた。木像の後ろから、町人の出で立ちをした綺麗な娘が出て来た。

「もう、せっかくやってあげてんのに」

むっとして、いわざるのお鳩が言った。得意の声色《こわいろ》で、おとうの声を再現したのだ。

「お堂に入ったの気づいてないと思ったのに」

確かに、まるで気配を感じなかった。

「お前かなと思っただけだよ。いつ入って来たか、わかんなかった」

お鳩が自慢げに指を立て、姉が弟に何かを教えるように言った。

「隠形《おんぎょう》っていうの。気づかれないように動く技。拾人衆なら覚えなきゃ」

「ふうん」

「まだまだ覚えたほうがいいことといっぱいあるんだから。字だって下手くそでしょ」

「そのうち上手くなるよ」

今度は了助がむっとなるのへ、お鳩が可愛い眉をひそめた。

「なんでそんなに出て行きたがるの？　本当に馬鹿なの？　行く所なんかないでしょ」

なくてもいいじゃないか。そう言いたかったが、了助は口をつぐんだ。ここにいたら自分が弱くなるから出て行きたいんだ。もしそんな本心を告げたら、拾人衆全員を馬鹿にしたとお鳩に思われて怒られるかもしれなかった。

「馬鹿だからだよ。それでいいじゃないか」

代わりに卑下したが、結局、お鳩の怒りを招いたのが表情から見て取れた。

「恩知らず。臆病者。拾人衆の仕事が怖いんならそう言えばいいじゃない」

「別に怖くないよ」

「じゃ、そんなにあたし達が嫌いなんだ」

そう返されるとは思わず、了助は困惑した。

「違うよ」

「だったら――」

「いいんですよ、出て行っても」

別の声が割って入った。京訛りの江戸弁だ。了助とお鳩が振り返ると、罔両子が裸足《はだし》で立ち、のほほんとした顔で、戸口に肩をもたせかけている。

「罔両子様っ！」

お鳩が、いよいよ了助が追い出されるのかと不安をあらわにしてわめいた。

「ただねえ、最近は、無宿人の取締りも厳しいようですよ。でも、廻国《かいこく》巡礼の通行手形があれば問題ないでしょう。修行者なら捕まりませんし、どこに住んでも文句は言われません」

「え？　それ、おれにくれるんですか？」

了助は目を丸くした。そんなに便利なものがあるとは思いもよらなかった。褒美として実際に掛け軸をもらった経験から、罔両子がわざわざ嘘をつくとも思えない。

その横で、お鳩がきょとんとしていた。こちらは、そんなものを罔両子がたやすく授けるわけがないと知っているのだ。

「禅を学べばね。そうでない者に、通行手形を与えたとお上《かみ》に知られたら、私が罰せられます」

「学ばせてくれるんですか？」

「もちろん。一応、禅寺なんですよ、ここ」

「おれ、学んでもいいですか？」

「ええ、どうぞどうぞ」

何か変だった。にこやかな罔両子のおもてを見つめた。了助は肝心なことを訊いた。

「どれくらい学べばいいんですか？」

「本人次第です。要領が悪ければ何年もかかります。要領が良ければ、すぐにも差し上げます。一つ試してみましょうか。最初ですからね。簡単な問答から始めましょう」

「はい」

「柔弱《よわ》くとも剛毅《つよ》く、剛毅くとも柔弱いものを何でもいいから一つ見つけて下さい」

了助は絶句した。何を言われているのかさっぱりわからなかった。これが、臨済宗における問答を、了助が初めて体験した瞬間となった。

「見つけたら言って下さいね」

罔両子が気楽な調子で戸口から身を離し、肩越しに門の方を振り返った。そちらから馬が砂利《じやり》を踏む音が幾つも聞こえてきていた。

「水戸《みと》の子龍《しりよう》様が到着されたご様子。さ、あなたたちも来なさい」

そう言って本堂へ向かう罔両子に、了助とお鳩がついていった。

「よわくて……つよくて……？」

わけが分からない了助を、

「あーあ、そんなんじゃあ、出て行けないいね」

お鳩が、さも満足げに笑った。

馬小屋には馬が何頭もつながれ、足軽や中間《ちゆうげん》が茣蓙《ござ》を敷いて主《あるじ》の帰りを待っている。光國《みつくに》ではなく、阿部《あべ》や中山《なかやま》の従者たちだ。まだ藩主でもない光國が、大勢お供を連れ歩くといったことはまずない。が、この日は一人の藩士を連れていた。

お堂の前で、了助達が、その光國と藩士と合流した。

藩士は、両刀を差した、立派な体軀の男だ。了助に摺《す》り足《あし》を教えてくれた、水戸家の剣術指南・永山周三郎《ながやましゆうざぶろう》である。

「こんにちは、御曹司様、永山様」

了助とお鳩が揃って礼をした。本来、相手の身分を考えれば、距離を取ってひざまずくべきだが、そうするとかえって、

「面倒な礼は無用。わしの顔を見て話せ」

と光國が不機嫌になるので、一緒にいる男にも、簡単な礼をしただけだ。

「お前たち、先日の働きは見事であったぞ」

光國が開口一番に誉《ほ》めた。お鳩が小さく肩をすくめた。自分は活躍の場がなかったことを不満に思っているのだ。

「ありがとうございます」

了助がまた頭を下げるのへ、

「力士を蹴り倒すとは修行に不足なしだな」

永山が微笑んで言った。

「教わった通りに練習してます」

了助はそう返しつつ妙な気分を味わった。永山が、神妙な顔つきで、力を込めてうなずいたからだ。張り詰めた気配が漂っており、それを隠そうともしていなかった。

「さ、話は部屋へ入ってからにしましょう」

罔両子がみなを促して石段を登り、懐《ふところ》から雑巾を取り出し、左右の足の裏をさっさっと拭いて、放り投げた。

若い坊主がさっと現れ、雑巾を宙でつかんで走り去った。

「……あれは何の修行なのだ？」

光國が、了助とお鳩に訊いたが、二人とも、さあ、としか返せない。罔両子が弟子たちに与える課題に、どんな意味があるか、二人とも知らなかった。もしかすると雑巾をつかむ方も、知らされないままやっているのかもしれない。

いつもの奥の部屋に入るや、罔両子以外の人間が、一斉にぎょっとなった。

部屋には、中山、阿部〝豊後守《ぶんごのかみ》〟忠秋《ただあき》、いざるの巳助《みすけ》、きかざるの亀一《かめいち》がすでにいたのだが、その周囲に異様なものが並べられているのだ。

地獄絵図の屏風《びょうぶ》だった。しかも四隻もあり、おどろおどろしい絵に囲まれた中山や阿部の面持ちも少々青ざめているように見えた。

「お……お坊、これは何ですか」

呆れ顔で尋ねる光國へ、

「屏風ですよ」

罔両子がしれっと返した。

「それはわかりますが……」

「四門《しもん》地獄の絵図だそうで。なぜかうちの寺にありましてね。たまに風に当てないと黴《かび》が生えますから」

了助は作法通り木剣を脇に置き、お鳩と並んで巳助や亀一のいる位置に座った。

お鳩は怯《おび》えた顔を床に向け、屛風を見ないようにしている。だが了助は、逆にそれらに目を奪われていた。

熱灰の中を歩かされる煻煨増《えぞう》。

刃の枝葉を持つ樹に貫かれる鋒刃増《ぶじんぞう》。

沸騰した灰水の河に溺れる烈河増《れっかぞう》。

糞尿の河に棲む虫に喰われる屍糞増《しふんぞう》。

いずれも陰惨極まる絵だが、それゆえ逆に目を引いた。了助は中でも刃の葉を持つ樹の絵に目を釘付けにされた。そんなしろものはそれまで想像したこともなかった。

「剣葉林《けんようりん》、あるいは剣樹《けんじゅ》というそうですよ」

罔両子が、了助の視線を察して言った。

「ほしいですか？　よく働いたらご褒美にあげましょうか」

了助は慌てて首を横に振った。「吹毛剣」の掛け軸ならともかく、こんなものを置かれては了助が同房の者たちから憎悪されてしまう。

「何か我らに示唆《しさ》すべきことでも……？」

阿部がやんわり訊いた。できれば屏風を片付けてほしいと思っている様子だ。

「地獄も極楽も、人の心から生ずるもの」

囧両子が涼しげに言った。実際に地獄のただ中でも同じ顔をしていそうだった。

「こんな風にならないようご注意下さいね」

しごく気楽な調子だが、それでいて、何かを深刻に警告しているようでもあった。

やや間の長い沈黙のあと、阿部が空咳《からせき》をした。

「して、捕らえた両火房《りょうかぼう》の件だが……」

中山がすぐさまうなずいた。

「しぶとい男でして、たまたま店に入ったところ、騒ぎに巻き込まれただけと言い続けております。そのくせ、つるを首にかけた袋に入れておくなど、周到に用意をしていました」

つるとは、入牢時、挨拶代わりに渡す金子《きんす》のことを指す。これがないと牢内で私刑に遭《あ》い、ときにはそれで死ぬこともあった。

金子を受け取るのは牢名主である。小伝馬町《こでんまちょう》の牢屋敷では、それぞれの房で、役人に都合の良い囚人が牢名主となり、秩序維持を担っている。

むろん、囚人が勝手に囚人を殺すことはまかりならず、私刑にはそれ相応の理由を報告せねばならないが、それとていかようにも理屈をつけることは可能である。

「しかも極楽組は、こちらが思っていた以上に悪党どもの間では評判の様子。下手をすれば、やつが牢名主となりかねません」

「余裕ゆえ、いまだ本名すら吐かぬか……」

光國が唸《うな》るように言うと、中山が双眸《そうぼう》を冷たく光らせた。

「時間をかけて責め抜き、吐かせます」

だが光國と阿部がそこで顔を曇らせた。

「評議では、難しいことになるやも、な」

阿部が言った。老中間の評議のことだ。

中山が口をつぐみ、目を膝元に落とした。

難しいこと、というのは、幕閣の判断で、両火房の身柄が〝お預け〟にされることを意味した。そうなれば光國も中山も、それ以上の関与を封じられ、極楽組という、江戸で火つけ強盗を企む者たちに通ずる手掛かりも失われることとなる。

「なにゆえ、そのような……」

中山が呻《うめ》くのへ、阿部が言った。

「それほど重大事とみなされているのだ。何しろ先の大火の真相を知っておるかもしれぬのだからな」

中山は下を向いたままだ。ならばなぜ自分たちに任せないのかと内心で憤懣《ふんまん》を煮え立たせているのは明らかだった。

「機会は残されておる。今すぐ両火房の身柄が奪われるわけではないぞ、勘解由《かげゆ》よ」

光國が言い、中山の顔を上げさせた。

「一件で、我が父が評議に加わり、ひとまず、身柄を引き取る手はずとなった」

「引き取る、とは……水戸家で？」

「そうだ。期間は十日もないが、そこで吐かせれば、両火房は引き続き我らが預かる」

「我が手管《てくだ》の全てを用いて、やり遂げてみせます」

たちまち中山が勢い込んだが、光國はそこで傍らの永山を見やって言った。

「が……どうにも妙なことが出来《しゅつたい》してな」

阿部が嘆息した。これまた事情をすでに知っているのだ。その阿部の様子をちらりと目で窺《うかが》いつつ、中山が慎重な態度で訊いた。

「妙とは……いかなることが？」

「両火房の身柄を巡る評議のさなか、この永山に辻斬《つじぎ》りの疑いがかけられたのだ」

光國は言った。中山が、細い目を丸くして永山を見た。

「まことに情けなきこと」

永山が額に幾つも皺を浮かばせて言った。

「かくなる上は、この腹を切って潔白を示すほかありませぬ」

これにはみなが驚いた。了助も呆然となった。丁寧に武芸を教えてくれた、いかにも立派な剣士が、いきなり切腹すると言い出したのだ。罔両子がふっかけた謎々と同じくらい、わけがわからなかった。

「ならぬと言うたはずだ。この程度で家臣に腹は切らせぬ。そう父も考えておる」

光國が厳しく言った。開府よりこの方、泰平の世になってむしろ切腹が流行するようになっていた。殉死であったり、喧嘩沙汰であったりと、理由は様々だが、戦国の世であれば、なんでそんな理由で、と思われるようなどうでもいいことでも腹を切ってしまうのだ。合戦がなくなり、武士の活躍の場が失われた反動の一つと言えるだろう。

幕府も、大したことのない過失で、気を逸《はや》らせて腹を切ったり切らせたりすることを厳しく戒めるようになっている。しかし、うつむく永山の総身は、すでに壮烈な覚悟をみなぎらせ、藩主の意に反してもやってのけると無言で告げていた。

「仔細《しさい》をお聞かせ頂けましょうか？」

中山が、話が見えぬ様子でそう尋ねた。

「上野から千住界隈《せんじゅかいわい》にかけて、三件もの辻斬りが立て続けに起こった、とのことだ」

光國が苦々しげに言い、中山がうなずいた。

「噂は聞いております。斬られた者は、武士が一名、町人が二名。滅多《めった》斬りだとか」

「奉行所の検視によれば、全ての骸《むくろ》のそばに、下手人のものと思《おぼ》しき品が落ちていたそうだ。折れ曲がった刀、小刀、そして鞘《さや》がな」

「鞘ですと？」

中山が呆気にとられた。

「そうだ。ご丁寧に鞘を置いて行ったのだ。そして三つの品の拵《こしら》えから、下手人の疑いをかけられたのが、この永山だ」

永山が顔を強《こわ》ばらせてうなずいた。

「まるで身に覚えのなきこと……なれど、それらの品は確かに、私が棄《す》てたもの」

「刀を棄てた……」

中山が言いさし、はっとなった。

「先の大火で……」

光國はうなずいた。

「大火の際、わしは家人《かじん》に、できるだけ荷や家財のたぐいは棄てよと命じた。永山はわしの命に忠実に従い、父親の形見である刀をあえて放置したのだ」

言いつつ光國の脳裏には、そのときの光景がまざまざとよみがえっている。

屋敷に火が襲いかかったとき、父は御城に詰めており不在だった。全ては光國の差配にかかっていた。判断を誤れば一族が焼け死ぬ。そのときの緊迫感は、今思い出しても総毛立つほどだ。

「水戸家が、一人の落伍者もなく退避できたのも、家財の大半を捨てたからこそ」

「なるほどねえ。お宝よりも人の命が大事……と考える方がおられる一方、棄てられた物こそ大事、と考える人たちもいますねえ」

罔両子が、ふむふむとうなずく傍らで、阿部が峻厳《しゅんげん》な顔つきで宙を見つめた。

「大火で大勢が逃げ惑うなか、火事場泥棒を働いた者は数知れず……。大名は盗みの被害を恥とするため、火事跡に財宝の残骸が見つからずとも届け出ぬが、実際その被害は莫大。しかも、盗みは死罪のはずが、火事場ではその限りにあらず」

これは、押し入って盗んだ者、着衣などを無理やり脱がせて奪った者を、死罪とする通例によるものだ。

扉や塀などで閉ざされた場所に侵入して盗む。錠を施された長櫃《ながびつ》などをこじ開けて盗む。あるいは身に帯びていた衣服や物品を奪う。いずれも死罪である。

だが、誰でも入れる場所で、錠のたぐいを破らず、誰かが身につけていたものを奪ったのでなければ、死は免《まぬが》れる。それどころか、入墨や敲《たた》きの刑もなく、江戸追放で済む場合もあった。

ゆえに、火災で放置された家に侵入し、物品を盗んでも、死罪にはならない。のち、江戸で火つけが猛威を振るうことになる理由の一つである。

そのことをかねがね予期する中山が、

「先日死罪となった桑嶋《くわしま》一味の話では、極楽組は先の大火で荒稼ぎし、途方もない財を手に入れたとか。今後も火をもって稼がんとしており、桑嶋のような者たちを糾合《きゅうごう》して配下を増やし、自らは死罪を免れる算段をしているのでしょう。そして今……」

そこでふと声をひそめ、あとを続けた。

「盗んだ刀で無辜《むこ》の民を殺し、その咎《とが》を水戸様の家臣に押しつけた……水戸様への両火房お預けが決まった矢先に」

大人たちが口をつぐんだ。敵の動きは的確で早すぎた。両火房捕縛に水戸家が関わったこと、その身柄の預け先。いずれも漏れた可能性大である。だが中山も知らなかった老中の評議の内容が、たやすく漏れるはずがない。

——老中、あるいは老中とつながりのある者が、極楽組に通じているのではないか。

そう考えて当然だが、幕府を支える重鎮たちへの疑いを、うかつに口にできるものではない。何より阿部もその一人なのだ。それこそ、そのような疑いを生じさせようとする、何者かの意図があるかもしれなかった。

「永山殿にかけられた嫌疑が、両火房のお預けに影響することはありますか?」

ややあって中山が話題を変えた。

「あろうな。我が水戸藩は永山の件に専念し、両火房のことは幕閣に委《ゆだ》ねよ、となる。

が……その件で、さる人物から、話がしたいと言われておるのだ」

「話……どなたからでしょうか？」

「会津公《あいづ》、保科《ほしな》〝肥後守《ひごのかみ》〟正之《まさゆき》」

中山が息を呑んだ。岡両子でさえ目をみはっている。阿部はすでに聞いているらしく口を引き結んだだけだった。

二代将軍秀忠《ひでただ》の血を継ぎ、亡き異母兄にして先代将軍家光《いえみつ》から絶大な信頼を受けた人物である。幕閣すら動かせる立場にありながら、本人は常に一歩引き、四代将軍家綱《いえつな》の補佐に徹しているというのがもっぱらの評判だ。

「先の大火で焼けた天守閣を、再建無用と決めた御方とお聞きしています」

中山がますます声を低めた。これは光國も、噂として知ったばかりのことだった。

子どもたちは、なぜ御城の話題が出るかわからず怪訝《けげん》な顔でいる。中山からすれば、幕府の中心たる御城のことをも決定しうる人物が出てくるとなれば、今回の件にも大きな影響を与えると懸念しているのだ。

「今は戦《いくさ》の世ではないゆえ、人民の慰撫《いぶ》に財を費やすべきと建言したのであり、会津公が独断で決めたわけではない。幕府内の和を重んじる、話のわかる御仁でな。今回の件も、わしから良きように話すつもりだ」

光國は、心配せず自分に任せろ、と言ってやったつもりだが、中山に気の晴れる様子はなく、そのまま解散となった。

「両火房を移す際、働いてもらうだろう」

光國が子どもらに言ったが、拾人衆のお務めがどうなるかもまだ不明だった。

そうして光國たちを見送ってのち、

「地獄って、本当にあるんですか？」

了助が、真面目に罔両子へ尋ねた。

「どう思います？」

逆に聞き返され、了助は口ごもった。

「え……、わかりません……」

「なぜ訊きたくなったのです？」

さらに質問が来た。了助は頭をかき、

「地獄も極楽も人の心から生まれるって言ったから……、どういうことか知りたくて」

「ではそれを二つ目の問答にしましょう」

「え？」

「答えを思いついたら教えて下さいね」

罔両子がにっこりした。途方に暮れる了助の横で、お鳩がくすくす笑っていた。

二

　もしかすると罔両子は気づいているのではないか。光國は、しつこく脳裏に残る地獄絵図の屏風を追い払おうとしながら、ふとそう思わされていた。

　光國が、東海寺の敷地にある無縁仏の墓を供養していることを。その墓に誰が眠っているのかを。

　まさか、思い過ごしだ、と光國は自分にいい聞かせた。罔両子が、生前の先代住持《じゅうじ》から詳細を聞いたという様子もない。もしそうなら、光國に何か言ってきそうなものだ。

「地獄か」

　ぼそっと呟《つぶや》いた。隣で馬を進める永山が目を上げて尋ねた。

「いかがされましたか？」

「地獄は四門、八大、十六小地獄と無数にあると聞く。だが、極楽のほうはどうだ？」

「阿弥陀仏が広大無辺の極楽浄土を築き、今も説法をしているとしか存じませぬ」

「仏門によっては、凡夫は真の浄土には往生することができず、それより劣る浄土に往生するという」

「はい。どう違うのかはわかりませぬが」

「わしもだ。絵図にしたところで、真も劣も、百千万の宝で飾られた場所に違いはない。地獄のほうがよほど多彩で、人の心をかき立てるとは皮肉なものだ」

「は……」

「敵が極楽組を名乗るなら、こちらは閻魔《えんま》組とでも名乗ってやろうか」

光國の諧謔《かいぎやく》に、永山が渋い笑みを返した。やはり嫌疑のことが気を曇らせているとみえ、快活な笑顔からはほど遠い。光國とて朗らかな気分ではなく、晴れやかな蒼天の下にいながら、二人とも重たい気分を抱え、御城の桜田門《さくらだもん》前に着いていた。

会津藩の家老直々《じきじき》に出迎えてもらい、茶室に案内され、刀を預けてにじり口をくぐると、中では、三人の男が座って待っていた。

茶を点《た》てるのは、当主の保科正之だ。壮健なる四十七歳。意外なほど逞しい体軀だが、それを誇示することなく、ゆったりと落ち着いた坐相《ざそう》をしている。光國はこの人物の坐り姿を見るたび、波一つなく、底知れない水面《みなも》を連想させられた。温和に見えて苛烈な武人の面も持ち合わせているのだ。四代家綱の将軍宣下《せんげ》の際など、

「将軍就任に異議あらば、御宗家《ごそうけ》に代わり、会津が一戦、お相手仕る《つかまつ》」

と諸大名に威《おど》しをかけたという。

「お二人とも、ようこそおいで下された」

その正之が慇懃《いんぎん》に歓迎し、光國と永山を、先に来ていた二人と対面させた。

一人は正之よりもずっと老齢の武士であった。ひいでた額と薄く白い眉の下で、吊り上がった三白眼《さんぱくがん》が冷たい光をたたえており、周囲の人々を片っ端から萎縮させようとするような雰囲気の持ち主だ。

「中根正盛《なかねまさもり》にございます。御曹司様とその御家臣におかれましてはご機嫌麗《うるわ》しゅう」

男が名乗った。丁寧だが、声音《こわね》にまったく血が通っていない。薄い唇も血の気がなく、白っぽかった。

「大目付たる壱岐守《いきのかみ》殿と、ここでお会いするとは思いもよりませんでした」

光國も淡々と言った。

中根〝壱岐守〟正盛は、五千石の旗本である。歳は七十のはずだが矍鑠《かくしやく》として坐相にも緩みはない。

元は家光の側衆《そばしゆう》の一人で、のち家光直々の人事により幕閣や本来の奉行職とは別に、幕府行政を監察する大目付の地位に就いた男だ。とっくに隠居しておかしくない年齢だが、今も子飼いの与力二十余騎を使役し、公儀隠密《おんみつ》を束ね、諸大名の監視を主な務めとしているという。

「中根殿には、私から同席を請いまして、ありがたくもお越し頂いたのですよ」

正之が言うと、中根が小さく頭を下げた。たとえ相手が正之であっても、へりくだる様子はなく、むしろ傲然《ごうぜん》としているといっていい。先代将軍の側衆としての自負か、それとも対面するこちらに思うところがあるのか。その両方だろう、と光國は考えた。

「また、こちらは我が客分であります。龍造寺《りゅうぞうじ》家お血筋の方で、伯庵《はくあん》殿と申されます」

正之がもう一人を紹介した。

こちらは怜悧《れいり》を絵に描いたような、細面《ほそおもて》で頬骨の高い美男である。見るからに若々しく、簡素な僧服をまとっているが、髪は肩の上で切り揃えられており、僧というより、どこぞの裕福な医師といった様子だ。

「龍造寺というと佐賀《さが》の……」

光國が言葉に気をつけて言った。

龍造寺は本来、佐賀藩の藩政を司《つかさど》る家だった。しかし藩主の力不足を憂《うれ》えた家臣が、鍋島《なべしま》家を頼ったため、いつしか藩主の座を失ったのだ。

「はい。お家の再興を願って江戸に住まい、今は肥後守様にお世話になっています」

伯庵が言った。上品な態度で、弱々しさはなかった。理知的で、どこか雅《みやび》だった。

「さようですか」

光國は短く応じるにとどめた。この穏やかな男は、ただの客分ではない。光國の記憶が正しければ、龍造寺の復権を執拗に訴えたことでかえって幕府に疎《うと》まれ、会津お預けの沙汰が下された人物だ。下手をすればお家騒動になることから、佐賀藩ではこの伯庵の暗殺が真剣に議論されたとも言われている。

正之が、改めて光國と永山のことを彼らに紹介し、

「まずは喉を潤《うるお》して下され」

この席を設けた意図を告げぬまま茶碗を回した。めいめい茶を喫し、それなりに寛《くつろ》ぐような雰囲気になったところで、正之がすっと背筋を伸ばして言った。

「近頃、御曹司様の配下が忍《しのび》を捕らえましたが、それは中根殿の配下でありました」

だしぬけもいいところである。光國と中根の双方の意表を衝《つ》き、拍子抜けさせることで、いがみ合うことのないようにしようという正之の意図がはっきりあらわれていた。

「そういうこともありましたな。なるほど。そうでありましたか」

光國は、そんなことは忘れていたというふりをして正之に付き合った。

むろん、丹前風呂の一件で捕らえた忍を、横からかっさらわれたことについては今も腸《はらわた》が煮えくりかえる思いがする。しかし、中根が唇をへの字に曲げるのを見て、その理由についても正之が開示する気でいるのがわかった。

「中根殿は、幕政安泰のため、配下の者を市中および各地に遣《つか》わしています。そして、先の大火を利用し、盗みや殺生《せっしょう》を働いた徒党についても調べておられたところ、御曹司様の配下と行き会った、という次第。そうですね、中根殿？」

「仰《おっしゃ》る通りにござる」

中根がそれだけ言って黙り込んだ。

——貴様も大火を利用せんとしたはずだ。

光國は、うっかり怒鳴りそうになるおのれを抑えた。

中根は、由井正雪《ゆいしようせつ》の謀叛《むほん》の計画を、紀伊藩に結びつけた張本人と目されている。紀伊藩をはじめ、武断派と呼ばれる一派を幕政から追い出すためだ。もっと言えば、御三家を宗家から遠ざけ、側衆と老中のみで幕政を支配せんとする策略だった。

今回も、大火の背後に火つけの犯人がおり、その火つけに、御三家ないし武断派が関わっているとでっち上げたいのではないか——。

「大火を起こしたと吹聴《ふいちよう》する徒党もおるようですな」

だが光國は、あえてそれだけを指摘した。その一員である両火房を引き渡しはしないという意思表示でもある。

「そうした徒党が悪事を働くばかりか、謀叛をはかることを、幕臣たる我らが一丸となって防がねばなりません」

正之が割って入った。口調は平静だが有無を言わせぬ迫力を秘めている。

「……むろんのこと」

「大いに同意いたします」

中根と光國が視線を落とし、互いを見ぬまま言った。

「して、御曹司様が目付をしておられる拾人衆が、火つけの一味を捕らえた功は疑いなきこと。まず御曹司様方が尋問し、いかにも難儀とならば、別の算段をはかるのが良いと思われます」

正之が言った。自分の考えを述べるようでいて、まるで裁きを下すようであった。

中根がまた僅かに口を開いたが、正之が、そのおもてを真っ向から見据えて続けた。

「また、永山殿にかけられた嫌疑につきましては、ぜひ、こちらの伯庵殿の見解をお聞き頂きたい」

中根が眉間《みけん》に皺を寄せ、その男を怪訝そうに見た。

光國も、ここでそう来るとは思わず、何が始まるのか読めぬまま、永山とともに困惑の面持ちで伯庵を見つめた。

「大した見解ではありません。多少なりとも頭が働く者にとっては自明の理。ともあれ皆様のお役に立てるよう、なるべく簡潔にお話しいたしましょう」

伯庵が言った。謙遜しているようで、まったくしていない。これから自分は正しいことを口にするが、お前たちに理解できるか不安だと言っているようだった。

光國、永山、中根が、揃って面白くないものを感じるのへ、正之が言い添えた。

「伯庵殿は類《たぐ》い希《まれ》なる検視の才の持ち主でしてな。他言無用に願いますが、昨年、伊勢《いせの》守《かみ》の件を解決に導いたのも、伯庵殿なのです」

これには三人とも驚いて正之に目を戻した。

伊勢守の件とは、書院番頭《しょいんばんがしら》の稲葉《いなば》正吉《まさよし》が死んだ事件のことだ。

当初は自殺とされたが、検視目付が調べたところ、他殺であると断定され、徹底解明がはかられた。結果、実は家臣の安藤甚五左衛門《あんどうじんござえもん》が、正吉の寵童たる松永喜内《まつながきない》と不倫の関係になり、添い遂げるため共謀して主君殺しに及んだことがわかった。

「肥後守様から意見を述べるよう申しつかりましたゆえ、自明の理を述べたまで」

伯庵が言い、三人がまたそちらを見た。

「自害ではないと示す事実が幾つもありました。伊勢守様の手に、何も握った様子がないこと。その傷は本人にはつけがたいものであること。何より死ぬ動機が見つからないこと。私が口を出すまでもなかったでしょう」

さもつまらないと言うようだ。そのくせ、自分が意見せねば自殺で片付けられていたのだぞと言わぬばかりの高慢な口調である。

中根のひいでた額に太い血管が浮いていた。若い伯庵の偉ぶった態度が不快でならないのだろう。正直、光國にしても同じで、

「永山の件についても高説を賜れると?」

つい苛立《いらだ》って訊いた。正之もあえてそこは宥《なだ》めようとしなかった。伯庵の人付き合いの下手さを知っているのが窺い知れた。

「はい。肥後守様に頼まれ、暇つぶしに、下手人が残したものを見て来ました」

永山が目を剝《む》いた。腹を切る覚悟の男を前にして、暇つぶしとは何か。刀があればそれこそすっぱ抜いていたかもしれない。

光國が手振りで永山を宥めた。

「棄てられた刀から何がわかったのだ？」

「刀？　そんなの、どうでもいいでしょう」

腰を浮かしかけた永山の肩を光國がつかんだ。中根も苛立ちで身を揺すっている。

「ならば何を見た？」

光國が問うた。

「骸ですよ。三人の。下手人自ら、山ほど痕跡を残してくれた、貴重な証拠の品です」

光國は唖然《あぜん》となった。永山も中根も同様だ。

被害者の遺体に着目する発想がなかったこともあるが、遺体を物品にみたてて平然と語る伯庵に、誰もついていけなかった。

「骸一つあたり二十箇所余も刀傷がありましたからね。全て描き取り、どの順番で斬られたか調べれば、下手人の特徴も一目瞭然」

「どのような特徴だ」

光國の問いに、伯庵が永山のほうへ首だけ傾げてみせ、

「そちらの方とは似ても似つきません」

「なぜだ」

中根が、据わった目で訊いた。

「下手人には、左腕がありませんから」

伯庵が断定した。ぽかんとなる光國らへ、

「ついでに言うと、右目もありません」

さらにそう付け加えた。

「隻腕《せきわん》に隻眼《せきがん》だと？　なぜわかる？」

光國が問うや伯庵がにわかに喋《しゃべ》り出した。

「骸の傷は二種類。刀傷と、小ぶりな鎌の刃による傷です。刀を右手で持ち、鎌を左手首につけていた。なぜわかるのか。剣士は頻繁に得物《えもの》の握り方を変えるものです。斬り合いでは、ずっと同じ持ち方をしないでしょう。なのに鎌のほうは同じ角度で固定されています。要は左手がないんです。刀を右手だけで持つ理由にもなります。ちなみに、右手で刀を振るのと、左手で振るのとでは傷の形が左右対称になります。どの手で振ったかは自明。よろしいか？」

いったん言葉を切って尋ねた。

光國たちが揃ってうなずいた。いや、うなずかされていた。

「骸は三つとも、最後に頸の左側を、こう、すっぱり斬られて死んでいます。動く相手をとらえた見事な一刀。しかしそれまでに何度も斬るや突くやで狙いを外しています。そのため一人目のとき刀が折れ曲がった。下手人は剣技に長《た》け、にもかかわらず、間合いを外している。目を片方失ったんです。それで間合いをつかみ直す練習をした。なぜ右目がないとわかるか。獲物を視界にとらえ続けるため、左へ左へと追い込んでいるからです」

唐突に伯庵が黙り、もういいかという感じで正之を見た。正之はゆっくり瞬《まばた》きを返した。まだ話すべきことがあると告げているのだ。

「ああ……刀は正月の火事で、邸に置いていったものでしょう。火事場から盗んだ品を集めた盗人蔵があるはず。それがどこにあるか両火房とかいう人に尋ねて下さい。現場に落ちていた鞘の中身もそこにあるでしょうね」

「――という次第だ」

光國が締めくくった。

三

駒込の中屋敷に呼ばれた中山は、話の間ずっと目をまん丸にし、

「検視の才、ですか」

他に言葉を思いつかない様子で呟いた。

「大いに学ぶべきだな。会津公に借りができたが、これで両火房の身柄を預かれる」

中山の瞼《まぶた》がすっと元通り細められた。

「盗人蔵の在処、必ず吐かせてみせます。牢屋奉行のほうは、いつでも身柄を移せるとのこと。また、大目付の動向も探らせます」

「相手は老獪《ろうかい》で知られた男だ。慎重にな」

「わかっております」

言いつつ中山の目が不敵に光っている。正体不明だった相手がこれではっきりし、いよいよ敵愾心《てきがいしん》を燃やしているのだ。

「それと、勘解由よ。辻斬りの下手人だが……わしと考えは同じであろうな」

「はい。そのような特徴の持ち主は一人しかおりますまい。またも江戸で惨《むご》い殺生を行い、水戸様の御家臣を陥《おとし》れるとは、咎深いにもほどがあります。捕縛ならずば、斬り捨てるほかありません」

「永山は自ら斬ると言ってやまぬ。が、やつの剣法を実際に見た者は限られておる」

「はい。了助を呼びます。また、極楽組が両火房を奪還しに来たときに備え、我が家臣と拾人衆を配し、奉行所にも話を通しておきます」

「頼む。父は御城に詰めておるゆえ、我らで必ずや両火房の口を割らせるぞ」

「承知」

光國と中山が揃って立ち上がり、その日のうちに両火房移送の手はずを整えた。

移送には、水戸徳川家と中山の家臣に加え、阿部家から応援に駆けつけた一団、南町奉行所の人員に加え、牢屋奉行である三代目石出《いしで》帯刀《たてわき》こと石出吉深《よしふか》も、異例のことながら人手を出してくれた。

吉深は三河譜代の生まれで、二代目帯刀の養子となって牢屋奉行を継いだ人物だ。文武に優れて連歌を得意とすることから、もともと光國とも親交を持っている。

宴席でも気配りのできる好い男で、喫緊《きつきん》のときに決断を下す胆力も持ち合わせており、特にその名が江戸で知られるようになったのも、剛胆ゆえだ。

正月の大火において、このままでは囚人が焼け死ぬというとき、

「切り放ちを致す」

全員の一時解放を、独断で決めたのである。

またその際、吉深は囚人に、こう告げたという。

「こたびの大火から逃げおおせた者は必ず戻って来い。さすれば死罪の者であろうと、我が命に替えて必ずやその義理に報いよう。だがもし雲隠れする者あらば、私が雲の果てまで追い、一族郎党を成敗せん」

かくして吉深は数百人もの囚人を解放したのだが、その行いを軽率と罵《ののし》る者もいた。もし囚人がこぞって姿を消せば、罰せられるのは吉深である。だが、囚人たちは戻ってきた。一人として逃げた者はおらず、それどころか命を救われたとして吉深を拝み、涙する者ばかりであったという。吉深もまたこれに感激して滂沱《ぼうだ》の涙を流し、

「このような者たちを死罪とすることは、長ずれば国の損失となるべし」

約束した通り、囚人全員の減刑を嘆願した。

「そして幕府も認めた。良い話だろう。焦熱地獄を、一人の男が防ぎ、救ったのだ」

光國が、我がことのように誇らしげに言った。まさに両火房の護送の先導として馬を進めているのだが、その背後に乗せられた了助は、先ほどから市井《しせい》の人々の視線を浴びて落ち着かないことこの上なかった。

物々しい護送の列の先頭にいる上、乗馬が厳しく制限されている市中で、木剣を帯に差した子どもが馬上にあるのだから注目されて当然だ。

拾人衆数名が後から来る予定だが、了助だけ先に連れられていた。光國に乗れと言われれば、了助には拒めない。観念して光國の暇つぶしめいた話を聞いていたが、

「もし御曹司様が囚人なら戻りましたか？」

ふと、そんな質問が口をついて出ていた。

「ふむ。どうであろうな。お前はどうだ？」

「おれは……わかりません。逃げたかも」

光國は笑った。他愛ない話題だと思っているのだ。しかし了助は妙に考えさせられていた。罔両子から投げかけられた二つの問答に、三つ目が足された感じだった。

弱くて強く、強くて弱い。

地獄も極楽も人から生ずるもの。

牢獄とおのれの罪から逃げるべきか。

考えれば考えるほどわからなくなって頭がくらくらした。

禅問答など大嫌いだ。そう思うが、お上に咎められず自由に放浪できるのは了助にとって実に魅力的で、とても諦められなかった。

駒込の中屋敷に到着して馬を下りたときには、考えすぎて熱でも出たような気分になり、馬小屋の壁にもたれて座り込んでしまった。

その視線の先で、厳重に警護された唐丸籠《とうまるかご》が降ろされ、中から後ろ手に縛《ばく》につかされた両火房が引っ張り出された。

顔に刀傷の痕が幾つもある、尖った目をした男だった。過酷な拷問にも屈せず、今も出てくるなり悪態をつき始めた。

「何だここは。ようやく今生《こんじょう》とおさらばかと思うて浮かれていたものを。呆れたぞ。わしを刑場ではなく湯治場に連れて来るとはな」

たちまち周りの武士たちに殴られ、蹴飛ばされ、地面に倒れると、そこで了助と目が合った。

男は、なぜ子どもがいるのかと不思議がる顔になり、ついで、ぞっとするような笑みを浮かべた。屛風の地獄絵図に描かれた鬼の笑みだった。なぜ笑むのかも了助にはわからない。呆然とするうち、男の身が起こされ、

「それ以上殴るな。牢に入れる。こっちだ」

中山の指示で、引っ立てられていった。

了助は深々と吐息した。いつもなら大人がどんな顔をしていようと平気なはずなのに、なぜか心に残った。これも罔両子の問答のせいだろうか？　よくわからない。わからないということが、奇妙な心細さを覚えさせた。

両火房の収容について中山とともに人々へ指示を出していた光國が、了助のそばに歩み寄って覗き込んできた。

「どうした。馬に酔ったか」

「あ……はい、なんか……そうかも」

「あちらの井戸で水を浴びて頭を冷やせ。呼ばれるまで、しばし休んでいろ」

「はい……ありがとうございます」

忙しい光國に気遣われるのは心苦しいので、しゃきっとして見えるように立ち上がり、

井戸端へ向かった。光國はなおも心配そうだったが、武士たちに指示を請われ、それ以上は了助に構っていられなくなった。

了助としてはそのほうが気楽である。中間たちに混じって井戸水で顔を洗わせてもらうとさらに気分が和らいだ。小難しいことを考えるのが馬鹿らしくなり、離れの前の庭へ歩いていった。そこなら広いし井戸端からも見える。用事を言いつけられるまで棒振りをして、余計な考えを追い払うつもりだった。

離れの縁側の戸は開かれ、中が丸見えだった。一方の壁際に台が置かれ、その上に何かが積まれている。お香の道具らしきもの、綺麗な飾りのついた布、複雑な漢字が記された掛け軸、そして果物のたぐい。

祭壇だが、神棚や仏壇とは違った。光國が邸内でしつらえさせた儒式の祭壇なのだが、了助にそうした知識はない。ご供養のための部屋なら、普段は人がいないだろう。ぶんぶん木剣を振り回しても文句は言われない。

さっそく漆黒の木剣を肩に担ぎ、我流の構えを取ったとき、離れから声が聞こえた。

「失礼します。ただいまお掃除致しますね」

振り返ると、縁側から娘が丁寧にお辞儀をして座敷に入るのが見えた。誰もいないと思っていたので、了助はちょっと驚いた。

「今日は暑いと皆が言っています。もう少し風があると過ごしやすいのでしょうけど」

娘が優しく話しかけながら祭壇を布で拭いていった。穏やかな京訛りに、凜とした美貌の持ち主で、歳は了助より上だろう。

なぜかお鳩を連想した。美人もいろいろだと人相書きが得意な巳助が言っていたのを思い出したのだ。江戸美人と京美人の違いなどを説明されたのだが、よくわからなかった。だが今、お鳩の顔を思い浮かべながら、その娘を見ていると、なんとなくわかる気がした。

わからないのは娘がしきりと話しかける相手である。やはりそこには娘以外誰もいなかった。いや、それもなんとなくわかった。了助が、おとうにしていることと一緒だった。やっぱりご供養の場なんだ。そう納得した。

「あとで新しい果物をお持ちして……」

娘の声がぷつんと途切れた。庭に突っ立つ了助の視線に気づき、ぎょっとなった。

「お邪魔しています」

了助はぺこりと頭を下げた。

「……あなた、いつからそこに？」

娘が、両手で布をぎゅうぎゅう絞るようにしながら訊いた。

「さっきから……」

見ていました、と素直に言いかけ、娘が気まずそうにしているのでやめた。

「話しかけてたのは、親御様ですか？」

娘が意外そうな顔をした。

「如在《じょさい》の礼を知っているの？」

了助は困惑した。じょさいのれい？　無人の部屋で喋ることを、ここではそう呼んでいるらしい。そう解釈した。

「おれも、死んだおとうに話しかけます」

娘がやっと布を絞るのをやめた。

「これは火事で亡くなった方々のためのものです。御曹司様と姫様の言いつけで……」

そこへ、弟子たちをつれた永山が現れ、

「了助。来てくれたか。おお、これは左近《さこん》殿。ごきげんよう」

「ごきげんよろしゅう」

娘が礼をした。何とも優雅な所作《しょさ》だった。

「歓談中でござったかな」

「いいえ、おれが邪魔しちゃって……」

了助は、先ほど何と言われたか思い返し、

「じょさいのれいを」

すると娘が微笑み、了助にも一礼した。いいんです、というように。了助も精一杯丁寧に礼を返し、永山たちと道場へ向かいながら嬉しさを覚えた。

はて、なぜだろう？　自分と同じようなことをする人がいた。しかも京美人だった。そんな理由が脳裏をよぎったが釈然とせず、いちいち自問自答するおのれが何とも奇妙だが、気分は悪くなかった。

邸内の道場に入ると、十数人もの武士たちが集っていた。そこに、僧形《そうぎょう》だが髪を蓄えた男もいた。伯庵である。了助を見て、

「その子ですか？」

と訊いた。

永山がうなずいた。了助には意味がわからない。光國からは、お前が必要だとしか言われていないのだ。先入観を植えつけないよう光國が仔細を伏せたからだった。

「私の名は伯庵。私を見て下さい」

伯庵が竹刀《しない》を持って了助に言った。

了助は黙ってうなずいた。何が始まるのか急に不安になった。そもそも大勢の武士に囲まれるのは大いに居心地が悪かった。

伯庵がいきなり舞った。通常の舞ではない。足のつま先で身を回転させながら竹刀を横へ振っていた。独楽《こま》のようだが、違うのは急激に逆回転するということだ。

ぞおっと了助の全身が鳥肌を立てた。恐怖を催す動きだった。悪意、殺意、狂気のあ

らわれであり、叶慶を死に至らしめた動作そのものだった。

伯庵がぴたりと動きを止めた。

「今、頭の中にある名前を言って下さい」

反射的に答えた。

「錦氷ノ介《にしきひのすけ》」

おお、と永山ら武士たちが声を上げた。

「あいつが出たんですか？」

了助が訊いた。人間というより妖怪の出現を尋ねている気分だった。

「私が疑われた辻斬りの、真の下手人だ」

了助はすぐに納得した。あの男ならそういう悪知恵を働かせる。平然と、楽しみのためだけに、人を陥れるのだ。

「あやつの剣を間近で見たのはお前だけだ。他にどのような動きをしたか教えてくれ。あやつの弱点を見抜き、必ずや斬る」

「はい」

即答した。そうすべきだと思った。錦氷ノ介が、実の父である叶慶を殺しても満足しないことは容易に理解できた。生きている限り人を殺す。誰かが止めるまでそうし続けるのだ。

それから半刻ほども、永山と伯庵の問いに答え続けた。みなで叶慶と氷ノ介の死闘の再現を試み、どうすれば叶慶が勝ったか議論した。

不思議だった。男達が自分の言葉に真剣に耳を傾けてくれる。剣の腕に覚えのある者たちが、棒振りしか知らない子どもを頼っている。気づけば了助は、その場にいる全員との一体感を覚えていた。それはまるで自分が何倍も強くなったような感覚だった。

そうするうち、道場に別の集団が現れた。なんと女たちである。先頭には、これも尼の姿だが、蓄えたままの髪を肩で切り揃えた、やけに背の高い、日焼けした女がおり、

「永山殿。今日は女がここを使う日ですぞ。女とて武芸を学ぶは、武家の務め」

堂々と胸を張って言った。逞しい肩の間で、見たことがないほど大きな乳房が盛り上がっているのがわかり、了助はびっくりした。まるで女の仁王様だと思った。

「これはお峯《みね》様、我々は御曹司様のお許しを頂いておりますが……」

「子龍兄様から、お家に関わる喫緊の事態が出来したと聞きました。まことですか？」

「さよう」

「なら私たちも知るべきでしょう。泰姫《たいひめ》様もそのように仰っています」

「なんですと。まさか……」

永山と武士たちが狼狽《うろた》えた。伯庵と了助が不思議そうに顔を見合わせたとき、女たちの後ろから、つと小柄な女二人が前へ出た。

了助は驚いた。一人は離れにいた京美人の娘だった。娘の方は当然ここに了助がいると予期していた顔で、了助へ軽く目礼した。

問題はもう一人だった。了助や娘より歳は上だろうが、あどけないような面立ちをしており、幼子のように屈託がない。そのくせ所作は優雅そのもので、面立ちのみならず全身が一種独特の柔らかな美しさをたたえている。

武士たちが一斉に膝をついて頭《こうべ》を垂れた。思わず了助もそうした。隣の伯庵も、いつの間にかきちんと低頭している。

「姫様がかような場所に来られるとは……」

永山が身も声も強ばらせて言った。

「どうしてですか？」

どうやら本物の姫様らしい女性が返した。

「もう何度も遊びに来ています。お峯様から、いろいろと教わっているのですよ」

永山たちが妙な呻き声をもらして絶句した。了助はただ大人しく床を見ている。自分には関係がないことだ。そう思っていたが、違った。

するすると布が床を擦《す》る音がし、永山たちが息を呑む気配がした。了助は、音が近づいてくることに唐突に気づいた。華やかな香りが迫った。柔らかな何かが隣に来た。

「了助さんという方は、あなたですね？」

いきなり鼓動が跳ね上がった。怖いというのではない。経験したこともないほどの緊張に襲われ、平伏したまま震え声で答えた。

「は、は……はい」

「旦那様から聞きました。重たく、黒い木の剣を、風のように振るうのだとか」

木剣が目印になったらしい。了助はなぜか目がくらむ思いがした。恥ずかしさと誇らしさが心の中でごちゃごちゃに入り乱れた。

「お顔を上げて下さい」

恐る恐る従った。間近に、柔らかく輝くような存在が座って自分を覗き込んでいた。

「本日はこの方に教わりたいと思います」

姫様がにっこりし、女達へ告げた。

「坊、聞いたな」

お峯が、やたら光國に似た口調で言った。

「お主《ぬし》が姫様にその木剣の扱いを教えよ。さて永山殿、我々に仔細をお聞かせ下され」

四

「よいか。今日、屋敷に運び入れた男を座敷牢に入れたは、永山の嫌疑を晴らすため、ひいては市井の安寧のためだ」

光國は、十人余の弟たちに告げた。みな若い。父から名すら与えられなかった者もおり、その一人は十歳未満だ。父が側室たちに産ませては放置するので、最年長の光國が傅役《もりやく》と相談して世話を指示する始末だった。

「何か訊きたいことはあるか？」

弟たちが一斉に手を挙げ、最も年上の頼元《よりもと》に向かって、光國が顎をしゃくった。

「兄上は相撲をされたと聞きました」

「だからなんだ」

「ずるいです。我々もしとう存じます」

しとう、しとう、と弟たちが騒ぎ、光國を呆れ返らせた。水戸の家系は膂力《りよりよく》自慢の男たちが多く、弟たちも図体がでかいのばかりで、彼らが居並ぶ様は壮観でもあった。

「お務めゆえだ、馬鹿者」

一喝して黙らせ、

「よいか。決してお前達は座敷牢へは近づくな。家人も近づかせるな。近づく者あらば、わしに報《しら》せよ」

そう指示し、解散させて道場へ向かった。

いきなり、きゃあきゃあ喚《わめ》く声に出くわした。妹のお峯と侍女たちがいた。

お峯は六女で、水戸徳川ゆかりの英勝寺《えいしょうじ》に預けられたが、武芸や馬術や水練を好んで男勝りに腕を磨き、たまに邸に戻っては女剣術指南のような真似をしていた。

それはまだいい。近頃は武家の軟弱さが問題視される一方、女も硬骨であれという風潮が、女の武芸を流行させている。

問題は、道場の真ん中で、漆黒の木剣を何とか持ち上げたものの、重みで左右にふらふら揺れている女性だった。

「泰!? 何をしておる!?」

光國がわめいた。永山たちが助かったという顔で光國を振り返った。伯庵も本題が進まぬと見えて苦い顔をしている。

「武芸です、旦那様」

泰姫がにこやかに言う。どう見ても酔っ払いの真似だと思ったが光國は口にせず、

「すまぬが、道場を使わせてくれ」

泰姫から軽々と木剣を受け取り、了助に返した。

了助が心底ほっとした顔になった。姫様が木剣をおのれの足の上に落として怪我をするのではないかと気が気ではなかったのだ。

「お話はお聞きしました。旦那様が戻られるまでと無理を言って教わっていたのです」

「なら悪いが早々に……」

「他にもお願いがあります、旦那様」

「願い？」

「皆様にもお願いしましたが、旦那様に訊かねば答えられないと仰るのです」

光國は周囲を見た。永山がうつむき、お峯が対照的に大きな胸を反《そ》らせて微笑んだ。姫の侍女である左近は不安げ、了助は困惑気味、伯庵は興味深そうな顔、他の面々は泰姫が本気だと悟ってまごついているといった様子だ。

「言ってみよ」

光國は、厭な予感を覚えつつ促した。

「両火房という方に、会わせて下さい」

泰姫が穏やかに願いを告げた。

「なんだと⁉」

光國が咆哮《ほうこう》じみた声を放ち、面々をすくませたが、泰姫だけはびくともしなかった。いかにもか弱そうな泰姫の信じがたいほどの静穏さに、了助は心から驚かされた。

「咎人だぞ！」

「はい」

「それは……なにゆえだ」

「お話を聞きたいのです」

「話？　何の話だ」

「さあ。聞いてみねばわかりません」

嫋《たお》やかでありながら光國の詰問にまったく気圧《けお》されず、それどころか光國のほうが言葉に詰まってしまっている。

「天姿婉順《てんしえんじゅん》」

ぽつりと伯庵が呟き、了助が振り返った。

「そういう評判の姫が水戸様に嫁いだと聞いていましたが、ふうむ、なるほど……」

伯庵が何やら納得する一方、

「父と相談する。ここは下がってくれ。頼む」

光國は滅多にないことに父を盾にし、やっとその場をしのいでいた。

「大変お邪魔をいたしました」

泰姫が雅な所作で礼をし、女達と出て行った。左近というらしい娘がちらりと了助を見て、頭を下げた。了助もそうした。

残った男たちが、ふうっと息をついた。

「姫君による尋問とは前代未聞ですな」

伯庵が言って、光國を呻かせた。

「冗談ではない。断じてさせん」

ほどなくして、拾人衆のうち、お鳩、巳助、亀一が到着した。巳助が、錦氷ノ介の人相書きを何枚もしたため、永山たちがそれらを回覧した。

邸の警護は厳重をきわめ、そのせいか襲撃者はなく、夕方になると了助はお鳩ら三ざるたちと一緒に食事を与えられた。

「帝のお血筋なんですって。すっごい貴い御方なのよ」

お鳩が物知り顔で言った。

泰姫のことだ。またの名を近衛尋子《このえちかこ》。その亡き父は関白の近衛信尋《のぶひろ》、すなわち後陽成《ごようぜい》天皇の第四皇子である。まぎれもない皇族だ。

そんな人物が自分などに棒振りを教わろうとするなんて。木剣を持つ手の美しさを思い出すと現実ではない気がしてくる。

「ねえ、ねえ、どんな御方だったの？」

お鳩たちが興味津々《しんしん》で訊くのへ、

「なんか……不思議な人だった」

そんな感想しか返せなかった。

とはいえ、それは了助に限ったことではなく、

「不思議な娘だ」

まさにその晩、光國から相談された父の頼房《よりふさ》が、まったく同じことを口にした。

「両火房をここに置く限り、泰は諦めません。小石川《こいしかわ》の上屋敷に移せませんか？」

「普請中だ。それに、ここで預かると評議で決めた。預かりきれぬとなれば、男の身柄を別の者にくれてやることになろう」

ぬう、と光國は唸った。よもやこのような難儀が出来するとは思いもしなかった。

「貴様の妻だ。何とかせい」

父が言った。だが何ともしがたかった。

そのあと、中山とも話したが、

「こうと定めたらひたすらに一途《いちず》でな」

相談する光國のほうが早くも諦め気分になっていた。愚かで意固地なのではない。聡明で一途なのである。その差は天地ほどもある。だからこそ、光國も深く信頼し、慕い合える唯一無二の妻なのだ——と、気づけばそんなことを口にしており、

「惚気《のろけ》ているように聞こえます、子龍様」

中山が呆れ顔でたしなめるほどだった。

「すまぬ。なぜああ願うか、わからぬのだ」

さしもの光國が途方に暮れるのへ、

「会わせてさしあげてはいかがでしょう」

中山が小さく溜息して言った。

「咎人だぞ。そんな危険な真似を……」

「むろん牢の格子《こうし》越しです。姫が聡明な方なら、話の通じぬ相手とすぐにわかるはず」

「ふむ……」

「女と侮《あなど》り、口を滑らせるかもしれません」

光國は顔をしかめた。囚人に妻を侮辱されたときの怒りを抑えねばならないからだ。

「会わせるなら、責めを施す前でしょう。血の穢《けが》れが貴人に祟《たた》ってはいけません。やつの身を清めさせ、着衣も用意します」

「すまぬな」

今すぐ両火房を尋問したいのは光國も中山も同じである。それをこうして遅滞させてしまっていることを詫びていた。

「いえ……。ただ懸念すべきは、姫がやつを嫌忌し、他へ移すよう願うこと」

「そう言わぬことを条件とする。よし、迷うて時を逸するわけにもいかん。明朝、泰をやつに会わせる。よいか」

「はい。準備はお任せあれ。しかし……」

「なんだ」

「子龍様を折れさせるとは……しかも、囚人を嫌がらず、逆に、話したいとは……」

中山が首をひねった。泰姫を表現する言葉を探すのだが、出て来たのはやはり、

「なんとも、不思議な御方で……」

という言葉であった。

光國は、中山とその家臣の宿泊所となった長屋を出て、自室に戻って着替えると、奥の寝所に向かった。予想どおり泰姫が待ち構えており、光國が現れるなり、

「わたくしのお願いを聞いて頂けますか？」

ひどく丁寧に、真情を込めて尋ねた。まるで生き別れの家族に会いたいと頼むかのような切実さだ。

光國は背筋を正して向き合い、言った。

「明日の朝、そうさせよう」

泰姫が明るく微笑《わら》い、お辞儀をした。

「ありがとうございます、旦那様」

「そなた……いったい何を話す気なのだ」

「わたくしは話しません」

「なに？」

「旦那様は、その方から何かを聞きたいのでしょう？　わたくしも同じです。その方の話を聞きたいのです。ですから、何のお話になるかは、その方に聞いてみねばわからないでしょう」

五

翌朝、邸の一角では異様な緊迫感が漂った。

そこにある座敷牢は、家中で刃傷《にんじょう》沙汰などが起こった際に、ひとまず狼藉者《ろうぜきもの》を押し込め、詮議を待つためのもので、長らく使われていなかった。その牢の内外の埃《ほこり》が掃かれ、牢の畳も新しいものに替えられた。

収監された両火房も、食事を与えてのち、入浴させ、中山自ら剃刀《かみそり》を持ってその髭《ひげ》を剃り、毛髪を整えた。身綺麗にした上で、清潔な白一色の衣服を着させた。

「ほほう。どうやら死をたまわるか」

両火房は、これを死罪の準備と受け取り、

「誰がわしの首を落とすのだ？　し損じぬよう、斬り方を教えてやってもよいぞ」

この上なく不敵な態度でいたものだが、牢に戻るや内外のあまりの綺麗さに、面食らった様子であった。

「これは……何の用意だ。牢とも思えぬ」

中山もその家臣も、誰も答えない。準備が終わると、格子の前で両側の壁際に並んで座った。永山も伯庵もそこにいた。端っこに了助も座ることを許された。武芸に秀でた者がずらりと並び、無言で何かを待っている。

ただならぬ気配に、いつしか両火房も憎まれ口を叩くのをやめ、座して待った。悪党とはいえ、実に肝の据わった堂々たる坐相だ。

やがて来た。光國が先頭、泰姫と左近が続き、お峯が追った。

了助がちらりと左近を見た。綺麗な顔が恐怖で真っ青だったが、屹然《きつぜん》と唇を引き結んで健気《けなげ》に姫に従っていた。

牢に向かって進むその四人のうち、左近を除けば誰も恐れを抱いた様子がない。

光國が、格子の一歩手前で止まり、脇にどいて中山のそばに座った。お峯が同様に、永山のそばに座った。

薄暗い廊下に現れた、いかにも姫君としか思われないような女性と、その侍女に、両火房のおもてが呆然としたものになった。

永山がすっと前に出て、座布団を廊下に敷いた。

その上に、泰姫が臆せず座った。両火房の真ん前である。左近が泰姫のそばに座り、怖さに負けぬよう、きりっと背を伸ばした。

しばらくの間、泰姫は無言で両火房を見ていた。その双眸はきらきらと光り、格子が邪魔なため頭を小さく左右に動かしていた。

「さぞ痛かったでしょう」

ふいに泰姫が言った。両火房が眉をひそめ、相手がおのれの両手に目を当てているのを悟った。縛につかされ、拷問を受けた痕だった。

「これしきのこと……」

両火房がせせら笑おうとしたが、上手くいかなかった。泰姫の口調には、同情的というより、間違いない事実を述べているような確信が込められているせいだ。

「申し遅れました。私は泰と呼ばれています」

両火房が眉をひそめて、泰姫が目的を述べるのを待った。

「無理を言って、ここに入らせて頂きました。どうかお話をお聞かせ下さい」

「なに……話？」

両火房が聞き返した。泰姫は黙っている。話すまでいくらでも待つという様子だ。

「話だと……何の話をしろというのだ？」

両火房が、戸惑いで声をうわずらせた。

「江戸に火をつけたのでしょう？」

「違う。わしではない――」

言ってから、両火房が息を呑んだ。

壁際の者たちも瞠目《どうもく》していた。それは、捕らわれてより初めて、両火房が口を割った瞬間であるといってよかった。

「違うのですか？」

泰姫が静かに尋ねた。その眸《ひとみ》が、両火房のことを心から知りたいと告げていた。

両火房が顔を背《そむ》けた。光國や中山へ、

「そうか。わしは、世間知らずの奥方に供された見世物か。貴様ら、まことに良い趣味をしておるわ」

そう罵ったが、みな応じない。

ただ泰姫だけが、真っ直ぐ両火房を見て、

「では、他のことをしたのですか？」

「ぬ、む……」

「ご家族はあなたの行いをご存じですか？」

「みな死んだわ……！」

絶叫した。中山の責めであっても歯を食いしばって耐えた男が、まるでやめてくれというように泰姫に向かって叫んでいた。

泰姫は動じない。さらに穏やかに問うた。

「どのようにご家族を奪われたのですか？」

「何だこれは……何なのだ。貴様ら、何とか言え！」

またもや男たちに向かって叫んだが、返事はない。

そうするうちにも、泰姫の視線は、この不敵な囚人を圧倒していった。

両火房は、激しくかぶりを振り、

「ふ……どう奪われたかだと？　ふ、ふふ……大したことはない。飢えと病で、のたれ死んだまでよ」

声を絞り出すようにして笑ったが、

「それはなぜなのですか？」

終わらぬ問いに、ぐっと息を詰まらせた。

「なぜ……。なぜだと……。わしに訊くのか？　なぜこんなことになったかと、わしがそう、おのれに訊いたことがないと思うか？」

泰姫は、ただ相手の言葉を待っている。

「陸奥《むつ》会津藩、四十万石！　筆頭家老・堀主水《ほりもんど》が家臣、久我山宗右衛門《くがやまそうえもん》！　それがわしだ！」

またしても悲痛の叫びが放たれ、中山がおのれの膝を強くつかんだ。両火房自ら、正体を明かしたのだ。光國も思わずぐっと奥歯を噛みしめていた。

堀主水は、加藤《かとう》家が会津藩主であった頃の家老だ。

大坂の陣で活躍し、堀の姓を得た武功の人物である。だが主君の加藤明成《あきなり》は、藩の財政を食い潰し、民を虐《しいた》げること甚《はなは》だしかったという。そのことで堀が痛烈に諫言《かんげん》して以来、明成と不仲となり、それが家老と主君の家臣団同士の争いにまで発展した。

明成は、堀に蟄居《ちっきょ》を命じたが、堀が従わないため、罷免《ひめん》してしまった。堀は主君を見限り、一族と家臣数百人を連れて出奔。この際、追っ手を封じるためか武辺者のなせるわざか、城へ鉄砲を撃ちかけ、関所を破ったのである。

明成は憤激し、兵に命じて堀を追わせた。堀一族と家臣は二年もの間、必死に抗《あらが》ったが、高野山《こうやさん》や紀伊藩の助力も虚しく、堀は幕府の命で明成に引き渡され、処刑された。

だが明成は満足せず、堀一族の根絶やしを命じ続けた。その所業が目に余るものとなったため、結局、明成の会津藩は、その同族の二本松《にほんまつ》藩ともども、改易となった。表面上は病による領地返上として処理されている。なお、そののち会津藩主となったのが、保科正之である。

「あるじ同士の争いで、我らは野に放り出された。あるじが処刑されてのち、たつきはなく、親族も散り散りとなり……気づけば誰もおらなんだ。親も、兄弟も、妻子も」

両火房が問わず語りに口にすることを、泰姫は真摯《しんし》に耳を傾け聞き続けていたが、

「いないことにされては、可哀想」

そこで、初めて言葉を差し挟んだ。

「なに……？」

「今も生きているように語りかけて下さい。霊魂はそばにいるのですから。あなたがど

れほど思っているか、きっと伝わります」

ぐっと両火房が喉をつまらせた。その双眸からみるみる涙が溢れて頬をつたった。

「お話し下さり、ありがとうございます」

泰姫が、深々と頭を下げた。

「待て。本当に、わしの身の上話を聞きに来ただけなのか？」

両火房が乱暴に涙を拭って言った。

「はい」

「他に知りたいことがあるのではないか？」

「ありますが、お話し頂けないでしょう」

「訊け。訊いてみろ」

「わたくしにも父兄がおりましたが、二人とも亡くなりました。二人の形見である、鳳《ほう》凰《おう》の文様のある硯《すずり》を大切にしていましたが、正月の火事のとき、置いて行くしかありませんでした」

「硯か。台座の付いた上等な品であろう」

「はい」

「どこにあるか知りたいか」

「はい」

両火房が僅かに黙った。廊下の全員が固唾《かたず》を呑んだ。やがて両火房が言った。

「神奈川《かながわ》宿、仲木戸《なかきど》横町。金蔵院《こんぞういん》の近くにある小料理屋、『三笠屋《みかさや》』の床下に地下蔵がある。極楽組傘下の盗賊、糸鬢次郎《いとびんじろう》一味がそこを守っておるゆえ、せいぜい気をつけるのだな」

明らかに泰姫への言葉ではなかった。泰姫がそこへ家臣を連れて行くわけがない。だが泰姫はもう一度深く頭を下げた。

「ありがとうございます、久我山様」

両火房が長々と息を吐き、瞑目した。もはやそこには別人がいた。悪鬼のような振舞いは消え、主家の意地と暴発に巻き込まれ、全てを失った一人の男だった。

六

「おれも、中山様や大勢の人たちと一緒に、神奈川って所まで行ったよ。御曹司様も行きたがったけど、両火房がいるから留守番」

らかんさんの埃を払いながら了助が言った。これまで以上に丁寧に掃除し、そしてより多く話しかけるようになっていた。

「両火房っていう人の言う通りだった。中山様や永山様たちが、そこにいた盗賊をあっという間に捕まえちゃったし、おれは何もやることがなかったんだ。でも江戸から出られて、ちょっと変わった景色も見られたし、面白かったよ」

拾人衆の三ざるも参加し、大がかりな捕物となったが、あっという間に片がついた。念入りに偵察し、一気呵成に攻め込んだ結果、死者を一人も出さず、賊九名がお縄となり、地下蔵からは火事場から盗まれた物品が山のように出て来たのである。

金銀の入った箱が続々と運び出される様子には、

「大名家の財宝蔵のようだ」

中山が、呆れるとも感心するともつかぬ呟きをこぼしたものだった。

永山の刀も、そこにあった。捕らえた賊どもの証言で、錦氷ノ介が盗品で辻斬りを働いたこともわかった。

姫様の硯らしきものもあったが、本当にそうかどうかは姫様の手に戻るまで不明だ。

「錦はいなかったよ。いたら……どうなってたんだろう。罔両子様が見せてくれた地獄みたいになってたのかな」

了助は手を止め、おとうを見上げた。

「おれも、ここを出てったら……」

錦や両火房のようになるのか。そう訊きたかったが、怖くて口に出せなかった。錦も両火房も居所を失い、自ら地獄を目指すようだった。そしてその両火房を、姫様が変えた。牢屋で話したことで、何かが変わった。

「まだ出て行くなんて考えてるのか、了助」

声がわいた。おとうの声色だった。

「うん……だって、ここにいたら……」

急に込み上げてくるものがあり、

「おれ、一人じゃ生きてけなくなっちゃう」

涙が溢れた。お鳩が驚いた顔で木像の後ろから現れ、こわごわ了助に近づいた。

了助はお鳩を見ながら泣いた。二人とも言葉が出なかった。やがてお鳩が手を伸ばし、そっと了助の頭を胸元に引き寄せた。

「人を頼ったっていいんだぞ、了助」

おとうの声で言われた。了助は声もなく泣きながら、こくんとうなずいた。

「……あたしとか」

今度はお鳩の声だった。またうなずきながら、牢の前に座る泰姫の後ろ姿を思い出していた。あんなにか弱いのに、あんなに強い。地獄に棲《す》む男を、話しただけで変えてしまった。

罔両子から与えられた問答がわかった気がしたが、言葉にならなかった。ただお鳩に抱き寄せられる心地よさが、いっときだけ地獄を遠ざけてくれていた。

「久我山様は、どうなるのですか？」

泰姫が、硯に水をゆっくり注ぎながら訊いた。いかにも愛おしげな手つきである。

「本人さえ承知すれば、目明かしになるだろう。罰を免れる代わり、奉行の手先となって働くのだ」

光國は書物の山を眺めて微笑んでいる。中山が神奈川から持ち帰った、光國にとっての宝だった。

「目明かし……。閉じていた目を開くのですか」

「そうだ。口を割り、目を開く。そなたが、あの男をそうさせたのだ」

「わたくしはお話を聞かせて頂いただけ」

「我らには、まことに難しきことだ……。なあ、泰よ……」

泰姫が顔を上げ、光國を振り返った。

「何ですか、旦那様」

「了助という子だがな。天涯孤独の身だ。父を失い、その骸がどこかもわからぬ」

「はい」

「おそらくわしは骸のありかを知っている」

泰姫は僅かに目を見開いただけで、黙って光國の言葉を待っている。

「だが言えぬ。言うべきでないのだ」

泰姫の手が、硯を撫《な》でた。

「なら、亡くなられた方の安寧をお祈りし、礼を献《ささ》げ、詩を贈ってはいかがですか」

「うむ……」

「世に残りし子に、どうか幸いをお与え下さいますようにと、わたくしも祈ります」

「そうだな。うむ……。なあ、泰……」

「はい」

「そなたに感謝する」

泰姫が柔らかに微笑んだ。光國はいっとき、何もかも話したい思いに駆られて身を強《こわ》ばらせ——そしてただ、微笑み返した。

# 骨喰藤四郎

一

「――まただと⁉」

水戸《みと》徳川光國《とくがわみつくに》が、怒れる虎さながらに吠えた。

「はい……。今朝、目黒村で近隣の村の者が骸《むくろ》を見つけ、番所に駆け込みました」

中山《なかやま》が言った。水戸家の中屋敷に参上しての報告だった。

人払いをした上での面会だが、今なお両火房《りょうかぼう》を牢に入れたままであるし、その移送を担った若い中山が、賊を追うべく働いている旗本であることは、家人の間でとっくに知れ渡っている。

「何人目だ？」

「届けがあっただけでも、十一人」

「ぬう……」

「按摩《あんま》や老人など目の不自由な者を狙ったかと思えば、大工や石運びなど力自慢の者も襲い、さらには婦女子までも滅多斬りに……」

「見境なく、それでいて、し損じはなしか」

「恐るべき手腕。例の伯庵《はくあん》殿が言うには、全て同一の下手人が関与している、と」

「錦氷ノ介《にしきひのすけ》……なんと災禍のごとき男か」

「市中の動揺は計り知れず、〝かまいたち〟が出た、などと言う者もいると……」

「わしも聞くだに、物の怪《もののけ》のたぐいかと思わされる。だが相手は人間だ。とびきり血に飢えた、な」

「はい。むしろこちらが、やつを捕まえられぬことに、飢えを感じております……」

中山が、殺気を漂わせて言った。

とはいえ、決して相手を死なせず巧みに拷問を施す、理性を備えた男だ。

悪党をおのが手で成敗するのではなく、お裁きにかけるのが務めと自任しているのである。一個人の執念と、市中治安の使命が共存しており、今どきの武士でも特に先進的な男といえた。

普通の武士は、他人が殺されたところで関心を払わない。主君の邸と領地さえ安寧であればよく、江戸市中の治安など二の次だ。

反面、係累や知人に害が及べば、一族郎党、自藩の同僚などと結託し、ろくに事情も聞かず、自衛や私刑に走るのが常だった。

だが光國も中山も、公儀に尽くして私闘を慎み、秩序維持に貢献するのがこれからの

武士と考えている。藩邸ごとに辻番を設置するのも、往来の安全を守るためで、

「そうした天下のための働きがあってこそ、民が武士を敬うゆえんが生ずるのだ」

とする光國のような〝公務派武士〟は、しかしまだ少数派である。ゆえに成果を挙げて名をなし、今も〝戦国武士〟の気風にとらわれた多数派を変えねばならない。

また、そのような革新的といえる使命感を抱くからこそ、

――錦を逃し、無辜《むこ》の民が襲われている。

このことに、なおさら切歯《せっし》扼腕《やくわん》するのである。

「今、その現場を調べているのだな？」

「はい。南町奉行所が検視を行っており、そこへ伯庵殿も向かっていると連絡が」

「早いな」

光國が複雑な顔をした。伯庵は、会津藩主にして前将軍の異母弟たる保科正之《ほしなまさゆき》のお抱えである。正之も〝公務派武士〟として事態を懸念し、伯庵を派遣したのだろう。だがそれは正之独自の情報収集に過ぎず、率先して動かれてはこちらの面目が立たない。

しかも伯庵の独善気質を考えれば、奉行所や、光國が目付を担う拾人衆《じゅうにんしゅう》に協力するとは限らない。検視の才で何か見抜いても、黙って帰りかねなかった。

「ゆくぞ。伯庵めが何を見たか吐かせる」

まるで下手人扱いだが中山も反論せず、お供を呼び、急いで出発の準備をさせた。

——また、だ。

了助《りようすけ》は、いつものように黒塗りの木剣を独自の構えで振った途端、そう思った。

摺《す》り足《あし》で進む際、一瞬、全ての重みが消える感覚があったのだ。

木剣も体も空気になったようで、最初そう感じたときは、すっ転んで宙にいるのかと思ったほどだった。だが両足はしっかり地面を踏み、むしろ通常の倍以上の距離を一足で進んだことに気づいていた。

今もそうだった。それが良いことかどうかわからなかった。摺り足においては、

「へその三寸下にある丹田《たんでん》に気を溜め、地を踏む力を十全に活かし、押されても引かれてもびくともしないよう腰を据える」

と教わっている。となると、体が軽くなるのは良くないのではないか。何か間違えたのではないか。立ち止まって悩んでいると、

「いかがした？」

すぐに声をかけられた。水戸家の剣術指南である永山周三郎《ながやましゆうさぶろう》だ。

「あの……急に体が軽くなる感じがして」

と了助が遠慮がちに話すと、

「よいよい。身の運びが上達したのだ。よく覚え、いつでも出来るようにするといい」

永山が答えてくれた。了助は、自分でも驚くほど安心し、頭を下げた。

「ありがとうございます」

永山が可愛い甥の相手でもしているように頬を緩めた。かと思うと、ぐっと表情を引き締め、また弟子達と向き合うのだった。

今日は朝からそんな調子で、中屋敷の道場にいさせてもらっていた。いや、正確には昨夕からだ。光國に呼ばれて中屋敷に泊まらされたのである。下男達と一緒に大部屋で寝たのだが、みな親切で、居心地は良かった。

むろん、拾人衆として働くためだ。

今、道場にいるのは、永山とその弟子達、そして特に剣が達者な水戸藩士達である。交代で女も道場を使うのがこの邸の習いだが、

「喫緊《きっきん》の事態が出来《しゅったい》した」

光國の言により、連日、男どもが道場を占有していた。事態とは錦のことで、永山が辻斬《つじぎ》りの嫌疑をかけられたことから、

「我らの手で必ずやこの悪党を成敗する」

みな意気を盛んにし、準備に余念がない。錦の特異な剣法を封じる準備である。錦の動きを再現し、対抗策をあれこれ試みては、

「どう思う？」

と了助に訊くのだった。了助も、錦の剣を実際に見た唯一の人間として、

「今のは、錦の動き方とよく似ています」

とか、

「叶慶《うんけい》さんもそうしましたが、刀が届きませんでした」

などと、自分なりに精一杯意見した。

そうしてまた永山達が工夫を凝らす間、棒振りに専念するのだが、今度はそれへ、

「足運びをもう少し速めてみよ」

「今のは上出来だな」

「他の型も試してはどうだ。たとえば……」

口々に助言してくれるのだ。無宿人の子になんで親切にしてくれるのか、という疑念は変わらず了助の胸中にあったが、

「お前で試し切りしてやる」

と言われるのでは、という怯《おび》えは薄らいでいる。藩士には士分ではなかった者も多い。剣の腕を認められて取り立てられた者ほど、

「野犬相手に工夫した剣とは、凄いな。犬の群に襲われて無傷でいられる自信はない」

錦に負けず劣らず異様な了助の棒振りを、そんな風に誉めてくれるのだった。

単純に嬉しく、楽しかったが、しかしやがて別のことに怖さを感じるようになった。

錦対策のための武器である。

弓矢。様々な形の槍。薙刀《なぎなた》。鎖鎌。明らかに、与力や同心が用いる道具とは違った。彼らは人を殺生《せっしょう》せず捕らえるための道具を使う。お裁きを受けさせるためであり、勝手な人斬りは御法度《ごはっと》なのだ。

だが、永山達の工夫は殺人のそれだった。

あるいは狩りの支度のようでもある。人間を狩るための支度だ。そう思うと刃の群が鈍い光を放つさまにぞっとし、いつか東海寺で見た地獄絵図を思い出すのだ。特に、樹の枝葉が全て刃でできているという地獄の有様を。

その怖さから逃げるようにして木剣を振ることに没頭していると、

「了助よ、わしと来い」

光國が急に現れて自分を呼んだ。中山もいる。

「あ……、はい」

了助は光國のそばに走り寄り、それから、永山達へ感謝を込めて礼をした。

「しっかり若様のお供を致せよ」

永山が言い、他の者たちも、

「頑張れよ」

「若様の言いつけをしっかり守るのだぞ」

などと了助に声をかけてくれるのだが、

――お供。

その言葉が、了助を戸惑わせた。道場に通う者達の最大の目的は「仕官」だ。みな了助も同じ目的を持つと信じて疑わない。

光國が駆る馬に同乗し、今回は鞍の前側をまたいで座りながら、

――おれは、お供なんだろうか。

了助の疑念は根深かった。

このまま、中山が従えているようなお供になるのだろうか。それは良いことだろうか。疑念の根には、武士への怖れや不快感が心にしこりを生むのだろうが、おのれの内心を明瞭に語れる自信もなかった。

「永山達に可愛がられているようだな」

光國が、了助の悩みを知らぬ顔で言った。

「あ……、はい」

「お前には才があるが、それに甘えず腕に磨きをかけておる。そのことを、みなが認めているのだ。まことに感心なことだとな」

「ありがとうございます」

「精進するのだぞ。そうして拾人衆としても勤め上げれば、いずれ我が家にて取り立て

られることも夢ではない」

光國が、この上なくはっきり告げた。中山に聞かせるためだ。

中山はむしろ了助を〝使いにくい子ども〟と見ていた。

「取り立てられると、どうなるんですか？」

了助は、思い切って訊いてみた。

「いろいろだ。永山のように剣を教える者。学術を担う者。勘定を任される者。なんであれ、れっきとした士分を得る」

「武士になるってことですか？」

「そうだ」

「武士って……なんですか？」

光國が黙った。不興を買ったと思って了助はひやりとしたが、光國は急に笑い出し、

「そうきたか。禅寺にいるだけのことはある。勘解由《かげゆ》よ、一つ、了助の禅問答に応じてみんか？」

「私がですか？」

中山が迷惑そうに聞き返した。

「お主は拾人衆の束《たば》ねであろうが。それが何者かわからねば仕えようがなかろう」

中山は、無理をして仕えなくてもいいんだぞ、という視線を了助に送ってきた。どう

も了助の内心をよく察するのは中山のほうらしい。

「では……主君に仕え、天下の民の為に働き、何よりも名を重んじる者。これでいかがですか?」

「ふむ。どうだ了助?」

「あの……合戦とかはしないんですか?」

了助のこの上なく素直な質問に、今度こそ光國と中山が口をつぐんだ。

二人とも、しないと答えかけて言葉を呑み込んだのだ。それは当世の若い武士が抱く最大の不満であり、そして絶望であるといってよかった。

天草一揆こと島原の乱が終結したのは、寛永十五年、今から二十年ほど前のことだ。一揆とはいえ、結果的に籠城する数万の人間を取り囲んで殲滅《せんめつ》したのであり、幕閣でもれっきとした合戦の一つとみなされている。

そしてそれ以後、合戦は消えた。徳川幕府は明白な意図をもって〝泰平の世〟の実現をはかり、いかなる合戦をも起こさせぬことが幕府官僚の至上命令となった。

合戦で出世できない。ではどうすればいいのか? 確たる答えはなかった。〝武士余り〟で浪人は増加し続け、禄はあっても無役の旗本は血気をもてあまし、みな傾奇者《かぶきもの》になるくらいしか発散のすべとてないのである。

だが了助に、そうしたことはわからない。いよいよ二人を怒らせたかと身構えたが、やがて光國の静かな声が答えた。

「長き合戦の世を経て、ようやく泰平の世になったのだ。今の武士の務めは、中山の言う通り、世の安泰に尽くすことにある。合戦以外に、名を残すすべを求めねばならん」

「名……ですか？」

「そうだ」

「邸や城をもらうんじゃないんですか？」

「それらは名があってこそだ。名がなくば邸もない。いかなる世であろうと、天下にその名を轟《とどろ》かせんとするのが武士だ」

「はあ」

つい生返事をしてしまった。無宿人の子には、とてもついていけない思考だ。

中山が了助に同情するように鼻息をついた。了助の反応は当然と割り切った態度でもあった。しかし光國はそこでやめなかった。むしろ得意顔になって、

「了助よ、獣や鳥の数え方を知っておるか？」

そんなことを訊いてきた。

「一匹とか、二匹とか……」

「それはもともと布の数え方だ。獣の毛皮を布のように扱ううち、そう数えるようになったのであろうな」

「そうなんですか」

「うむ。牛や馬は、一頭、二頭と数える」

「はい」

「鳥は一羽、二羽だ。兎も同じように数えるのは、長い耳を鳥の羽に見立てたゆえであろう」

「ははあ……なるほど」

と急に中山が呟《つぶや》いた。

「魚は一尾、二尾……尾を数えますな」

「そうだ。わかるか、了助？」

「え……」

「これらは、そのものが死んでのちも、明らかに残るものを数えておるのだ。それらがいた証拠をな」

やっと了助も合点がいった。

確かに、牛や馬が死んで骨になり、ばらばらになっても、頭骨を数えればどれだけいたかわかる。鳥の羽、というか翼もそうだ。兎の耳も。魚の尾も。

「では、人はどのように数える？」

了助は、一人、二人……と答えかけ、その前に光國が言わんとすることに気づいた。

「一名、二名……」

光國のでかい手が降ってきて、よくやったというように了助の肩を叩いた。

「そうだ。それが、人が死んでのちも、残るものだ。心に残り、碑《いしぶみ》に刻まれ、その者がいた証《あか》しとなる。武士が家名を守るのは、それが先祖とおのれと子々孫々をつなぐ絆だからだ」

了助にもおぼろげながらわかった。

だが心に湧いたのは、言い表せない悲しみだった。死んだあとに残る名。無宿人に本当に欠けているものが何か、教えられた気分だった。

「どうした？　わかりにくかったか？」

うつむく了助を、光國が覗き込んできた。

「いえ……。ただ……」

「なんだ？」

「おとうは、そうじゃありませんでした」

光國が、ぐっと喉を詰まらせた。光國がこんなことで衝撃を受けるわけがない。了助はそう思っているので、きっと同情してくれたんだと解釈した。

光國は乱暴に見えて、身分の上下なく人と接する。そんな武士がいることに驚かされたし、安心もさせられた。

「育ててくれた人もそうでした。おっかあなんて、名前どころか顔もわからないし。おれが知る人みんな、誰の墓もないんです」

何も残らない。だからきっと無宿人の数え方は、一人、二人……しかないんだ。そう思って悲しかった。

「お前のおとうは、なんと名乗っていた？」

ふと光國が訊いた。

「そうじろう、と名乗ってました。でも、よそじ、と呼んでた人もいて……。育ての親の、三吉《さんきち》っていうおやじさんは、よそじろうが本当の名だって言ってました」

すると中山がうなずき、

「そうじろう、よそじとなれば、字はおおむね定まりますな。そうじろうは『惣次郎』、よそじは『与惣次』でしょう。となると……」

「与惣次郎……それが、おとうの名か」

光國が言った。

了助は驚き、光國を振り返って仰ぎ見た。

「わかるんですか？」

「おそらく、な。あとで字を教えてやろう」

「本当ですか？　おれ、ずっと、おとうの本当の名前もわかんないまま供養するしかなくて……ありがとうございます、御曹司様、勘解由様」

目を潤ませる了助に、光國は、妙に強ばった笑みを返し、

「お前が立派に育ち、立身することが一番の供養だ。そう覚えておくのだ、了助よ」

そう言って、了助の肩を手でそっと押して前を向かせるのだった。

二

目黒村の現場は、一目瞭然だった。

富士見の名所の一つである行人坂《ぎょうにんざか》を下りる途中で、早くもそれが見えていた。田園と武家屋敷が点在する一帯から、目黒川へ向かう道を少し外れたところに陣幕が張られ、それを近隣の村人達が遠巻きに眺めているのだ。

「物々しいな」

光國が言った。陣幕は人を遠ざけるためと知れたが、かえって、ここに異常な事態が勃発したと教え広めているようなものだ。

中山が現場周辺に配された番士に話を通し、みな馬を下りて陣幕の内側へ入った。

そこでは、あちこちに赤い布をつけた竹竿が立てられ、その一つ一つに、奉行所の与力や同心が配されて、せっせと何かの絵図を描いていた。どうやらそこに落ちている物

品を、現場から動かさず記録している模様だ。

物品は、凶行に用いられたであろう血がこびりついた刀であったり、被害者のものらしい草履《ぞうり》であったりした。竹竿は全部で十二本もあり、その一本のそばに、僧服だが髪を蓄えた男と、立派な出で立ちの武士がいた。

「伯庵殿と……神尾元勝《かんおもとかつ》様がおられます」

中山が驚いた。神尾元勝は、南町奉行として二十年ちかくも江戸安泰に尽力している人物だ。十代で書院番士となって以来、出世を重ね、長崎奉行を務めてのち南町奉行となったのである。

その功績は華々しく、幕府転覆を企てた由井正雪《ゆいしょうせつ》一党の捕縛を務めた他、玉川上水の開削に貢献するなど、その働きは〝公務派武士〟の鑑《かがみ》といっていい。

「これは神尾様。小姓組番士だった中山でございます。父がお世話になり……」

と中山が挨拶すると、草むらにあるものに厳しい視線を向けていた神尾が、皺だらけの顔に人好きのする笑みをたたえて言った。

「おう、働きは聞いておる。今は徒頭《かちがしら》か。元気そうで何より。そして、水戸の御曹司様もいらしたとは。あの御仁の言うた通りですな」

光國もうなずき、草むらに両膝をついて絵図を描く伯庵の方へ目を向けた。生い茂った草の間に、骸らしい青黒いものが見えた。

「この下手人、当家も因縁がありましてな」

拾人衆の務めについては伏せて言うと、

「ご家臣への濡《ぬ》れ衣《ぎぬ》の件、聞いております」

神尾が、訳知り顔で応じた。

「陣幕は神尾様が？」

中山が問うと、神尾が苦い顔をした。

「伯庵殿の指示で、な……。保科公の客人とあらば、無下《むげ》にもできぬよ」

神尾自身、かえって騒ぎになると思っているのだ。そもそも奉行が、骸が転がる現場に足を運ぶなど、本来あり得ないことである。罪や死の穢《けが》れを帯びては、登城を禁じられかねない。

合戦を司り、武家の筆頭たる将軍から、死を遠ざけるとは矛盾するようだが、これも〝泰平の世〟を作る方策といえた。

犯罪を、〝人が食いつなぐための必要悪〟ではなく〝いかなるときも忌むべき行い〟とし、世に定着させるためである。それには、犯罪にまつわるものごとを忌むものとみなす必要があった。

その、忌むべき現場で、伯庵が嬉々とした雰囲気を発散させながら立ち上がった。

「さて、これでよし。あ、子龍《しりょう》様、勘解由様、こちらをご覧になりますか？」

面白いものがあるぞと言うように屍《しかばね》を指さす伯庵に、大人達も了助も眉をひそめた。

「見てくれよう」

光國が敢然と言い、中山とともに骸のそばに立った。

うっ、と中山が息を呑み、むう……と光國が獰猛な唸《うな》りをこぼし、

「見ぬでよい」

了助へ手を振って止めさせた。が、すでに了助は視界にそれをとらえている。

もとより骸に怯える了助ではない。大火の際に山ほど見たし、芥《ごみ》運びとして働いたときも骸を運んだことが何度もあった。深川や浅草川の辺りでは、疫病や飢えで斃《たお》れた老若男女の骸をしばしば見るものだ。

しかし、それは違った。もう骸でもない。凄まじいまでに人としての形状が損なわれた血まみれの残骸に、ぞっと肌が粟立《あわだ》った。

両手首を縛られ、真っ直ぐ伸びた二つの腕が胴から離れて転がっていた。頭部は切断され、手拭いで猿轡《さるぐつわ》をされた顔が、額から鼻まで縦に断ち割られていた。斜めに斬られた胸。横に斬られた胴。ぶちまけられたはらわた。斬り飛ばされた両脚。断片と化した肉体が、なんとなく元の位置に来るよう適当に並べられている。

頭部に髪はなく、ずたずたに切り裂かれた着衣から、その職分が推測された。

「僧をばらばらか。いよいよ血迷うておる」

光國が、臭気に顔をしかめて言った。

「手を縛って吊るして斬り、ここに置いたんです。口を封じたのは悲鳴を上げさせないためと、誰かにこの口を開かせるためですよ」

「開かせる？」

中山が聞き返した。

「頬が異様に膨らんでいるでしょう。何かが口に詰め込まれてるんです。何かは見当がつきますがね」

「開いてみねばわからん」

光國が言った。伯庵が肩をすくめた。面白がっていながら、骸に手を触れるのは自分の務めではないという態度だ。

「わしがやる」

光國が屈み込んだ。

「本気ですか？」

中山が呆れた。

「御曹司様が触れるべきではありませぬぞ」

神尾も来て止めたが、光國は早くも脇差しを抜き、噛み合わされた骸の歯と猿轡の間に刃先をこじ入れている。

「八つのとき、父の命で、罪人の首を運んだことがある。父は首を釜茹でにさせた。髑《ど》髏《ろ》で盃を作るためにな」

骸の顎を開かせながら、そんな話をした。

光國の父の代は、まだそうした〝戦国武士〟の気風が色濃い。水戸家の子どもはみな、さんざんそれに付き合わされたものだった。

「……剛胆な御方ですな」

神尾が言ったが口調は誉めていなかった。

「私も骨を集めていますよ。盃に使うのではなく、人骨の特徴を調べるためです」

伯庵が共感を求めるように口にしたが、誰も付き合わず、みな黙って光國の作業を見守った。骸の閉じた顎を開くのはかなり難しい。猿轡を嚙みしめているならなおさらだが、光國は脇差しを使い、梃子《てこ》の要領でこじ開けた。

ごきり、と音がした。骸の顎の関節が外れたのだ。その口がかぱっと開いた。伯庵が言った通り、何かが口中に詰め込まれている。

それを光國が刃の先で引きずり出した。

丸められた大きな紙だ。二重になっており、唾液と血で濡れそぼっているのは外側の紙だった。中の一枚は湿ってはいるが、判読可能な状態を保っている。

その一枚を、光國が刃で器用に広げるや——。

「絵地図……江戸のものか」

神尾が訝《いぶか》しげに呟いた。

光國と中山が目を合わせた。どうやら神尾は〝正雪絵図〟を知らないか、重視していないらしい。

「やっぱりね。署名はありませんか？」

「署名？」

光國が聞き返したが、伯庵は答えず、枯れ枝を拾い、それで絵地図を裏返し始めた。

「馬鹿。破れてしまうぞ」

光國が止めさせ、刃の腹で器用に紙を裏返すや、果たして、それが現れていた。

錦きて　ゆくへも鶴の　緋のそらや
ねがふ甲斐ある　極《きわみ》のしるべ
極楽組の記

「……ふざけた真似を」

中山が肩を震わせた。歌はさておいて、「極楽組」の文字に敵愾心《てきがいしん》をみなぎらせているのだ。

「だが……何だこれは？　辞世の句か？」

光國が唸った。こちらは歌に着目していた。とはいえでたらめに言葉が並んでいるだけで、何が言いたいか見当もつかなかった。

「や……由井正雪の一党に加わりし、丸橋忠弥《まるばしちゆうや》と申す者の辞世の句に似ておりますな」

そう言って、神尾が、その歌を諳《そら》んじた。

雲水の　ゆくへも西の　そらなれや
願ふかひある　道しるべせよ

というものであった。

了助は、それで理屈が通るのかと思ったが、光國達はかえって首をひねっている。

「その歌に、何かをかけたということか？」

光國が困惑しつつ脇差しを拭って鞘に納めた。

「水戸様の客人にお尋ねになって下さい」

伯庵が言った。水戸家の中屋敷に囚《とら》えたままの、両火房のことを言っているのだ。

「全て自明の理。あちらに刀が落ちています。あれを仕上げた刀鍛冶《かたなかじ》を探して下さい」

「なんと？　刀鍛冶が辻斬りの下手人だというのか？」

神尾が目を剝《む》くのへ、伯庵が眉をひそめた。

「辻斬りとは違いますよ。では私はこれで」

きびすを返す伯庵の前に、光國と中山が立ち塞がった。

「待て待て」

「どこへ行くのです」

「保科公にお報《しら》せするんです」

「その前に、我々にも仔細を話して下さい」

「辻斬りとは違うだと？　ならこれは何だ」

「見ればわかるでしょう。宣伝ですよ」

「……宣伝」

と呟いたのは神尾だ。光國も中山も意味がわからない。了助など、彼らが何の話をしているのかもわからなくなっている。

「まあ、待て。じき日が暮れる。ここからなら東海寺《とうかいじ》が近い。泊まっていくといい」

光國が勝手に決め、中山とともに説得し、

「そこまで仰《おつしや》るなら」

やっと承知する伯庵を馬に乗せ、引っ立てるようにして連れ去るのだった。

三

「錦がおのれの剣術を磨くために、辻斬りを続けているのではなかったのか？」

光國の問いに、伯庵が白けた顔をした。

「そんなこと誰も言ってないでしょう」

光國と中山の面相《めんそう》に怒気が滲んだ。下手人に次いで、最も苛立《いらだ》たせられるのが、この検視の達人であるというのも皮肉なものだ。

東海寺の広間で話す三人を、障子を開け放した縁側から、了助とお鳩《はと》、そして罔両子《もうりょうし》が眺めている。

「昨日からずっと御曹司様のお供をしてたの。へえ、偉いじゃない」

お鳩はなぜかご機嫌だった。了助が真面目に働いていると思っているのだろう。

「うん……」

生返事ばかりの了助を、お鳩は気にもせず、

「もし本当に、水戸様のお家で取り立てられるなんてことになったら、それはそれはすごいことなんだからね」

だから頑張れ、と励ますのだった。

ちなみに神尾は、現場の後始末を監督せねばならないので、ここには来ていない。神尾には悪いが、光國達にとっては好都合だった。

「よいですか。一連の殺生に錦が関与していることは間違いありませんが、主犯であるなどといつ私が言いましたか」

「仲間がいるのだな？」

光國が訊くと、伯庵が呆れ顔をした。

「大勢いるでしょう。頭目と、その配下の惣頭《そうがしら》とやらが何人もいますよ。あちこちの賊を集めて、極楽組なんて名乗っているんですから」

「いちいち揚げ足を取るな。ではその大勢が、辻斬りをして回っているのか？」

「頭目一名、惣頭四名。錦をふくむ五名」

伯庵がずばりと告げた。

「切り傷からわかるのだな？」

中山が質《ただ》した。

「傷からわかるのは三名以上ということだけ。正解は、この絵地図の裏にあります」

「この歌か」

光國が、絵地図を手でひっくり返した。すっかり血も唾液も乾いているが、死者の口中にあり、今も異臭を放つものを平気で触る光國に、中山と伯庵が眉をひそめた。

「よくそんなものに手をつけられますね」

伯庵が袖で鼻を覆いつつ感心した。

「あとで手を洗えばよい。正解とは何だ」

「名ですよ、名。五人のね」

光國と中山が、うーむ、と唸った。

「錦、鶴、緋、甲斐、極……つまるところ、名乗りを上げているんですよ。悪党なりにね。ついでに刀も宣伝してあげてるんです」

光國が、絵地図を手の平で叩いた。

「それがわからぬ。刀がどう関わるのだ」

「そもそも盗んだ刀で、濡れ衣を着せたでしょう。盗人蔵にも多くの刀があったはず」

「盗んだ刀を自慢しているというのか？」

「盗んでも、そのままでは使えなかった刀をね。火事で焼けたんです」

はっと中山が反応し、

「焼け身の刀……。よもや……」

何やら怖い目をして宙を見据えた。

「どうした、勘解由よ」

「先の大火で御城が焼けた日より前のことです。将軍家所蔵の名刀が、百口余も盗まれました。が、ある男が命を賭して働いたおかげで、大半が取り戻されたのです」

「ある男？」

「小十人《こじゅうにん》の本間《ほんま》左兵衛《さへえ》。拾人衆差配役としては、私の前任者です。吉祥寺が焼けるさなか、渡辺忠四郎《わたなべただしろう》に傷を負わされたものの、相手を逃散《ちょうさん》させました。そして燃える建物から刀の入った箱を運び出し、そこで息絶えたのです」

そう告げる中山は、普段の柔和な面相が嘘のように引き締まっている。

渡辺忠四郎は、旗本奴の三浦小次郎義也《みうらこじろうよしや》に斬られて死に、その骸はお預けとなったままだ。

本間の死に場所は大火前の吉祥寺のそばであり、水戸上屋敷の目と鼻の先だ。それで光國も身近なものを感じ、本間の敵討ちという中山の執念に共感するのだが、そんな思いをよそに、伯庵が言った。

「私も聞いていますよ。盗んだのは小普請《こぶしん》の人間で、盗まれたのは名刀中の名刀。しかもどうにか取り戻せはしたものの、後日御城が焼けた際、ことごとく焼け身となってしまい、再刃《さいば》を要することになったとか」

焼け身とは、高熱にさらされた刀のことだ。

刀は、火と水、すなわち加熱と冷却によって鍛えられるものだが、火災などの高熱で焼かれ続けると、鋼が膨張し、どんな名刀もなまくらと化す。それをまた刀工の手で火に入れ、叩き、冷却することで、もとの頑丈さと切れ味を取り戻させることを、再刃という。

ただその場合、刃文《はもん》などは台無しとなり、美術品としての価値は失われる。だが〝戦国の気風〟に従えば、よく切れ、決して折れないものこそ名刀である。優れた再刃の手腕を発揮する刀工もまた名工というべきだった。

「つまり、いったん取り戻された刀が、焼け身となり、再刃されてのち、また盗人達の手に渡ったんです。渡辺忠四郎という人があっさり逃げたのも、いつでも取り戻せると思っていたからかもしれませんね」

今しがた語った本間の働きをあっさり否定する伯庵に、中山が怒りを堪えて言った。

「そしてこたびは、刀鍛冶の蔵から盗んだと……」

「盗んだとは限りません。刀鍛冶のほうから賊に差し出したと考えるべきでしょう」

「なぜわかるのです」

「賊が試し切りをして、刀の宣伝をしてあげているからですよ」

「試し切りだと？　道行く生者《せいじや》でか？」

光國が眉を逆立てた。戦国の世ならまだしも、当世における試し切りは、極刑に処された罪人の遺体で行うべきものだ。刀の切れ味を試すため、生きた人間を寸刻みにするなど、もはや悪鬼の所業としか思われない。

「今日も刀が捨てられていたでしょう？　まだ十分使える刀なのに。この刀は切れ、る、ぞ、と言ってるんです。再刃した刀をごっそり盗まれたと訴える刀鍛冶がいるはず。その方を訪ねた上で、例の水戸様の客人を上手く使うといいでしょう。賊の根城に辿《たど》り着けますよ」

後のことは興味がない、というようだった。光國も中山も口を引き結び、怜悧《れいり》だが失敬極まる男を睨《にら》みつけつつうなずいた。

彼らの話が一段落したと察したお鳩が、

「やっと仇《かたき》を討ってもらえそう」

しごく当然のように喜んだ。

「仇……」

了助が意外そうにその言葉を繰り返した。

「馬鹿ね。御曹司様と勘解由様がお話ししてるの、亥太郎《いたろう》と叶慶さんの仇のことじゃないの」

「わかってるよ」

了助が頭をかいた。

「でも……きっとあいつも、悪いことしたと思ってるんじゃないかな」

お鳩が目を丸くした。

「大勢殺してるのよ。聞いたでしょ？」

「わかってる。たぶん自分じゃ止められないんだ。でも話せば、両火房さんみたいに後悔するかも……」

と水戸の姫様のことを思い出して言うと、

「馬鹿。そんな風に思って近づいてごらん。殺されるよ」

憤然となるお鳩の横で罔両子が微笑《ほほえ》んだ。

「了助さんは本当に優しいんですねえ。その心こそ、あなたを育てた方々の徳を物語っています」

その言葉に、了助は嬉しさと誇らしさを覚えた。だが罔両子はこう続けて言った。

「ただし、世の中には、悪妄駆者《あもくもの》がいることを覚えておいて下さい」

「あもくもの……？」

了助が聞き返した。お鳩も意味がわからないようで、罔両子を見上げている。

「悪《あ》しき妄念に駆られる者です。面目も正気も失い、この世の亡者となり果て、大勢を殺《あや》めれば名誉を取り戻せると信じる者ですよ」

「そう。ほんとの人でなしなのよ」

お鳩が断言し、わかったか、と言いたげに了助を見た。

「人って、そんな風になるんですか？」

「なる者もいます。ところで、いつぞやの問答の答えは思いつきましたか？」

「えっと……」

「柔弱《よわ》くとも剛毅《つよ》く、剛毅くとも柔弱いもの」

お鳩が意地悪そうに指を立てて言った。

「人……ですか」

了助が遠慮がちに答えを口にした。

だが罔両子は面白そうに了助を眺めるだけで、正解とも不正解とも言わない。

「あの……間違ってますか？」

「さあ。二つ目は？　地獄はありますか？」

「ある……と思います。でも、どっかにあるわけじゃなくて。なんか……、ああ、これって地獄みたいだと思うことがあります」

脳裏には水戸家の道場に集められた武器の数々が浮かんでいる。だがそれをどう説明していいかわからない。こんなんじゃ駄目だとがっかりしたが、

「もう一息ですね」

罔両子はにっこりした。了助が目を丸くし、お鳩も意外そうな顔になっている。

「その調子で精進すれば、いつかきっと廻国《かいこく》巡礼の通行手形がもらえますよ」

「え……本当に？」

「ええ、本当です。頑張りなさい」

「はい」

勢いよくうなずいた。武士になれと言われるよりよっぽど安心出来た。そしてそんな了助を、お鳩がむすっと横目で睨むのだった。

四

その日は伯庵だけでなく光國も中山も東海寺に泊まった。

翌早朝、中山に命じられて〝韋駄天《いだてん》〟と呼ばれる者達が、ほうぼうへ遣わされた。これは拾人衆のうち脚力に長《た》け、連絡役として市中を駆ける少年少女のことだ。

伯庵は、昼前に会津藩邸へ帰っていった。

太陽が中天を過ぎてしばらくした頃、光國から呼びつけられた了助は、

「頑張ってお供するんだよ」

お鳩にも激励され、大人達に連れられて寺を出た。

行き先は、神田紺屋町《かんだこんやちょう》にある屋敷だ。事前に連絡が済んでおり、中山が用人に話をすると、すぐに座敷へ上げられた。

いつもなら了助は庭なり玄関先なりで待つのだが、光國が来いというので、緊張しな

がら座敷の隅に座らされることになった。

慇懃《いんぎん》に迎えたのは、屋敷のあるじ下坂市之丞《しもさかいちのじょう》こと〝三代康継《やすつぐ》〟と、妻のお栄《えい》である。

「確かに私が、大火で焼けた刀の鍛《う》ち直しを致しました。亡き初代康継は、大坂城で焼けた名刀の再刃を命じられまして……それと同様のお務めを頂戴した次第です」

康継が、蒼白の顔で告げた。

「うむ……代々、誠に大儀であるな」

光國が、大いに気を遣って言った。

なんと言っても〝康継〟の名は、かの徳川家康《いえやす》から一字を賜ったものなのである。

初代康継は、もとの名を下坂市左衛門《いちざえもん》といい、近江《おうみ》国の下坂にて腕を磨き、のち越前《えちぜん》に移住して結城《ゆうき》(松平)秀康《ひでやす》のお抱え鍛冶となった。

その秀康の推挙もあり、江戸に召されてその腕を披露したところ、家康と秀忠《ひでただ》に認められ、扶持《ふち》を賜り士分となったのである。

これぞ、腕一つで〝名〟を得た好例であろう。

以後、越前と江戸の両方で務めを得るとともに、鍛刀に葵の御紋を刻印することを許されたことから〝御紋の康継〟とか〝葵の下坂〟と呼ばれ、生涯名工の誉《ほま》れに浴した。

その誉れは子孫にも受け継がれ、嫡子である二代目が、この神田紺屋町の屋敷を与えられたのだ――。

といったことを、了助は道すがら聞かされていた。

また、今朝の奉行所との連絡で、辻斬りに用いられた刀は、初代康継の孫である三代目が再刃したものと判明した――ということも。しかも過去十一件の辻斬り全てがそうであった。いずれも骸のそばに放置された血まみれの刀を、奉行所で保管していたのだ。神尾が試みに与力に命じ、その凶器を全て運ばせ、この康継に見せたところ、

「わ、私が、鍛え直したものばかり……」

康継はぶるぶると身を震わせ、失神せんばかりであったという。

そもそもなぜ今までわからなかったのかと奉行所を責めるわけにもいかない。

何しろ凶行自体が印象的で、下手人の目星もついており、凶器も盗品だから気軽に捨てるのだという推測が働いたのである。普通はそれで十分で、全ての凶器が同一の刀鍛冶の手によるものだなどという発想が尋常ではないのだ。光國も中山も、そう認めるほかなかった。

今も康継は震え上がっており、代わって妻のお栄が、気丈な様子でこう言った。

「主人がご依頼を頂戴した刀を盗まれたことは、お役所に届け出ております」

普通、武家のあるじがいるのに妻が客を応接するものではない。だがあえて客と対面したお栄の細面《ほそおもて》は、主人と家を守るのだという使命感で美しいほどに凛としている。

光國も中山も、女の同席や発言を厭《いと》うたちではない。

むしろ天晴《あっぱ》れと思うし、あくまで話を聞きにきただけなのだから、畏《かしこ》まって凝然《ぎょうぜん》とされるより、よっぽどやりやすかった。

「届け出は最近だと聞いた。最初の辻斬りが起こる前に盗まれたはずだ。五十口もの刀が盗難に遭《あ》い、なぜすぐ届け出なかった？」

光國が訊くと、康継は頭を床にすりつけ、

「も、申し訳も……申し訳もございませぬ」

震えながら、ひたすらに詫びている。

「咎《とが》めたいのではない。わけを話してくれ」

中山が穏やかに促した。

「わ、私の不徳……。な、なんとか取り戻そうと探し回るうち、このような……。こ、こうなっては、死んで詫びます」

康継が顔じゅうを涙で濡らして言った。後悔と罪悪の念がありありと浮かんでいるが、光國も中山も、いまひとつ理屈がわからない。

「厳重にしまっておいたものを、押し破られて奪われたのなら、そちらに非はない。なのになぜ自分で探そうとした？」

光國が重ねて訊くと、お栄が明らかに夫を庇《かば》って身を乗り出し、言った。

「別の康継のせいです。あの方々に何を言われるかわからないから、盗まれたと素直に届け出ることも出来なかったのです」

「別の……？」

光國が呟いた。康継が拳を握りしめ、全身を岩のように硬くし、告げた。

「三代、越前康継です」

了助には意味がわからないが、それで光國も中山もいっぺんに理解したようだった。

今の屋敷を得た二代康継が没したとき、嫡男の市之丞（当時は右馬助《うまのすけ》）はまだ十代の若さだった。このため初代康継の三男である四郎右衛門《しろうえもん》を三代目にしようという動きが起こったのだ。跡目を継ぐべきは市之丞か四郎右衛門かで、一族一門同士、懇意の旗本や大名をも巻き込んで激しい争いが起こった。

かの徳川家康が取り立てたこともあり、幕府老中も事態を重視し、越前松平家と相談して、ことの収拾にあたったたという。

結果、江戸と越前で下坂家を分け、三代江戸康継は市之丞が、三代越前康継は四郎右衛門が継ぐ、ということで落着となった。

だが確執は消えず、越前の者達がことあるごとに江戸康継の悪口を広めようとするのだ、とお栄が言った。

「江戸康継の鍛《う》った刀は、先代に比べて見劣りがする、腰が弱いから実際に斬り合えば折れる、などと吹聴《ふいちょう》するのです」

刀が折れるのは武士が最も避けたいことで、ひいては刀鍛冶への最大の侮辱である。

「もし盗難を知られたら、江戸康継に預けた刀はどこかへ消えてしまう、などと言われるに決まっています」

そう語るお栄の様子は、実に悔しげで、むしろどれほど夫の腕前を誇らしく思っているかが自然と伝わってくるほどであった。

康継は、そのお栄にも頭を下げるようにしながら、光國と中山にこう言った。

「ですが、もはや黙っているわけにもいかず、謹んで届け出ました……。お、お願いがございます。本来であれば腹を切らねばならない身ですが、私も、ひととおり剣を学んでおりますゆえ、ぜひ盗賊どもの討伐にお加え下さい」

これには光國も中山も呆気にとられた。

「し、将軍家からお預かりした名刀を失い、そ、その上、我が手で再刃した刀で、市井《しせい》の者が殺められては、わ、私は死んだも同然。か、かくなる上は、盗賊どもと斬り合《お》うて死にます。どうか、どうか、どうか……」

とめどなく涙を溢れさせながらの必死の懇願である。お栄は無言で夫の手におのれの手を添え、自分もともに……という様子だ。

光國と中山が目を見合わせた。どうも伯庵の言とだいぶ印象が違う。売名のため刀を盗賊に渡すような男とは思えなかった。

「そう思い詰めるな。こたびのことで切腹を申しつけられることはあるまい。悪評あらば、それを退ける名作をものすることがお主の務めだ。自ら盗賊を討とうなど、それこそ切腹ものだぞ。かえって罪科を増やす行いと知れ」

光國は厳しく言って康継をいなした。この男では返り討ちに遭うだけであろう。

「で、ですが、このままでは……」

それでも納得しない康継に、ふと光國が思いついて言った。

「討伐に加えることは出来んが、その段取りを頼むことは、あるかもしれん」

中山がちらりと光國を見たが口を挟まなかった。了助はもちろん黙ったままだ。

「は……、はい、何なりとお申しつけを」

「預かった焼け身の刀の目録はあるか？」

「はい、ただ今お持ちします」

康継が弟子を呼び、それを持って来させた。光國と中山が一見し、唸った。

「吉光《よしみつ》、正宗《まさむね》、国次《くにつぐ》、左文字《さもんじ》、国吉《くによし》、行平《ゆきひら》……名刀の揃い踏みというやつだな。これら全て盗まれたのか？」

「い、いえ、八十口のうち五十口で……残りはまだ鍛え直しておりませんでしたから」

「今は全て再刃いたしたのだな？」

「は、はい」

「盗まれた中で、一つだけ取り戻せるとしたら、どれを選ぶ？」

「それは……難しうございますが、そう……吉光の作、でございましょうか。うち、一振りをとあらば、骨喰藤四郎《ほねばみとうしろう》にございます」

「確か、名物だったな」

「はい。鎌倉の世から豊臣《とよとみ》へ伝わり、大坂落城ののち徳川様のお持ち物となりました」

「たわむれに斬る真似をしただけで、人の骨を斬り砕いてしまったとか」

「よくご存じで……はい、実際なんとも剛《つよ》く、切れる刀にございます」

「わかった。お主に働いてもらう。仔細は後日伝えよう。頼むぞ」

そうして、玄関の外にまで出て深々と頭を下げる康継とお栄を残し、屋敷をあとにした。神田界隈《かいわい》は混雑が激しいため、中山が自分と光國の馬をお供の者に引かせ、みな徒歩で神田明神まで移動していった。

「刀を餌にして極楽組をおびき寄せますか」

中山が、光國の考えを読んで言った。

「うむ。残り三十口と引き替えに、骨喰だけでも返してくれ、と康継に頼ませる。その取引の場で連中を捕らえられれば、よし。だがこれまでのことを考えれば、そうとは限らぬゆえ、別の手も用意する」

「極楽組との渡りのつけ方は……」

中山があえて最後まで言わず光國の反応を待った。伯庵の言う、〝水戸様の客人〟をここで使うかと訊いているのだ。

果たして、光國は言った。

「虜囚の者を解き放つ頃合いだ」

五

「この極《きわみ》が、首領です。私が知るのは木之丞《もくのじょう》という名で、在野の僧を称する、筋骨逞しい老人です」

両火房こと久我山宗右衛門《くがやまそうえもん》が、座敷牢の格子の向こうで、極楽組の歌の写しを見て言った。

「なるほど。木と丞で極か。丞を亟と書く者は多いからな」

牢の前に座る光國がうなずいた。後ろに了助も控えている。中山は、光國に言われて奉行所に赴いているため、不在である。

「思うに、島原で生き残った浪人かと」

「なぜそう思う?」

「極楽組では、糾合した賊を束ねる者を、惣頭と呼んでいます。島原では一揆勢の束ねを、そのように呼んだと木之丞本人が言うておりました」

「ふうむ……。その惣頭どもの名は？」

「ころころ名を変える者達でして……。かくいう私も、両火房以外にいろいろ名乗り、正体が知られぬよう努めておりましたが」

「こうして歌など記し、悪名を高めようというからには、もう変えぬだろう。この極なにがしが、江戸に火を放ったのか？」

「本人はそうほのめかしておりました。幕府を懲らしめ、世を啓蒙する火である……自分はそれだけの兵法者であると。悪名に箔をつけるためのほらと思い、真偽を質す気もありませんでした」

「その連中に、渡りをつけられるか？」

「この首と引き替えであれば」

久我山がにやりとした。それで構わないという面構えである。

「この歌に、惣頭であった私の名がないということは、そういうことでしょう。盗人蔵の在処《ありか》を吐いたのが私だと、向こうも察しているはず」

「貴様を死なせるつもりはない」

「何を仰る。余計なお気遣いは無用。そのために、私を生かしておるのでしょう」

「泰《たい》が悲しむゆえ、な」

ぐっと久我山が奥歯を噛んだ。光國の言葉が真実であるとわかったのだろう。

「おのれの名を……妻子の名を思い出させて下さった御恩に報いることが出来るならば……、それこそ、姫にこの首を献《ささ》げましょう」

光國がちらりと牢の片隅にあるものを見た。

了助もついそれに目を向けていた。小さな三つの板きれが壁に立てかけられており、それぞれ「さよ」「兼助」「はな」と記されていた。死んだ妻子の位牌代わりである。久我山の願いで、筆記具と板きれが与えられたのだ。

「報いたいなら、世のために働くがいい。貴様が殺されぬよう、策を施す」

「この顔を見られた途端に殺されます」

「その前に、康継の刀の取引は罠《わな》だと言え」

「なんと……？」

久我山が目をみはった。了助も驚いていた。

「わしに協力するふりをして逃げた。その際に藩士一名を刺し殺した。盗人蔵の在処を吐いたのは自分ではなく、蔵の番をしていた盗賊の一人が寝返ったのだ、とな。盗賊一味は全員捕縛しておるゆえ、何とでも言える」

久我山が得心したようにうなずいた。

「であれば、腕一本ほどで済みそうですな」

「それどころか、捕らえられたことで奉行所の内情を知り、極楽組捕縛の策も耳にしたと言えば、敵も貴様を重宝せざるを得ぬ」

「本気で、罠のことを教えてもよいと？」

「よい。わしの勘が正しければ、罠のことはどのみちやつらに知られる。外れたとしても、貴様から目を離すことはない。よいか？」

「さて、上手くいくかは……。いや……、そこまで言われるなら、力の限り生き延び、お役に立ってみせましょう」

久我山が刀傷だらけの顔を引き締め、両火房だったときの荒れた態度とは打って変わって、端正な礼をした。

「頼むぞ」

光國は言って、了助とともに牢を離れた。

了助は光國に指示されてまた道場に行き、光國は家人《かじん》に命じて奉行所にいる中山と連絡を取らせたが、中山は退去した後であった。

連絡が行き違いになったときのため、中山の伝言が残されており、

『駒込《こまごめ》のお屋敷に参上する』

とのことだ。それなら連絡が往復する間に到着していそうなもので、どこかで寄り道しているのだろうか。

光國はそう思って、ぴんと来るものがあった。おのれの今日の勘がどれだけ冴えているか確かめたくなり、馬を用意させ、光國のほうが屋敷を出てしまった。

これだけ一人で自由に動けるのは世子《せいし》の身分だからだ。当主となればどこへ行くにも準備が必要だし、いちいちお供がついてくる。中山はそのはずだった。その不自由さを伴いながら、赴ける先は限られている。

一応、途中で行き会うかもしれないので奉行所から駒込に来る道を進んだが、中山はいなかった。途中で道を変え、小石川へ向かった。再建中の水戸上屋敷がある場所で、細々とした道もよく知っている。そうして迷わず辿り着いたのは、吉祥寺跡であった。

火災対策の一環として門前町ごと移転され、今は武家屋敷を建てるための準備がされているが、まだ茶屋がちらほら残っていた。その一つに、見知った者達がいて茶をすっている。中山のお供達だ。

光國はおのれの勘に自信を覚えた。彼らに声をかけ、中山の居場所を訊くと、馬を預けて堀の方へ向かった。

新品の材木が積まれた空地に、中山が腕組みして立ち、堀の水面をじっと見ていた。

その隣に、ふらりと光國が立った。

「ここか」

だしぬけに言った。中山がふっと息をついて身の力を緩め、うなずいた。

「この辺りで本間の亡骸《なきがら》が見つかりました」

「ここが炎上するさなか、逃げずに賊と斬り合い、傷を負いながらも盗品を奪い返したとは、まことに立派な働きだ」

「……十三で跡目を継ぎ、大いに苦労する私を励ましてくれたのは同僚の本間でした」

「そうか」

「しかしやつは、お役目に打ち込むほどに家では酒に溺れ、荒れるようになりました」

中山の口調が、急に鋭いものになった。

「やつの妻女はずいぶん苦労し……私はたびたびやつに意見したものです。この地で死なねば、いつか私が斬っていたかもしれません」

どうやら思った以上に複雑な事情があることが伺い知れ、光國はただ黙って共感の溜息を返した。

「やつの働きを支えるため妻女がどれほど耐えたか……。それを無には出来ません」

聞くほどに、本間という男のみならず、その妻女への並々ならぬ思いも感じ取れる。いつもなら大いにからかって本音を聞き出そうとするところだが、光國はそうせず、

「久我山は協力してくれる」

とだけ言った。

中山が瞑目《めいもく》した。

「ありがたいことです」

当然、命がけの協力である。中山が瞼《まぶた》を開き、光國を振り返って言った。

「決着をつけましょう」

六

暁暗《ぎょうあん》に紛れて〝逃げた〟久我山は、抜き身の短刀を手に、裸足のまま目黒川を南へ駆けていった。

まとったぼろ布も刃も返り血で真っ赤だ。むろん人ではなく、ちょうど光國の父にどこその家が雉子《きじ》を献上したので、その血を絞って塗りたくったのである。

やがて、久我山が百姓宅の一つに駆け込んだことが確認され、拾人衆の韋駄天達が、各所にその報せを届けて回った。

ただちに百姓宅を、変装した中山の家臣達が監視した。

拾人衆の巳助《みすけ》が、出入りする者達の人相を描きとめ、同心や岡っ引きの面々も、目立たぬよう、百姓宅に通じる道という道に配置された。

監視は六日に及んだ。

その間、光國は〝弔い〟を営んでいる。

〝久我山に刺された者〟の葬儀である。当然、死者はおらず、棺は空のまま埋葬された。水戸家らしく儒式で行ったので、戒名もなく、それが正しい儀式かどうか普通の者には不明だろう。ただ、葬儀があったとしか思われない。

中屋敷に出入りする魚屋や酒屋といった者達が、それを目撃し、話を広めてくれた。

監視中の百姓宅のあるじである義蔵《よしぞう》という男が、それら水戸家御用達の店に出向き、話を聞いて回ったのも確認された。この義蔵が、実は複数の盗賊と昵懇《じっこん》にしており、人を匿《かくま》う代わり、銭をせしめていることは久我山の証言でわかっていた。

久我山は匿われたまま出てこない。夜ごと亀一《かめいち》がそっと忍び寄り、聞き耳で百姓宅の様子を探って、久我山の生存を確認した。

七日目の夕刻、覆面をした派手な服装の男が、ぶらぶらとした足取りで、百姓宅を訪れた。

ついでその覆面男が、虚無僧《こむそう》に扮した久我山を連れて外に出たことで、にわかに事態が動いた。

顔を隠した虚無僧が、肩をほぐそうというように左手を右肩に当て、右腕を大きく二度回したのである。合図の一つであり、これで虚無僧が久我山であること、今から極楽組の根城に向かうことが監視者に伝わった。

すぐさま連絡が取られ、光國と中山は、現場付近の木立の中でひそかに落ち合った。

光國は、了助と永山以下十三名の剣士を、中山は九名の家臣を連れている。そこへ、巳助、お鳩、亀一、伏丸《ふしまる》といった、了助が顔なじみの拾人衆も集まってきた。

奉行所の与力二騎、同心ら十数名が現れ、光國達とは違う場所に集結した。

現場は、大鳥大明神から西に向かったところにある、清河寺《せいがじ》という大火を免れたこぢんまりとした寺だ。

町奉行の管轄ではないが、こうした場合に備え、すでに阿部忠秋《あべただあき》が、寺社奉行に下手人捕縛を容認するよう手を回していた。寺社奉行は出世の足がかりとなる重要な役職だが、狼藉者《ろうぜきもの》の鎮圧などは基本的に職分ではない。辻斬りの下手人に限り、社寺領でも踏み込んで捕らえてよしとの異例の言質《げんち》を得ていた。

ただし光國や中山をはじめ、容易に捕らえられるとは、誰も思っていない。

中山は槍を、光國は銃を持っており、いざとなれば、境内《けいだい》であろうと躊躇《ためら》わず仕留める気だった。

当然、社寺を血で穢した咎めを受けることになるが、それも覚悟の内だ。

了助は、光國や永山達とともに、だんだんと暗くなっていく木立の中でじっと待った。鼓動が身中に響き、緊迫した空気のせいで、木剣を抱える手にじっとりと汗が浮かんだ。

みな一言も発さない。ただ亀一が、聞き耳で聞き取ったお堂の中の声を、ぼそぼそと伝えるばかりである。

「両火房よ、ぬしの言う通り、江戸康継の申し出は罠であった。どうやって確かめたのです、木之丞殿……いや、今は極大師でしたか。なに、康継の女房が報せてくれてな」

中山が眉をひそめて光國を見た。

光國はうなずき返し、勘が的中したと無言で告げた。

「何ゆえ女房が？　こちらが先に取引を持ちかけただけのこと。焼けた刀を欲して？　名刀を携《たずさ》えて決起するという趣向でな。我らそのものが焼け身のようなものであろう。憂き世の業火に身をひたし、そののち生まれ変わったのだ。そのせいか、再刃した刀が不思議としっくりくる……」

亀一は声を伝えながら右手の指を五本、左手の指を一本立てている。これはお堂の中に六人いるということだ。

「江戸康継がご所望の骨喰は、私がもらいました。私の手にぴったり吸い付くようでしてね。返せないんですよ。ですからこれの代わりに、あと一人、試し切りをして江戸康継の腕前を宣伝してあげようと思っています。あなたでね、両火房さん」

光國が、さっと立った。

「囲め。久我山を殺させるな」

中山も身を起こし、呼び子をくわえ、思い切りそれを吹き鳴らした。

与力らも呼び子を鳴らし、男どもが一斉に駆け、手に手に灯りや捕縛の道具を掲げ、寺のお堂を囲んだ。

了助は大人達の凄まじいまでの突進に遅れ、輪に入ることができずにいたところを、お鳩に腕をつかまれ止められてしまった。

「怪我するよっ！　あたし達といな！」

了助が何か言いかけたとき、お堂の扉が弾け飛び、久我山が転がり出た。負傷したらしく這ってお堂から遠ざかろうとしている。

ついで扉のあった場所に、ゆらりと白い影が現れた。

白装束をまとい、右手に刀を握る、錦氷ノ介である。右目は閉じられ、左手首からは鎌が生えている。冷えやかな美貌に得体の知れない笑みを浮かべ、取り囲む男どもを面白そうに眺めながら、大声で言った。

「どこですか、父上！　出て来なさい！」

了助にも十分に聞こえる声である。了助は眉をひそめた。錦が、死んだ叶慶を呼んでいる。異様で、意味不明だった。

中山はそれには構わず、槍を突き出し、

「かかれ！」

号令を発したとき、錦の左右で、ぼっと大きな音を立てて猛烈な火が起こった。その強烈な光に男どもの目が眩《くら》み、たたらを踏んだ隙に、錦がすっとお堂の中に消えた。

「またしても火か！　包囲を崩すなよ！」

光國が怒号を上げた。お堂は、あらかじめ油を塗るなどして焼く用意をしていたと見え、あっという間に火に覆われていった。中にいる者達はひとたまりもないはずである。なのに一人として出てこず、

「おのれ、火中で自害する気か……」

永山が腹立たしげに呟いたとき、

「ぎゃっ――！」

包囲の一角にいた同心が、悲鳴を上げて倒れた。なんとその胸を白刃が貫いており、

「ど、どこから――」

慌てる別の同心の肩にも、抜き身の刀がどすっと突き刺さり、あまりの痛みに手にした刺股《さすまた》を放り出して悲鳴を上げ始めた。

「上だ！　屋根の上だ！」

中山が叫んだ。

果たして、燃えるお堂の屋根に、五つの人影があった。

これまたすぐに登れるよう用意してあったのだろう。そして反撃のすべとして、手持ちの刀を狙い澄まして投げたのだ。

刀も、一口や二口ではない。康継が再刃した五十口の刀。その三十余が、一斉に降っ

てきた。さながら白刃の雨だった。

これにには包囲する方がたまらなかった。胸や腹、腕や脚を貫かれ、ばたばたと倒れた。

了助は、拾人衆の他の面々とともに、その光景を目の当たりにして凍りついている。

地獄だ。ここに地獄がある。

そんな言葉が脳裏をぐるぐる巡っていた。

光國も中山も、飛来する刀を辛くもよけたが、攻め返すすべがなかった。渦巻く火と煙のせいで、かえって屋根の上が見えにくいのだ。しかも宝形造《ほうぎようづくり》の屋根ゆえ、屋根の角に隠れられては銃や弓矢で狙うこともできない。

刀の飛来がやんだ時点で包囲は崩れきり、特に負傷者が多く出た場所へ、屋根にいた五人が一斉に飛び降り、すぐさま走り出した。

「おのれら！　逃げるか！」

永山達が五人を追った。十三名の剣士が七名にまで減っていた。

与力一騎と同心数名が遅れて追い、光國と中山も、一部の家臣に負傷者の手当てを命じ、残りを率いて走った。

「あたし達も手当てを手伝わなきゃ。来て」

お鳩に手を引かれて了助はお堂に近寄った。だがお鳩の手が離れた途端、

「おれ、行かなきゃ」

きびすを返し、走り出していた。

「馬鹿っ！　駄目よ！　駄目！」

わめくお鳩を残し、木剣を握りしめて走った。

心臓がばくばく鳴って破裂しそうだった。怖かった。だがどうしても見届けねばならないと叶慶の木剣が言っている気がした。

呼び子の音を頼りに追ったが、それが別々の方向から聞こえることに気づいた。五人が散って逃げ、追っ手も分散したのだ。

暗い道の真ん中で途方に暮れて立ち止まったとき、ぎーん、と激しい金属音が響いた。

びゅっ、びゅっと何かが空を裂く音が続き、了助はすぐさまそちらへ向かった。

畦道《あぜみち》に幾つも灯りが落ちており、そのそばで男どもが倒れたまま動かなくなっていた。

灯りのおかげで、みな、道場で一緒だった人達だとわかった。

はたと了助の足が止まった。頭が痺《しび》れたようになりながら、その光景を見た。

永山と弟子二人が、錦と対峙していた。

たった三人。それが信じられなかった。

「いやあーっ‼」

永山が裂帛《れっぱく》の声を上げて迫るや、錦がふわりと舞った。了助がかつて見たのと同じ、独楽《こま》が回転するような動きだが、格段に速く、柔軟で、鋭かった。永山の刀が虚しく空を切り、弟子の一人が槍を、一人が分銅のついた鎖を放ったが、いずれも錦の身には届かない。

必死の形相《ぎょうそう》の三人に対し、錦の表情は愉しげだ。くるり、くるりと舞い、その剣尖《けんせん》が、鎖を放つ者の喉笛を貫き、裂いた。

速すぎて、目に見えない獣が人の頸《くび》を食い千切って走り抜けていったようだった。

ついで槍を繰り出した者が、頸の左側を斬られ、血の飛沫《しぶき》を噴き出させて倒れた。

みんなで、あんなに稽古したのに。なんでお前の方が立ってるんだ。

そう了助は叫びたかった。だが心は答えを察していた。永山達と錦では稽古の質が違うのだ。錦は実際に生きた人間を殺傷して回って腕を磨いた。致命傷を与えぬよう加減する稽古とは次元が違った。

ただ一人残った永山に、錦が笑いかけた。

「あなた一人だけ。ひどい気分でしょ？　私もね、同じ気分にさせられたんですよ」

相手を嬲《なぶ》るための喋《しゃべ》り方だった。わざと永山の前で弟子を屠《ほふ》ったのだと言っていた。

「おのれ……おのれ、悪鬼め！」

永山が刀を振りかざして突進した。それよりもはるかに迅速に錦が飛びかかり、永山の渾身の一刀を左手の鎌で払った。凄まじい火花が闇夜に生じた次の瞬間、激しく舞う錦が、体勢の崩れた永山の頸を深々と斬った。

どっと永山がくずおれ、動くのをやめた。

その永山の着衣で、錦が刀を拭って納めた。

「骨喰とはよくぞ名付けたもの。素晴らしい切れ味です。そうでしょう、父上？　そろそろ出て来たらどうですか？」

楽しげに暗がりへ声を放つ錦が、

「……叶慶さんは死んだよ」

その声に、ぱっと振り返った。

了助は口にした後で、自分が凶人《きょうじん》に声をかけたことに気づいた。

馬鹿。お鳩の声がよみがえった。殺されるよ。だが止められなかった。木剣を捧げ持つようにし、地面に落ちた灯りに照らして相手にも見えるようにした。

「叶慶さんは……霜山重蔵《しもやまじゅうぞう》さんは、死ぬ前に言ってたよ。九郎《くろう》は優しい子だって。朝顔の花を摘んでは可哀想って言ってたって」

錦は、白濁した右目をすがめ、見える方の左目を見開いて了助とその木剣を見つめ、

「父上はお元気ですか？」

と訊いてきた。

「ひどい人ですよ。務めでしたこととはいえ目も腕もあの人にやられたんですからね」

その口調は理性的ですらあったが、明らかに、何かがぽっかり欠けていた。

「そうそう。父上に、私達の歌を見せて下さいね。私は錦組《にしきぐみ》の最後の一人として、主君を陥れた徳川に一矢《いっし》報います。それこそまことの錦だと、故郷《ふるさと》の母上達も、私の名誉を誇りに思いますよ」

それが現場に残された歌の、錦きて、の意味らしい。

だが了助にわかったのは、錦が得ようとしているものではなく、失ったものの方だ。これでは叶慶の思いなど存在しないも同然だった。了助の目に涙が浮かび、頬をつたった。やるせなさ過ぎて泣くしかなかった。

「では、お願いしますね」

錦が言うだけ言って、きびすを返した。

了助はその背を見ながら、木剣を両手で握り、いつもの構えをとっていた。殺されるよ。お鳩の声がまたよみがえった。だがこの男を止めねばならなかった。叶慶のため、永山達のため、そしてこの男自身のために。この男は自分で自分を止められない。正真正銘の〝悪妄駆者〟だった。

錦の背へ踏み込んだとき、かつてなく重みが消えるのを感じた。ただ一歩で信じがたい距離を跳び、相手を間合いにとらえた。

これまでの修練の全てが、その挙動に結実した。身も心も空気に溶け、あらゆる地獄絵図を踏み越え、木剣を振るうという一念だけがあった。

清明たる一閃《いっせん》が、刹那《せつな》、猛烈な衝撃とともに弾き返された。

錦が突如として身を翻《ひるがえ》し、左腕で木剣を弾き、跳びすさったのだ。

すかさず構え直した木剣が、びりびり震えるようだった。もの凄い手応えがあった。

刀に手をかける錦のそばで、何かが音を立てて落ちた。錦の腕に鎌を装着するための鉄の板と環が、ばらばらに砕けたのだ。

はらりと綺麗な布が落ちた。義手を腕に固定していたものだ。それを錦が拾い、袂《たもと》に入れた。それから、了助に向かって、にこりとした。

「あと一人、辻斬りをするんでした」

錦が、右手で刀の鯉口《こいぐち》を切った。

殺されるよ。お鳩の声がみたびよみがえった。今度のは頭の中いっぱいに響いた。

背筋を冷たい汗が流れるのを感じた。必死に恐怖を押しやり、気迫を総身にみなぎらせた。もっと怖いものに襲われたことがあると自分に言い聞かせた。野犬の群に。大火に。あるいは、おとうを殺した者達に――。

「キィイイイヤアアア！」

叫喚《きょうかん》を上げて再び打ちかからんとしたとき、轟然と別の音が湧いた。

錦が真後ろへ吹っ飛んだ。耳鳴りがした。音は銃声だった。

「大丈夫か、了助!!」

光國だ。かなり離れたところから、銃を肩に担いでこちらへ駆け寄って来る。

「御曹司様――」

声を返しかけ、ぎょっとなった。

錦が立ち上がっていた。その右手がのろのろと動き、おのれの胸元をはだけて覗き込んだ。着衣の下に光るものがあった。鎖帷子《くさりかたびら》だ。

それでもたちまち白装束の胸元が濡れて真っ黒になっていった。いや、暗くて黒く見えるだけだった。どくどくと音を立てて血が溢れ出していた。

「父上に……よろしく伝えて下さいね」

顔を上げ、了助へ、にっと唇を吊り上げてみせた。その口からも血が溢れたが、錦は、まったく痛みを感じていない様子だ。

そこへまた別の音が迫った。錦の背後から馬が駆けてくる。きっと中山か与力だと思ったが、派手な服装の覆面の男だった。久我山を清河寺まで連れてきた男だ。

「乗れ、錦！」

男が馬を巧みに操って足踏みさせ、手を伸ばした。錦が撃たれた者とは思えぬ力強さでその手を取り、ひらりと男の背後に乗った。

「止まれ！　止まらんと撃つ！」

光國が了助の傍らにまで来て銃を構えた。これは、はったりだった。錦を撃ったあと、弾込めをせず走ってきたのだ。

覆面の男も見抜いたらしく、構わず馬首《ばしゅ》を返した。そうしながら、光國を見て、

「谷公《たにこう》！」

そう叫び、覆面を顎まで引き下ろした。

青黒い肌に、顔の左半分を火傷《やけど》で覆われた、光國と同年代らしい男であった。

光國が、息を呑んだ。

「ここでお前と会うとはなあ！　ははっ、おれも人を斬ったぜ、大勢なあ！」

男がわめき散らし、馬を駆けさせた。

蹄《ひづめ》の音が遠ざかって消えるまで、了助も光國も、立ち尽くすほかなかった。

「馬まで用意しておるとは……」

光國が銃を下ろし、了助を振り返った。

「怪我はないか」

了助はうなずいた。だが総身が震え、涙が溢れた。

恐怖と悲痛がいっぺんに襲ってきていた。永山達の遺骸が累々と横たわっているのを見た途端、我慢できず、大声で泣いた。

「すまぬ……」

光國が片膝をつき、了助を抱き寄せた。

なぜ詫びるのか了助にはわからない。ただ相手の大きな体に抱きつき、激情に耐えた。火がついたように熱くなる了助の身を、光國の太い腕が抱きしめてくれた。

その二人を、ようやく見つけて追いついたお鳩ら拾人衆が、悲しげに眺めていた。

七

「こたびは、不面目なことであったな」

父・頼房《よりふさ》の言葉を、光國は黙って受け入れながら茶を点《た》てていた。中屋敷ではなく再建中の水戸上屋敷の、茶室である。一件は頼房の耳に入っている。これで世子の座を失うかもしれない。そういう覚悟を抱いていたが、

「ただし、奉行所も見つけられなかった賊の根城を突き止めたは、貴様らの手柄だ。人死にも、下手人の逃散も、貴様らに非はない」

頼房が言った。あくまで諜報が拾人衆の務めで、捕縛は管轄外だというのである。

「捕手《とりて》を招集したのは我らです」

「違うな。貴様らが加勢し、命がけで働き、ために貴重な藩士を失ったのだ」

光國は黙って茶を差し出した。ここで父と言い争ったところで、失われた人命も面目も取り戻せはしないのだ。

「両火房とやらは、生きておるのか？」

頼房がゆるゆると茶を喫しつつ尋ねた。

「はい。背を斬られましたが命に別状なく、しばらく東海寺で養生するでしょう」

「百姓宅と寺は、賊が金銭で買っていたか」

「はい。十一人目の辻斬りの被害者である僧は、清河寺の者です。極楽組のことを役所に報せようとして殺されたと、金銭と引き替えに寺を使わせていた住職が吐きました」

「刀鍛冶の妻は？」

「……再び話を聞きに行ったときには、すでに遅く、……喉を突いて自害を」

「大した女だ。貴様の読み通りであろうな」

「極大師と名乗る極楽組の頭領格が、康継の妻のお栄に取引を持ちかけたようです。刀を得る代わりに、康継に名声を与えるとそそのかしたのでしょう。お栄はやつらを手引きし、刀を持ち出させ、その後、夫の前でも芝居を続けたのでしょう」

「名声……か。実際、そうなったと聞く」

「はい。こたびの件で、康継の刀は切れるいと評判に……。注文が殺到し、越前の分家からの中傷もやんだそうです」

それが、今なお〝戦国の気風〟が残る世だった。殺人に用いられた刀を忌まわしいと思わない。むしろ優れた道具とみなすのである。

「江戸の三代康継はどうしている?」

「憑かれたように刀を鍛っておるようです。妻がおのれのために死んだと悟っている様子で、位牌を常に懐に入れているそうです」

「貴様も、死者の名と働きを忘れぬことだ」

光國は、差し戻された茶碗を両手で握りしめた。

「決して」


供養の誦経《じゅきょう》が続いていた。

辻斬りで死んだ者達、捕縛を試みて殺された者達のためだ。

お堂から響くそれを聞きながら、了助は小さな板きれに、「与惣次郎」と書き終えた。金釘流《かなくぎりゅう》だが、ちゃんと字になっている。何度も地面に書いて練習したのだ。

それを、おとうにそっくりの羅漢像の足下に置き、そっと手を合わせた。

そうしながら、錦のことを思い出していた。自分が刺し殺した父親がまだ生きており、悪行を誉めてくれるはずだという妄念に憑かれた男のことを。

光國が放った銃弾を受けても生きているだろうか。いっそ死んでいてほしかった。そう思うことが良いことなのかどうかわからなかった。

生きているとしても、巳助による錦と仲間達の人相書きが各奉行所とほうぼうの関所に配られている。藩を越えた捜索網から逃げ切れるものではないだろう。早晩、彼らは捕まる。拾人衆の面々はそう信じていた。

了助も信じたかった。あの男が生きている限り、叶慶の冥福はない。そう思えて悲しかった。しかもそれは恐れを伴う悲しみだった。

——あいつは地獄に住んでるんだ。おれもそうかもしれないんだ。

この自分も深川にいた頃、奴《やつこ》どもを打ち懲らしめると、おとうが誉めてくれる気がした。そのとき感じていたのは、まぎれもない喜びだった。その喜びのゆきつく先を想像すると、怖くてたまらず、目をつむって手を合わせ続けた。

「へえ、上手に書けたじゃない」

すぐそばで声がわき、ぱっと瞼を開いた。

いつの間にか隣にお鳩がいた。綺麗な目が真っ直ぐこちらを見つめて笑っていた。

「あんたのおとうも喜んでるよ、きっと」

了助は、すぐそばにいるお鳩を、じっと見つめ返した。

「何？　何かついてる？」

お鳩が怪訝《けげん》そうにおのれの頬を撫でた。いつもながら、すべすべして綺麗な頬だった。

了助は眩しいような気分で言った。

「ありがとうな」

お鳩が目を丸くした。

「何よ。どうしたの急に」

「別に……」

「別に？」

「いつも思ってるから、言っただけ」

「あ、そう……。ふうーん……」

「なんだよ」

「別に」

言いつつ、まんざらではなさそうなお鳩だった。

了助は思わず笑みを浮かべた。

それからなぜか二人して急に噴き出し、笑っていた。

光國は、磨き終えた無縁仏の墓石の前にひざまずき、じっと見つめた。

（――谷公！）

声がよみがえった。かつて葬ったはずの記憶だった。それが、ついに墓の下から出て来たのだという思いがあった。

（――斬ろうぜ、谷公）

それは光國の表徳《ひょうとく》だった。市井《しせい》を闊歩《かっぽ》していた若い頃の偽名だ。もう誰もそんな風に自分を呼ぶ者はいない。そのはずだった。

「……わしに因果というものを教えるため、そなたはあのとき、あそこにいたのか？」

光國が呟き、傍らの包みをほどいた。

「与惣次郎」

と刻まれた、小ぶりな碑《いしぶみ》である。自ら字をしたため、鑿《のみ》と槌《つち》で刻字したものだ。

それを地面に置いた。墓石をどかし、両手で土をかいた。窪みが出来ると、そこに碑を置き、土をかけ、そしてその上に再び墓石を載せた。

「忘れはせん……。いつか何もかも話すときが来よう。それがわしの悪名となろうと、そうすると約束する。だから……許してくれ」

墓石は応えない。

風もなく、ここにある何もかもが沈黙に包まれていた。

やがて光國は立ち上がって深く一礼すると、墓石に背を向けて歩き出し、生者の住まう場所へ戻って行った。

# 解説

佐野元彦

かつて、私が大河ドラマ「篤姫」のプロデューサーをしていた折、原作者である宮尾登美子さんから、小説「天璋院篤姫」を執筆し始める前の三年間は、エッセーの仕事も全部断って、ひたすらに資料読みをしていた、と伺ったことがあります。宮尾さんが小説を発表される前は、篤姫に関する資料は散見するものの、まとまった形では少なく、その資料を集め、読み込むことは、さぞや大変であられただろうと想像しておりましたが、資料読みだけで「三年間」という期間をお伺いした時、圧倒されました。

当時も今も、一年間放送する大河ドラマの執筆に、脚本家の方がかけて下さる期間はテレビ界最長ではと思っています。ですがその期間は、資料読みと執筆を入れて「三年間」だと思います。私が、「小説」という分野を尊敬して止まない理由はこういう点にもあります。

さらに、たくさんの資料を集め読みこなすことなら、凡人にも努力でカバーできることですが、小説家の方々は、資料で得た点と点の情報を、網の目のように紡いで、線に、面にしていかねばなりません。こうなると、私なんぞには、もうお手上げです。

そのリスペクトする思いを、今、強く私に抱かせてくださる最強の方が、冲方丁さんです。江戸時代初期という、意外に扱われない時代を舞台に、今回の『剣樹抄』を書くため、どれだけ、冲方さんは資料を集め、読み込み、再構築するために、どれほどの時間と集中力を払われたのでしょうか？

例えば、「丹前風呂」の章です。これは湯屋という風呂屋のことで、江戸の町衆の社交場であり、岡場所の役割も果たし、そこで客の垢かきをする湯女達は夜になれば酌婦となり、更なるサービスを提供する事もあったと聞きます。この物語では、湯屋に、後に吉原の伝説的花魁となった勝山が登場します。更に面白いのは、冲方さんは、歌舞伎でもお馴染みの幡随院長兵衛、さらには、その宿敵の旗本奴・水野成之といった歴史上の同時代人を登場させ、絡ませていきます。この小説を読むまでは、同時代人だったことにも気づかぬ人物たちを、水戸光國と了助の物語に集結させ因果を作っていくのです。

ああ、凄い。

そして「骨喰藤四郎」の章。神君・家康から康の名を拝領した刀匠の血を引く、若き日の三代目康継と、明暦の大火で焼刀となった骨喰藤四郎を、錦氷ノ介率いる極楽組の陰謀を絡ませていく巧みさは、あまりにぐいぐいとお話に引き込まれていくため、その巧みさに気づかぬほどです。

物語に登場する忘れがたい小道具は、名刀・骨喰藤四郎だけではありません。「正雪絵図」も紀州徳川家が実際に作った「明暦江戸大絵図」と目され、その絵図の存在が、新勢力である幕閣が、旧勢力ともいうべき御三家を潰しにかかる道具として使われているという設定の鮮やかさ。丹念な取材から華麗にジャンプした大技には、文字通り舌を巻くばかりです。

登場人物にもしかり。一見史実では関係がなさそうな、光國と相棒・中山勘解由も、光國自筆の資料に、そのやり取りが残されており、冲方さん、どこまでお調べになったのですか、と感嘆するばかりです。

そして主人公・了助が成長していく舞台が、禅寺であることも大きな意味を感じます。快活に見える光國も心の奥に闇を抱えていますが、その光國が心気の鍛錬をした東海寺が、実の父を殺され、育ての父も大火で喪った了助の、己の中の「剣樹地獄」を制するために身体と心の制御を鍛錬する場として登場します。かつて戦国の武士が禅を愛したように、必然的に、禅寺は選ばれたのでしょう。鬼河童であった了助は、小堀遠州の子とも伝わる住職・罔両子の元、時には禅の手ほどきを受け、大人達と魂の触れ合いを重ねながら、仲間と共に成長し、不動の心を獲得していくのでしょう。

私は今、この『剣樹抄』のドラマ化を進めさせて頂いています。ここまで書いているのなら、さぞかし、冲方さんが編み込まれた物語世界を、ディテールを含め、忠実に再現しているのだろうと、皆さんは思われているでしょう。

ところが、巻き戻して観ることのできない放送では（録画して繰り返し観ることはこの際、置いておきます）、小説の持つ豊饒な情報量を詰め込むと、お話自体が全然頭に入ってこないものとなります。ですので、涙涙で登場人物も減らしてしまっています。ただ、映像化することによって生み出すことのできる情報量もあります。了助の表情、光國と了助の距離感、あるいはそもそも登場人物が立っている場所、等々です。あるいは、泰姫の声の温かさ、拾人衆の笑い声の明るさ、等の音の世界の広がりです。

私は今、冲方さんの小説世界を楽しんでおられる方々に、ドラマにすることで増やすことのできる情報量が、ノイズにならないよう、注意深くドラマを作ろうと思っています。

名探偵・光國と、了助ら少年少女探偵団が悪をやっつける物語をこの世に生み出してくれた冲方さんに感謝しながら。

（ＮＨＫエンタープライズ・エグゼクティブ・プロデューサー）

文春文庫

剣《けん》 樹《じゅ》 抄《しょう》

定価はカバーに
表示してあります

2021年10月10日　第1刷

著　者　冲《うぶ》 方《かた》 丁《とう》
発行者　花 田 朋 子
発行所　株式会社 文 藝 春 秋

東京都千代田区紀尾井町 3-23　〒102-8008
TEL 03・3265・1211㈹
文藝春秋ホームページ　http://www.bunshun.co.jp

落丁、乱丁本は、お手数ですが小社製作部宛お送り下さい。送料小社負担でお取替致します。

印刷・凸版印刷　製本・加藤製本

Printed in Japan
ISBN978-4-16-791760-9